大河奔流

陕 西 新 华 出 版
太白文艺出版社·西安

图书在版编目(CIP)数据

大河奔流 / 王利群 著. —西安:太白文艺出版社,
2020.8(2024.1 重印)

ISBN 978-7-5513-1819-8

Ⅰ.①大… Ⅱ.①王… Ⅲ.①中篇小说—中国—当代
②短篇小说—小说集—中国—当代 Ⅳ.①I277.7

中国版本图书馆 CIP 数据核字(2020)第 099293 号

大河奔流
DAHE BENLIU

作　　者　王利群
责任编辑　付　惠
封面设计　秦呈辉
版式设计　雅　风
出版发行　太白文艺出版社
经　　销　新华书店
印　　刷　三河市嵩川印刷有限公司
开　　本　880 mm×1230 mm　1/32
字　　数　230 千字
印　　张　8.5
版　　次　2020 年 8 月第 1 版
印　　次　2024 年 1 月第 2 次印刷
书　　号　ISBN 978-7-5513-1819-8
定　　价　48.00 元

联系电话:029-81206800
出版社地址:西安市曲江新区登高路 1388 号(邮编:710061)
营销中心电话:029-87277748

目　录

序

李青石

利群是我的学生。二十多年前他在学校读书期间，就与一帮文学青年组织了一个文学社团，并创编过一本油印的文学刊物《汉水源》。这本刊物印刷过多期，因我当时教授中国当代文学课程，他们的每期刊物都赠我。我常常与他们一起探讨中国当代文学作家、作品、流派、发展趋势等话题，并对他们的创作得失做些点评。在那批文学青年中，利群给我的印象非常深，他敏而好学、博闻强识、勤于思考、文笔流畅、写作勤奋，读书期间就有作品在《衮雪》杂志上发表过，是文学社团中的佼佼者。毕业二十多年来，利群主要在中学教书，其间或曾下海经商。虽不知他具体的工作单位，但我知道他对文学痴心不改，常常在省内外文学刊物上看到他的作品。近日，利群将他的中短篇小说集《大河奔流》（书稿）送我，并嘱我作序。感谢利群对我的信任。

德国文艺理论家弗里德利希·冯·施莱格尔认为小说是“包罗万象的混合诗”，所有可能的体裁，如诗歌、散文、戏剧的成分尽收其中；诗意的、教喻的、思辨的倾向，想象的、伤感的、豪放的……各种艺术的风格特征都能体现在小说中。的确，小说是最能显现作家思想高度、思辨深度、视野广度、生活敏锐度、认识准确度的文体，也是最能体现作家艺术表现能力、语言驾驭能力、文学创作天赋的文体。从《大河奔流》这部小说集看，利群是一位有思想、有才气、有潜力的作家，他将会在文学之路上走得很远。

利群这部小说集收录了中短篇小说十二篇，是他多年辛勤笔耕的收获，也是他心路历程的真实记录。利群离开学校走向社会的二十多年，是我们国家政治生活稳定、社会经济高速腾飞、基础建设迅猛发展、城市面貌日新月异、人民生活普遍改善的时期。伴随着经济发展，许多社会问题也呈现在人们面前。我想利群也见识了官场的黑暗贪腐、商场的尔虞我诈、人心的龌龊肮脏等阴暗面，但是利群始终以一颗纯真、善良之心对待生活、社会与人生，他相信生活，相信社会，相信未来，他认为一切会变得更美好。所以这部小说里的故事都充溢着暖暖的温情，都表现了人们积极向上的生活态度，所描写的人物大都是善良、美好、无私、真诚的。

长期从事教育工作的利群对学校生活十分熟悉，对教师、对学生有着特殊的感情。他的作品中有几篇是教育题材的，其主人公多是学生与老师。《心泉》中刻画的身患白血病的中学生韩咏虹的形象非常感人。她美丽、善良、纯洁、诚信、勤奋，对生活充满希望。她喜爱《老人与海》，痴迷莎士比亚，有着深深的文学情结。这篇小说写出了少女纯真的文学情愫和天真无邪，写出了人与人之间纯粹的信赖。而对这即将早谢的美丽花朵，作者充满了悲悯之情。《良师》塑造了一位宅心仁厚、以德报怨，用自己仁爱、宽容、勤奋的品格感化学生的英语老师——石老师。在石老师的感化下，学生王小传改变了人生态度。作者试图在当下社会中构建一种理想和谐的师生关系。《高地》描写了两位聪颖阳光、勤奋好学、见义勇为的高中生俊杰、俊雄，他们关心他人，关爱生命，看到别人遇到危险时，不顾一切施以援手，让人们看到生活中的温暖，让人们相信这个世界中并不是所有人都那么冷漠无情，人与人之间依然有超越物质利益的真情存在。《今夜有你》描写了一位成长在单亲家庭中的农村孩子田禾。贫穷与困苦磨砺出他坚忍、朴实的性格。田禾学习勤奋、体恤父母、明晓事理、自立自强，用所学的知识改变了村民落后的观念，增强了他们的环保意识。《燕子回家》中，女学生春燕用她的行动告诉人们，在物欲横流、拜金主义泛滥的今天，还有她这样真诚待人、拾金不昧的女孩子。从利群的作品中，我们可以看到他对教育事业的一往情深，他笔下的学生、老师形象都是那么善良、那么纯真、那么阳光、那么朴实、那么勤奋。

利群是一位普通教师，熟悉身边普通百姓的生活状况。利群的这部小说集中，有几篇作品描写了城市贫民和个体商贩生活的坎坷与生存的艰辛，写出了市井百姓的众生相。《秦嫂》中的女主人公秦嫂是农贸市场中的个体商户，她勤劳朴实、泼辣能干、诚信待人。生活似乎对她非常不公：丈夫死于车祸，孤儿寡母常常被心怀不轨之徒觊觎。她品行端正、不慕浮华，走自己的路，过自己的日子。她有一颗纯真善良的心，她拯救并收留了名叫“小狗”的流浪汉，让他成为她经营的帮手。《礼记·礼运》曰：“饮食男女，人之大欲存焉。”长期生活在一个屋檐下，秦嫂与“小狗”产生了感情，并有了肌肤之亲。当“小狗”有了新欢离开秦嫂时，她大度地宽容了“小狗”，平静地对待未来的生活。故事细腻地描写了市井小民的喜怒哀乐，平淡却有深意。《门卫与狗》中的老胡是一位兢兢业业、尽职尽责、任劳任怨的小区门卫，他工作辛苦、责任重大，但薪资微薄、地位低下。为了争得自己的合法利益却要遭受老板的白眼。因为一场大病，他被无情的老板解雇，他的遭遇让人心酸同情。从利群对这个人物的细节描写中，我们看到老胡虽地位卑微但心地善良、人格高洁，他对比他更卑微的生灵充满了怜悯与关爱。《卖肉夫妻》中的女屠户刘红和她的丈夫老魏，尽管在世俗人眼中，他们的职业非常卑微，但他们为人忠厚，经营中信誉为本、童叟无欺。为了兑现对顾客的一句承诺，刘红不顾浓重的晨雾去进肉，途中却遭遇车祸，身负重伤，而她的丈夫老魏代她将新鲜的肉交到顾客手中。小说展现了这些平常的小人物身上闪耀着的人性光辉。《面皮西施》中的年轻人李芳、张伟，则是新一代有理想、有抱负，有正确的世界观、人生观、价值观的优秀青年。他们不慕虚荣，不投机取巧，不依赖父母，他们坚守自己的理念，忠于纯洁的爱情，凭自己的辛勤劳动创造未来。利群写出了真实的一代人。《家园》中的老赵夫妇是失去土地的城中村居民，但他们仍对诗意田园生活有着向往和坚守。

中篇小说《大河奔流》是利群这部小说集中的重头作品。小说共三部分四十七节，采用了明暗双线铺设又联通交织的手法。故事所跨时间几十年，人物涉及几代人。第一部分叙述了男主人公牛力坎坷的成长经历及与妻子黄俊英的情感纠葛。第二部分描写了黄俊英的出生和成长经历，巧妙穿插了相关的人和事以及牛力、黄俊英夫妻创业的过程。小说的第三部分描写了牛力、黄俊英夫妇抚养孩子成人及他们事业的发展。这部小说成功地塑造了牛力、黄俊英两个性格鲜明的人物形象。牛力是出生在具有反叛基因家庭中的农村汉子，他的祖父“据说做过这一带的土匪头子”“是本地乡民眼里口中一条响当当的汉子”。他的父亲曾“在外流浪多年，历经很多磨难”，新中国成立后当了村支书，是村里办事说一不二的“土皇帝”。“文革”结束，牛力的父亲下了台并得了麻风病，他的家庭因此走向衰落。牛力可谓生不逢时，中学毕业后因家庭原因成为被人歧视、遭人白眼的落魄子弟。他曾经极度无奈、无助、自卑，一度想自杀。他的成长过程充满崎岖、坎坷与艰辛，可他骨子里却有叛逆、刚毅、坚忍的因子。尽管他的行为有时是恶的，但他本质是勤劳、善良、仁厚、宽容的。即使在最落魄的时候，他也没有自暴自弃、自甘堕落，总是坚忍地拼搏奋斗，力图改变自己的命运。洪水到来时，他不是想到自己的家庭，而是冒死通知全村老少撤离；他与俊英结合后，宽容地对待曾经的情敌；他无私地收养了与自己并无血缘关系的四个孩子，并把他们培养成有用之材；他吃苦耐劳、善于经营，承包荒山、种植果树，建石材厂、木雕厂，是带领乡亲致富的能人；当他从义子小虎处得知自己计划开办的矿泉水厂水质含氟量超标的消息后，尽管前期建设已投入大量资金，但为了人民的健康，他果断停止了这个项目。小说写出了牛力大半生的生活经历，刻画了这一富有张力、性格多元的人物形象。这篇小说中塑造的其他人物，比如祥娃、生娃、虎子及几个性格迥异的女性形象，也可圈可点。无疑，故事是耐看而吸引人的，其所要表现的内容和思想、有关的社会背景及揭示的人性维度是广阔、丰富而深刻的。从小说的结构、内容和人物安排看，这应该是一部长篇小说的架构。虽然其中许多章节写得绵密厚实又不乏细腻灵动，但有的地方跳跃性稍大，略显仓促。特别是小说的第三部分，似乎是匆匆结束，给人以意犹未尽的感觉。

利群是中学语文教师，他的语言功底比较深厚，故事情节叙述清晰明了，人物描写生动形象，各种修辞手法运用较为纯熟。但我感觉利群的小说也还存在一些不足之处。希望利群在今后的创作中能在小说主题的开掘上更深入一些，表现社会生活更全面一些，反映社会矛盾更深刻一些，人物性格刻画更复杂一些，故事情节更曲折一些，结构方式更灵活一些，艺术手法更新颖一些。来日方长，期待读到利群更多、更好的作品。

2019 年 12 月 18 日

（李青石，文化学者，作家，中国文艺评论家协会会员，汉中市文艺评论家协会副主席）

心　泉

二十年前，那时我刚工作不久，课余没事，就爱去逛逛书店。

进了书店，我往往要在书架前逗留半天，最后才决定买一两本。其实，有的是一开始就选择好了的，无非想借机多看一会儿。

我是怎么认识她的呢？哦，对了，是在书店。

那次也不例外，我已浏览了几本书，有点意犹未尽。邻近处也传来轻轻的翻书声，不用转头，我隐隐觉得是个女孩。片刻，衣裙窸窣，一阵轻风从身侧拂过。淡淡书香里，一个娇俏的身影款款走向柜台。

我继续在书架上翻阅，耳旁忽响起一个细细的声音：“您好，请帮个忙，可以吗？”我以为与己无关，因为周围并没我的熟人呀。

可那个清晰而略带羞怯的声音再次响起：“打搅您了，请您——帮我一下，好吗？”我抬头，跟前站着刚过去又折回的那个女孩，左右没有别人，显然她是在跟我说话。“实在冒昧，向您借点钱。”她手里拿着喜爱的书，目光充满期待。

原来是向我借钱！明白了。我使劲打量她，可并不认识呀。见我纳闷，她一双清亮的眼睛静静地看着我，赶紧解释说："您看，我来买书，可——钱没带够。"她顿了一下，坦白地接着说："请放心，请您把地址和姓名留下，我保证会还给您的。"

她大概只有十五六岁吧，穿着连衣裙，苗条而略显纤弱，眉眼清秀，浑身透着难掩的青春气息，很可能是个中学生。她把书抱在胸前，上面一本《数学复习题集》，下面像是本厚厚的辅导资料。身为教师的我见此情状，不假思索地便点了点头。

她立时露出愿望实现的纯真笑容，嘴角上扬，黑净的眸子闪闪发亮："谢谢！哦——五块钱就够了。"

她用笔在一张纸上唰唰写着。"这是借条，有我的姓名，我一定还您，您尽管放心。"她把写好的借条递到我手里。落款：市三中高一（1）班，韩咏虹。我掏出钱给她，她问清了我的地址和姓名，说下午六点前一定把钱送来，然后就高高兴兴地给营业员付了钱，捧着心爱的书一阵风似的飘出书店。

回到学校，我在食堂打饭，掏饭票时不小心带出了那张借条。几个同事与我聊起，他们感慨之余，连连说我好糊涂，怎么能轻易把钱借给一个陌生的女孩呢？鬼知道她说的是不是真话，百分之九十九是个小骗子。他们还给我列举了许多耸人听闻的诈人钱财的故事，并告诫我这个刚参加工作的年轻人以后莫要轻信他人，谨防上当。

我也觉得这事发生在自己身上有点蹊跷，虽然那双清澈明亮的眼睛让我感觉真诚，可心里也免不了想：上当就上当吧，不过区区五块钱而已。

然而下午，太阳偏西的时候，她准时来学校找到了我。我感到既在情理之中又在意料之外。距离不知不觉拉近了。闲话中，她说我这么年轻就做了老师真令人羡慕。我笑笑，问她一些学习方面的情况。聊了几句，她便走到我的书架前扑闪着眼睛看书，说我的书真多。其实，当时单位只分了一间宿舍，房间里除了一角的木床、临窗的课桌、两把椅子，还有一个较大的书柜。因我一直喜欢阅读，书柜里的书倒不少。好在宿舍带个朝南的阳台，闲时可以透透气，晒晒太阳。

最后，她的目光停在了《莎士比亚全集》和《约翰·克利斯朵夫》上，转过身问我："老师，这些书能借给我看看吗?"我几乎毫不犹豫地说："可以。"她叫我老师，老师对这样的学生有什么不信任的呢？头一遭打交道就让人放心，况且她想要看的是书，对这样单纯的要求有什么不能答应的呢？她只拿出一本说："老师，我每周来换一次。"

"好的。只是你们学校离这儿比较远……"我有点担心。

"没关系。"她轻松地说，"谢谢老师！下周见。"

她拿好书，披着一身晚霞愉快地走了。有同事瞧见这女孩，问了情况，不禁哑然。

第七天，韩咏虹准时来还书，书中纸页没有一点折痕，想必她使用了书签，她还拿绘图纸给书细致地包了书皮。见此，我更乐意借书给她看了。第五次来还书的时候，她带了一篇自己的习作，羞涩地对我说："老师，我写了一篇作文，请您过目。"

我一口气读完，感到一个高一学生能写出这样流畅、隽永的文章很不简单。我指出几个需要稍稍修改的地方，建议她不妨投给报刊一试。听了我的话，她先用手捂住脸，继而眼睛亮亮地问："真的可以吗，我这样的水平？"

我微笑点头。她脸颊飞上红晕，激动地换了书就走。

借书从不间断，无论烈日当头还是刮风下雨。韩咏虹已从我这儿借到《莎士比亚全集》第五本了。

前面那些被她借去又还回的书统统包了书皮。虽是借书给她看，可我的心里倒感谢她这么细心谨慎地爱护我的书。而且她是那样的聪慧，有时谈起读后感，书中的许多精彩段落都能背诵，并能领悟其中的含义。

这使我想起有的人借书，借时崭新，还回时纸页却像被牛嚼过似的；还有的把书借去并不认真看，而是随意放在屋里，或插到自己的书架中作摆设。我心里真高兴，自己不费力气白捡了这样一个好学懂事的学生。

有个周末，她来借书。刚进屋，学校突然通知开会。

我对韩咏虹说："你自个儿挑书看。走时，把门关上就行。"

"好的，老师。"她点点头。

我转身下楼。等会议结束回来时，韩咏虹早走了。我发觉书桌、书柜被抹过、整理过，烟灰缸一尘不染，连地面都被拖得干干净净。

肯定是她干的了。

我心里漾起一丝暖流。我往书店跑得更勤了，给学生上课也分外有劲。

她借到《莎士比亚全集》第九本了。记得那天是5月20日。韩咏虹拿书走的时候，害羞地递给我一张精致的贺卡，说："王老师，生日快乐！"言毕，她像轻盈的燕子飞下楼去。

哦，今天恰逢我的生日。我怔了一下，可她是怎么知道的呢？打开贺卡一看，原来是张音乐贺卡，发出"Happy birthday to you（祝你生日快乐）！"的熟悉旋律。听着，我回想着她甜美的祝福。

我的平装本《莎士比亚全集》总共有十一本，她该借阅最后一本了。

等她读完这本，我将给她介绍一些其他的中外名著。我心里想着，盼着她一周后来还书。

然而，七天后她没来。

我以为她在考试，可又过了三天，她还没来。

我不安起来。她一直是很守信用的啊，她出了什么事呢？

我记得这期间倒发生过一件令我吃惊的事。上次，她来借第十本时，正兴致勃勃地与我交谈体会，忽然用手支住额头，面色煞白，冷汗涔涔，身体极为虚弱地战栗。我吓坏了，赶忙扶她靠在椅子上，给她倒了一杯水。我正要去喊医生，她却用柔细的嗓音说："谢谢老师，不用去找大夫，过一会儿就会好的。"

"你生病了吧？要不去医院看看？"

"不要紧的。"她说，"只是有点不舒服，没什么大病。"

我相信了她的话，给她额头敷了一块热毛巾。果然，她面色渐渐恢复了正常，说："老师，劳驾您把椅子搬到阳台上。"

我照办了。她倚靠在藤椅里，像一朵柔弱而美丽的花儿，静静坐在阳台上。淡黄的海藻似的头发上别着一个碧色发卡，柔顺的发丝抚着她柔嫩的肩和白皙的脸。她好像忘了周围的存在，痴痴地望着外面的世界——穿梭的人群、车辆，蓝天白云，还有树枝上欢快的鸟儿——好久好久。

“老师，我会给您的工作带来不便吗?”她突然幽幽地问。

“哪里的话!”我爽朗地笑笑，“你若不来，我还不习惯呢。”

“那，如果有一天我来不了了呢?”她像是自语。

“真是傻话，怎么会呢?”我毫不在意地说。

“老师，你把烟戒了好吗?你这么年轻，抽烟对身体不好。”她定睛望着我，目光真挚，澄澈如泉。

“好吧，就戒了。”我爽快答应。为使她高兴，我特意甩掉了嘴里的香烟。

“好啊好啊!”她合掌轻拍，微翘的嘴角浮出恬静的笑意。

她继续望着热闹、精彩的世界。终于，她留恋地收回巡视世界的目光，我忽然发觉她的眼里竟含着泪花。

当时我并没多想。暮云漫起，我破例第一次送她下楼。她没拒绝，平静地与我并肩步行。我发觉自认识后的半年来她长高了一点，晚风轻拂着她的裙摆和发丝，如弱柳扶风，显得清瘦而挺拔。直到大门口，她始终微笑着和我交谈，也没发觉什么异常之处。

走出校门，她回首，与我挥手告别。

可十天过去了，她都没来借书，会是什么不祥之兆吗?想着那天她突然不舒服的一幕，我不住地忖度。

又过去三天，到周末，一个与她年龄相仿的陌生女生敲开我的房门。

她手里拿着一本书说："您就是王老师吧？我是韩咏虹的同学，来替她还书，她让我代她谢谢您。"

"她怎么不来呢？"我急切地问。

"她病了。"

"啥病？"我心里掠过一片阴影。

"还在诊治。"那同学垂下眼皮说，"可能是白血病。那天上体育课，她突然晕倒在操场上。"她放下书，临走时又补充："韩咏虹说，等病好了，她还会来的。"

我惊愕了，猛然感到天旋地转。这怎么可能呢？她怎么会得这种病呢？

我恍惚觉得来还书的还是韩咏虹而非她的同学。老天！你怎么对一个天使般的少女这样残酷？!

她不来，我的生活里似乎少了一种固定的仪式感，少了一种信任和温馨。本来，我只比她大六岁，虽然同事已有人暗暗猜测我和她之间的关系了，可身正不怕影子斜，我对此毫不理会。

本想抽空去探望她，但我必须去参加一个学术研讨会，我匆匆上了去上海的火车，一周后才得以返回。

返回时，天空乌云翻滚，风雨忽起。顾不得回单位，我就急急地去找她。这些天，一颗心老为她悬着。在韩咏虹就读的学校，我终于打听到她住院的地方，并得知她平时学习用功，成绩一直名列前茅。我顺道买了鲜花，带着特意给她买的礼物——两本新书。我想，她一定会喜欢的。

我迫不及待地推开住院部的门，询问前台的一位护士，她默默地指指病房。我预感不妙，心跳加速，脚步沉重地走过去。距离不远，却像走了很长很远的路似的。然而，当我靠近病床，打算把书送给她时，她合着双眼，呼吸微弱，仿佛平静地睡着了。我轻轻呼唤她的名字，感觉她的指尖似乎轻微动了一下。

抑制住心痛，我立刻拿出海明威的《老人与海》，迅速打开书，挑选其中的内容读起来。

病房外风狂雨骤，密集的雨滴打在窗玻璃上，留下无数道泪痕。

墙上钟表的指针嘀嗒嘀嗒匆匆走着，时间在残忍地一分一秒流逝。我不管不顾地给她读着："人，并不是生来就要给你们打败的。你可以消灭他，可就是打不败他，打不败他……"四周静谧，读书声与风雨声里突然汇进了幽咽声。我将目光移开书页，她面容安详，仿佛在专注聆听，只是心电监护仪上的曲线波纹悄悄变平直了。

少顷，有人过来拉起我，她善良的父母及师友含泪与我握手。

那个代她还书、与她要好的同学转交给我一封信，我颤抖着打开，信中娟秀而熟悉的字迹写道：

王老师：

您好！

请原谅我不能亲自去给您还书了。

这一段时间，我过得非常愉快充实，您的书和见解给了我信心、力量、勇气，我沉浸在知识和被人关怀的温暖海洋中，有时就忘记了病痛。我的病是治不好的，我看过这方面的医书。请宽恕我对您隐瞒了实情。

王老师，我多么留恋这个世界啊，我才十六岁。您有那么多的书籍，可我才看了一点点，我多想能继续读下去……

时光多么宝贵，可生命对我多么吝啬。不过，我得到了很多友爱、关怀和信任，有父母、老师、同学，还有您。

我是永远不会忘记的。

祝一切顺好。

您的学生：韩咏虹

读着信纸上的文字，往日情景似乎湿漉漉地浮现出来。外面雨住天晴，空气清新。我恍若看见她像一片洁白的羽毛书签，追着彩虹飞走了。

良　师

从小学到大学，给我上过课的老师不少，其中一位虽只教了三个月，他的形象却永久凝固在我的记忆长河里。

那是上高二的时候。冬天，教英语的唐老师生病住院了。学期刚过半，课不能落下。学校说从外面给我们请个老师，我们便焦急地盼望着。

早晨，天很冷，地上结了一层薄霜。听说新老师要来，大家都很欣喜。第一道铃响后，我们已整齐地坐在教室里，或交头接耳，或暗暗猜测这位英语老师的模样。

忽然，教室外传来拐杖触地的笃笃声，接着进来了一个青年——不！一个残疾人，确切些说是一个瘸子！不会走错地方了吧？他静静地立在门口，身形瘦弱，脸色有些苍白，腋下拄着一副拐杖，一条腿软软地耷拉着。

天！这就是学校给我们请的代课老师，来给我们教英语的吗？几个学生发出低低的嘘声。见我们的目光齐刷刷投向他，他似乎有点犹豫。须臾，他抿一下唇，头一昂，胸一挺，从容地拄着拐杖坚定地走上讲台。

“Stand up（起立）！”班长喊。

依着拐杖的支撑，他尽力使自己站直，平视着我们说：

“Good morning, everyone（大家早上好）!”嘿！他的发音蛮标准的。

“Good morning, teacher（老师早上好）!”我们稀拉回应。

“Sit down, please（请坐）!”等学生们坐下，他继续说：“Nice to meet you. I’m substituting for teacher Tang. So let’s work hard together（很高兴见到你们，我临时来代替唐老师，让我们共同努力学习）.”他说得又清晰又准确，教室里很快安静下来。

“My name is Shi Mo（我的名字是石默）.”他左手拄着拐杖，右手拿起粉笔转身在黑板上写下“石默”二字，笔迹极劲秀，然后说：

“本节课我们开始学习《脚印》，即 *FOOTPRINT*，现在听我把课文读一遍。”可是，他并没照着书念，而是很流畅地将课文背诵了一遍。同学们悄无声息地听着，眼中流露出对他的佩服。

只可惜当时我的英语太差，除了简单的几句，几乎听不懂。仅知道课文是从《鲁滨逊漂流记》中节选的一段，那小说，我倒是早看过的。我英语学习开始得晚，基础差，也不大感兴趣。所有的课程中，英语是唯一拖我后腿的，我试图凭借其他几门的优势来弥补，因而对英语不太用功。此时，见这位新老师讲得棒，同学们听得起劲，我只有望洋兴叹。

听不懂，干坐着无聊，我又不愿白白浪费时间，就一边看别的书，一边偷偷地观察这位老师。他虽然腿有残疾，但差不多都是站着讲的，只偶尔坐下歇会儿。他的鼻梁线条挺直，浓眉下，眼神温和又冷静，极有棱角的嘴唇里有一口洁白整齐的牙齿。哎，单看脸真是一位帅哥呢。补到第二节课时，他中途停下来要提问学生。我心虚怕被提问，想避开他的眼睛，可偏偏和他扫视的目光碰在一起。

“王小传。”他叫。

完了。我心里说，闭一下眼睛，慢腾腾站起来。他用英语提问，可我不知道问的是什么，只得傻乎乎地说：“Sorry，sorry，sorry（对不起）!”

同学们窃笑，我也忍不住咧嘴扮了个怪相。石老师不明白是怎么一回事，以为我在故意捣乱，就尴尬地瞧着我和同学们，涨红了脸，随之拄着拐杖笃笃笃来到我面前。他见我的英语书原封不动地合着，翻开看的却是别的书。他似乎明白了，气愤地盯着我：“心思不在课堂，你怎么不好好上课?”

“听——不——懂。”我歪着头拉长声调吐出三个字。

他嘴角抽动，没再说什么，而后迅速回到讲台，喘着粗气，大声用英语说：

“A slow bird should make an early start！Please follow me（笨鸟先飞，请跟我学）.”

然而我不懂他说的意思，便在一片哄笑声中狼狈地坐下。

下课了，他拄着拐杖走后，我问同桌石老师那句英语的意思。同桌解释道老师说我是笨鸟，自尊心极强的我气得嗷嗷直叫，立刻就想追上他理论一番，但终于按捺住，心里愤愤道：“瘸子！走着瞧，会让你知道我的!”

隔天，又到英语课，适逢我值日。清早，天气寒冷，打扫教室时，想起自己上节课遭受的耻笑，我把一杯水悄悄地洒在了教室门前的走道上。三九天，正是寒冷的时节，水很快就会凝成冰的。按理不该把水洒在过道上，身体健全的人可以小心翼翼地走过去，但对于一个腿有残疾的人却无疑增加了难度。

预备铃声划破凛冽的寒空，快上课了。

同学们像往常一样坐在教室里等待。终于，一阵拐杖触地的笃笃声由远而近传来。我竖起耳朵，忐忑不安地坐着，等着看英语老师的难堪。可是不知怎的，紧张的心既盼望又后怕。一瞬间，我曾想放弃这个预谋，主动去教室外迎接搀扶老师。然而，当我的思想正激烈斗争时，就在教室门前，他——石老师摔倒了。听见那清脆的啪的一声时，我浑身的血似乎凝滞了。同学们闻声惊呼着站起来跑出去。

我偷偷从窗户探出半个脑袋：啊！石老师摔得真惨，是滑跌下去的，屁股坐在地上，拐杖也摔到了一边。几个手脚麻利的同学把他搀起来。我不敢再看他，赶紧缩回头。

“快回教室！同学们，准备上课。”

“老师……你……一定摔疼了。”同学们七嘴八舌地说。

“嗯？地上怎么有冰？谁把水洒在这里了？”细心的班长突然嚷道，“值日生是怎么搞的？”

我的心一下子提到了嗓子眼。

“没事，别追究了。快上课吧！上课要紧。”石老师急促地说，拄着拐杖，在同学们的拥护下走上讲台。

“刚才不小心溜了个冰，耽搁大家时间了。”他自嘲地笑笑。

开始上课了。我始终低着头，不敢正视讲台上站着的石老师。一看他，他准会注意到我，可能会怀疑到我的。但当我偶尔瞥到他，他镇定如常，好像什么也没发生过，不带一点情绪地认真讲着课。他把课堂时间看得那么宝贵、那么庄严、那么神圣，全力投入，好像压根没受到任何干扰似的。

我心中突然充满忏悔，像个罪犯一般龟缩在座位上，虽然并没有人发觉我当初的举动，且抓住我的把柄。倘若石老师下来追查，我就老实承认。脑袋里杂七杂八地想着，两节课照例糊里糊涂地上完了。

我沉陷在无边的懊悔自责中，胸口仿佛压上了一块沉重的石头。

连续几天风平浪静。班主任并没有追查。可我觉得老班看我的眼神似乎有点怪怪的。还听另一位班干部偷偷说，石老师不同意追究那事。

石老师天天照常上课，可我更寝食不安了。脑海里老是浮现出石老师摔倒后的情景。去认错吧，任石老师处罚，就是打骂也胜过这种精神上的折磨。

几天后，一个清冷而静谧的雪夜，我在三番五次的迟疑后终于鼓足勇气去向石老师认错。

雪纷纷扬扬地飘洒，无声地落到路上、树上、房屋上。我迎着雪花，缓慢地走向石老师的宿舍。

室内亮着灯，一个伏案疾书的身影投射在窗户上。他在备课吧？远远瞧着，我停下脚步，忽然不想去打扰他，他工作多么专注啊！那个熟悉的影子一会儿起身拄着拐杖在室内踱步，口里读着英语；一会儿又坐到桌前，呵呵手继续备课。天好冷，他屋里有火炉吗？那事过去几天了，一切都很平静，他没有追究摔跤的原因，没找任何人，更没有找我，也就是说他根本没怀疑到我。也许他把心思全放在了教学上，哪会顾及这些琐屑之事呢。

想起自己的英语，我非常惭愧，有这么好的老师授课、辅导，干吗不努力学习呢？为什么不下功夫去钻研呢？真是懦夫！凝视着寂静寒夜中石老师窗口柔和的灯光，还有灯光下蝴蝶般飘舞的雪花，我脸颊发烫，心里滚热。我在心里说："老师，我给你认错了。请你原谅学生的狭隘无知。可是，与其来向你认错，还不如下决心把英语学好。"

沉思着，我向石老师的身影立正鞠了一躬，收回目光转身走时才发觉自己在窗前站了许久，脚有点发僵，头发和衣服上已落了厚厚一层雪。

我开始用心学英语，像对待敌人一样下功夫去征服它，又像对待朋友一样去结识关爱它。拼命记单词、背课文，把一切可以利用的时间，甚至零零碎碎的空隙都挤出来去学。我的英语知识积累和运用渐渐有了提高，作业接连受到老师的好评。

有次课堂上石老师提问一道习题，我勇敢地举手且很流利地讲了出来。石老师略显惊喜地看着我，目光中流露出一丝欣慰。课后，他把我叫到宿舍去，我开始有点手足无措，他示意我坐下，温和地对我说：

"小传，你的进步很快。"

"还差得远呢。"我小声说。

“有差距别怕，只要抓紧追赶就有希望。”他握住我的手说，“千万不要泄气，要有信心和恒心才行。”

我点点头。感到石老师握我的手那么有力，看着他残疾的左腿和他坚毅的神色，我问：“石老师，你是怎么学英语的？”

“我？”石老师微笑着淡淡说，“自学的。”

自学的?！我在心里重复，目光落在他那根磨得光滑的拐杖手柄上。

“那天上课我对你态度不好，都怪我不了解你先前的学习情况。”石老师沉默了一会儿，坦然地看着我说。

“不！是我的错。我不该……”我结结巴巴地差点要把那件锥心的事说出来了。

“过去了的就让它过去吧。”石老师宽慰地笑着，取出一本英汉大词典说，“这是我自学时用过的。我现在有两本，这一本送给你。”

“老师……”

“别眼里光是老师。”他亲切地看着我，“拿我当朋友，好吗？”

“老师——我——”

“对你学习有帮助，拿着。”石老师递给我，我双手接住。石老师送我出来时说：“学习上有什么困难，尽管来找我，不要有所顾虑。”

捧着一份沉甸甸的信任和鼓励出来，走在寒风中，我竟感到浑身温暖。

时光匆匆流淌，石老师给我们代课快三个月了。

那天各科测试结束，我们去操场活动放松，却意外发现石老师拄着拐杖站在操场边观望我们踢球。球滚到了他的身边，一个学生老远喊：“踢过来！”

可是，石老师怎么能踢呢？“脑残！”我心里埋怨着那同学，飞跑过去捡球，快到跟前，石老师用拐杖将足球朝我拨过来。我捡起球转身时见他冲我笑了一下，那一笑是多么遗憾和悲凉！如果他的腿脚健康，他或许是个运动爱好者，何至如此恓惶和无奈呢！

石老师一直在场外看我们踢球，进球了，他也跟着鼓掌，脸上神情随赛程节奏而变化，有时恍若要撇下拐杖奔进绿茵场，加入我们的队伍驰骋。终场后，我没急着走，追上不舍离去的石老师，陪他默默走过操场，走过教学楼，一直到他的宿舍前。

路上，我又几次想说明让他那天摔跤的真相并向他道歉，可石老师都以学习上的事岔开。我想，石老师心里恐怕早已知情，只是不愿我或他人揭开这个令人难堪的秘密，是因为他的宽容和善良吧。

目送他慢慢登上台阶进屋。挥手之际，我的目光凝住了，想到了他天天来给我们上课时进出教室的情景，想到了那妨碍他出入的台阶……我们的教室在一楼，从地面到楼道有三级台阶，也许是平常疏忽大意吧，怎么才发觉这些台阶对石老师出入有影响，以至于他拄着拐杖每每上下时都比较吃力。

周五上完课，在师生互道再见后，我追上石老师去请教一个阅读理解的问题。他耐心地给我讲解，又依据原文进行拓展，直到我彻底领悟为止。

“谢谢老师，耽搁您时间了。”我朝他鞠了一躬。

“不用客气。”他拍一下我的肩膀说，“学英语贵在习惯和坚持。”走出几步，他又转身，回顾着教学楼对我说：“好好努力。”

傍晚，我约了同桌悄悄去干一件“工程”。

我们找到学校操场旁的建筑工地，跟管料人说明来意。那师傅听懂后挺爽快，借给我们一辆手推车，并帮忙装上砖块沙子。我俩推车到教室门外的台阶下，先量好尺寸，接着一层层垫沙铺砖，砌了个斜坡，之后反复踩踏结实，又上上下下试了几次。大冷的天，我们居然因用力而出了微汗，可一点也不觉得累。

干完活坐在台阶上，仰望辽阔而深邃的夜空。自头顶散布至天际的无数星星或明或暗闪烁着，仿佛结在宇宙之树上的神奇果实，给沉睡的大地搭建了美好绝妙的宏阔背景。远处的秦岭与操场外的汉江以及影影绰绰的树和房子都沉浸在温柔的夜色里。看着砌好的坡道，我们心里很高兴，以后石老师再进出教室就省力方便多了。

元旦快到了，按惯例我们将举办辞旧迎新晚会，也将邀请代课老师参与联欢。

星期一，当我和同学们坐在教室里，静静地等待那特有的、熟悉的拐杖触地的笃笃声由远而近传来时，却没有等到石老师面带微笑来上课，没能看见他从那新砌的斜坡上轻松走过的情景。我们纳闷，石老师怎么没来上课呢？

是夜，举行班级晚会。各科老师都应邀来了，大家欢聚一堂，表演节目庆贺新年到来，然而，还是没见石老师的身影。原本，我准备了一张精美的贺年卡，还打算亲手送给石老师。

晚会中途，借上厕所的空当，我悄悄去了一趟石老师的宿舍，可他的房间不见灯光。晚会结束后，我又与同学顺道经过石老师的住处，前后仔细观察，那间宿舍依然黑黢黢的，悄无声息。

四周寂静。夜幕上忽而有一颗流星拖着绚丽的尾巴划过天穹，与途经的星云和尘世观望的眼睛依依惜别。老师，你究竟在哪里呢？

翌日，忍不住向班主任打听，我才知石老师和学校签订的合同已经到期，他给我们该补的课已补完，已于昨天一早默默离开了。

许多年过去了，我再也无缘见到石老师。每次老同学相聚，我就会自然想起他，想起石老师曾经给我们代课的情形。有人说他去了外地，有人说他被某家研究所聘去做了翻译，甚至有传言说他后来得了不好的病英年早逝了……

虽然不知石老师去了哪里，但他送的词典伴我读完高中，读到大学，至今还在我的案头。

高　地

一

滨江湿地公园西头，临江仙小区地标性建筑 A 栋楼顶三十二层露台上，一对帅气的双胞胎兄弟手持望远镜，正在愉悦地瞭望指点着。天气乍晴，浩瀚无垠的苍穹如深不可测的大海，云雾飘忽，奥秘难测。

近来雨多，昨夜又下过阵雨，但没给盛夏带来凉意，反而有点闷热。俊杰对俊雄说，难得转晴，能见度较好，咱们上去观景吧。他家所住的高楼当初预售时价格比较优惠，兄弟俩的父母经过商量，要了两个七十来平方米的小套房，在同一单元的一楼和顶楼，相当于花了一套大房的钱，很是划算。退休的爷爷奶奶住一楼方便进出，顶楼则考虑到了俩孩子的兴趣。俊杰喜欢天文，俊雄爱好体育。今年兄弟俩一块儿参加了高考，俊雄被一所重点大学的体院提前录取，而俊杰的档案已投到心仪的北京大学天文学专业。录取通知书快来了，爷爷奶奶高兴坏了。而远赴俄罗斯、在孔子学院援教汉语的父母在电话里说，再过几天那边放假，回家后共同为俩孩子庆贺。

最近世界杯足球赛轰轰烈烈地开战了。昨晚，兄弟俩和同学在小吃城吃烧烤、喝啤酒、聊比赛，看比利时与英格兰的赛事，猜测谁能赢，猜想哪两支球队可能进入决赛，哪个国家将最终捧得大力神杯。侃得高兴，半夜他俩才回家。早餐时，爷爷说，收音机新闻里说邻省和汉江上游下了大雨，待会儿买完菜，和奶奶去江边遛弯看看水情。

兄弟俩上到露台，照常先锻炼身体。活动活动四肢，举举哑铃，拉拉扩胸器，待做够一百个俯卧撑，他俩已是满头大汗。今儿一早就比较闷热，太阳忽隐忽现的，天空中一团一团的阴云游移不定，变幻着奇奇怪怪的形状，让人看不透彻。空气潮湿，黏黏的似乎能拧出水来。俩人擦擦汗，走到葡萄藤与丝瓜蔓交缠的花架下。这是爷爷奶奶种植的，现已茎叶繁茂，悄悄垂下几串葡萄和几个丝瓜，形成了一片阴凉。

俊杰把望远镜搭在三脚架上，开始习惯性地观察。他用的是 Gskyer（观天者）天地两用望远镜，带经纬仪微调功能，焦距 700 毫米，是爸爸三年前送给他的生日礼物，入门简单易操作。他看到了高空成片的积雨云，无数的小冰晶隐藏其中，随剧烈的冷气流上下升降，互相碰撞。俗话说，“云打架，雹要下”，看来一场大雨夹冰雹不久将会来临。他调整角度朝江的上游望去，目光越过车水马龙的滨江路、漂亮的湿地生态公园、气势恢宏的 4 号斜拉桥和雄伟壮观的高铁公路两用桥，直达水天相接的茫茫地平线。他发现江水平静流淌着，波光粼粼，江中间还有几处裸露的绿色沙洲，水位并没上涨。

俊杰直起身来，晃晃脖子，稍事休息。在书案旁练习书法的俊雄放下毛笔，端起望远镜继续观望。他也有一架望远镜，是母亲去年从俄罗斯带回来的，贝戈士 95，BAK4 棱镜，50

毫米口径，看体育比赛和细微景物很棒。长堤上人行如蚁，江畔健身器材处有许多锻炼者，甚至，距桥不远的一块较大的沙洲上还有移动的黑点，细瞧，是四个人，还有三头牛。

二

这沙洲是凸起于河床的一块高地，不在江正中，而是稍偏北，南北宽，东西长，大致呈梭镖状。略高于两岸的沙洲，相当于一个江心岛，面积大约有两个足球场那么大。岛上地势中央高、四周低，西北一侧生长着蒲草、芦苇和大叶柳，平坦的东南一侧则绿草如茵，延伸至水边。岛心高处耸立着几株挺拔的水杉，相邻的是一棵树干粗壮、枝柯遒劲的乌桕。小岛如一艘巨舰稳定地泊在江中，轻风拂过，江水哗哗地自两旁欢快分流。

一年中大部分时候可以登上沙洲，尤其在水浅或河床干涸时更容易。这会儿，岛上有三男一女以及悠闲觅食的两大一小的水牛一家。

苍翠的乌桕树下，周子涵在专注地写生。这次同文艺界的几个好友来 H 市采风，计划行程已基本结束。今天是自由活动，其他人去逛一个仿古建造的三国古镇了。他觉得那是人工造景，没趣，就背了画板来到江边，看见草木葳蕤的江心沙洲，他眼前一亮，随即脱鞋，挽起裤腿，蹚着齐脚踝的江水上了小岛。汉江从上游蜿蜒而下，绕着城区流出一个美妙的“S”曲线。起伏的远山，隐约的村落，临江各式各样的建筑尽收眼底。这里是他儿时随父母支援“三线”建设曾经待过又三十年未回的第二故乡。尤其汉江，是他乘船渡过、赤身游过的江，是他一生难以忘怀、梦里无数次向往的地方。机缘巧合，今天到此，周子涵顿觉如遇故交，神清气爽，支好画板一边观察，一边即兴画了起来。

离周子涵不远的芦苇旁是一对年轻的恋人，他们依偎在一起观看江景，低声谈笑着，似已忘记了之前的烦恼。小伙子刘云鹏本是带着女友关若梅到滨江小区看房的，他俩交往几年了，双方父母都催着结婚，便打算买套合适的房子。近一个月来，他俩抽空转了好多小区，最后觉得滨江一带新开发的楼盘环境和设施都比较理想，于是今天准备来交定金。可才过了一周，每平方米就涨了两百元。他们看好的房子一百多平方米，就得增加两万多元。而且，售楼部的小姐姐提议要买就赶紧交定金，后面可能还要涨。若梅嘀咕：怎么会这样呢？对方说现在高铁通了，本市成了省城的后花园，外地来投资发展定居的多了。想想也是这么个情况。但买房是大事，需要真金白银来实现。俩人说再和家人商量商量，便垂头丧气地出来了。他俩同在一家经贸公司供职，云鹏干文案策划，若梅做财务，但工作时间不太长，积蓄仅有十余万元。云鹏的父母答应全力资助十万元，而女方父母承诺可以陪嫁一辆小车。看中的那套房开始每平方米六千多，现在一涨总价可就翻过七十万元了。这还是毛坯房，之后还有装修、买家具、办事的钱呢。俩人算算就感到头皮发麻，寻思不行就改买面积小的房子或二手房。

他俩沿着江边的大堤漫无目的地散步，若梅愁眉不展。云鹏安慰女友道，别焦虑，我们共同奋斗，面包会有的，一切都会有的。云鹏真诚地对她说，无论如何，你都是我今生最大的财富。若梅明白男友的心意，心里觉得十分暖和。他们暂时放下买房的烦恼，想着踏实、快乐过好每一天，也许才是最重要的。之后他们惊喜地发现了江中间那漂亮迷人的沙洲，云鹏便背着女友过江，兴冲冲地登上了小岛。往四周一看，江水清澈，植被丰茂，牛儿自由自在地吃草，有人安静作画，简直像个世外桃源啊。他俩的烦恼一下就抛到九霄云外了。

三

其实，最先上岛的是牛和它的主人，而且它的主人是这儿的常客——老吴。

当日头在临江楼群间努力攀升的时候，老吴就赶着他的水牛上了江心沙洲。这里青草茂盛，江水清澈，是放牛的好地方。老吴松了缰绳，牛们自动慢跑到平缓的滩涂，放开肚皮大吃起来。小牛跟随着牛妈妈吃草，前后左右愉快地撒欢，时不时蹭蹭母牛的腿腹。牛爸爸独自在一边闷头进食，吧唧着嘴巴，卷舔着蓝紫色的舌头，尾巴在肥硕的屁股上得意地左右摇晃着驱赶蚊虻。

老吴半躺在水杉树下，拿草帽盖住半个脑袋，用烟斗在荷包里摁满烟丝，熟练地划亮火柴点燃。不是抽不起纸烟，是觉得没劲才一直抽旱烟，抽着过瘾。前天，邻居罗婶去猪圈喂食，猪惊慌号叫不敢上前，原来一条斑斓长蛇盘踞在圈栏上，见人也不躲避，吐着芯子乘凉呢。罗婶喊来老吴，老吴说别怕。他猛吸几口烟，然后熄灭磕磕灰，折根细枝条，从烟锅里剜出一点黑黄的烟屎，小心地递到蛇头跟前。那蛇张口就吞，接着就痛苦地扭动抽搐，继而蔫不唧儿的想要开溜。老吴箭步上去，捉住蛇尾抖甩几下，蛇就僵直不动了。老吴说这是大王锦蛇，接着宰杀、剥皮、红烧，与邻居还喝了顿小酒哩。

深吸一口烟，老吴舒服地眯着眼，瞅他可爱的牛儿。这大半辈子，老吴跟牲口打交道的时候多。他一九四九年出生，父亲给他起名建国。年少时不爱读书，二十世纪七八十年代赶套车拉货，马儿、骡子拉着车嘚嘚欢跑，脖铃儿当当作响，他手持鞭子坐在车辕上行走四方，一般傍晚才驾车返回城郊的农村，日子过得还行。可再往后，汽车越来越多，到二十世纪九十年代末，他这行生意就越来越淡、越来越窄。他琢磨一番后，把牲口与马车转手，买了辆电动三轮车，载人运货。可好景不长，一次赶运货物，在坑坑洼洼的路上意外翻车，不但自己的腿受伤变跛了，还赔了客户损失费。一气之下，老吴放弃了运输，加之年过半百，不想折腾了，就安安心心待在了乡下。女儿早出嫁了，儿子儿媳甩下孙子也去外地打工了。老吴和老伴守着承包地，一年辛苦种点水稻、麦子、苞米、油菜，粮油虽富裕，可也没攒下多余的钞票。近年村里许多人家修了阔气的新房，他家暂时修不起，只想着以后再翻修旧房。人比人，没法活，慢慢过自己的日子呗。

五年前，老吴买了一公一母两头水牛，两年后生下一牛犊，母的，卖了一个好价钱。现在，他的牛正处于青壮期。他亲切地叫它们大壮、小壮，时间长了，大壮和小壮居然记住了自己的名号，能召之即来、挥之即去。水牛挺皮实，除自用外，农忙时可租出去帮活，母牛的奶又可以卖掉换钱。今年初，母牛小壮竟产下双胞胎，老吴把雄崽卖了，留下雌的，盼着水牛一家子孙成群呢。

正值盛夏，沙洲上水草丰美，巴根草、牛筋草、茅草、鱼腥草、狗尾巴草生长茂密，葱郁多汁，江边的浮萍懒洋洋地漂荡着，水里的藻类扭摆着醉醺醺的舞姿。大壮吃得快，肚皮渐渐膨胀起来，毛皮油亮，小壮的腰身也圆滚滚鼓起来。牛犊半岁多，刚断奶不久，有点儿调皮，只挑鲜嫩的青草下口，跟牛爸牛妈在一起，跑前跟后，不时兴奋地哞哞叫唤，撒欢蹦跳。

太阳爬过乌桕树冠就隐身云层不见了，温度节节升高，越来越热了。吃饱了，牛一家愉快地走进河里泡澡。水牛被毛稀少，皮厚光滑，汗腺不发达，气温高时，需浴水降温散热，滚泥减弱日光热辐射。它们把身体埋在清凉的江水里，浮萍遮盖，露着头，有时只需露出鼻孔呼吸。有牛虻骚扰，就抡起尾巴拍打驱赶。哗哗流淌的江水比池塘的死水爽快多了，牛犊夹在父母之间，幸福地摇晃脑袋，转动耳朵。它好奇地盯着飞来飞去的蜻蜓，翱翔盘旋着忽地钻进河里叼鱼的鹭鸶。牛的食量大，有四个胃，这会儿舒坦地浸在水里，正好慢慢反刍咀嚼。

老吴爱牛在村里是出了名的。盖了宽敞结实的牛圈，每天勤喂食、勤放养，青草、干草与豆粕等精粗搭配，闲时要拉出去遛遛，睡觉前也要去瞅一眼，跟牛说句话才安心。近些年农村偷牛贼猖獗，老吴把木门换成了铁门，还养了一只凶恶的土狗，让它夜晚与牛做伴，以防万一。即便这样，他的狗还是在一个黑夜被毒死了，幸运的是他及时听到了异常动静，牛没被盗走。村里人说，贼已惦记上你家牛了。此后，他又买了一只混血狼狗，威武地守家护院。老伴说，你把牛当儿女了。

四

牛一家安逸地泡在清幽的江水中，舒服反刍，享受流水的亲肤凉爽。

老吴看看牛，放心起身，去附近走走。他望着不远处临江的高楼大厦，心想这几年城市发展真快啊，滨江新区已把他所在的村庄囊括在里头，环城路将修到村边，或许不久，他们就成拆迁户了。对此，老吴和村民们有喜有忧。拆迁补偿，也许就搬进楼房成城里人了，但失去土地，以后在哪儿扎根安生呢？像他这般上年纪没文化又缺乏专业技术的，很难找到工作，没有了土地依托，即便在外打工的儿女们回来也不好立足。他想起改革开放初期那会儿，人们羡慕万元户，羡慕会折腾的能人、有钱人。随后，穷怕了的乡下人都争着往外跑，进城市，图发展。近些年，农村的青壮年不安于土地束缚，比着追着几乎走完了，似乎不出去就是㞞包、窝囊废。农村大多只剩下老弱病残，还有需要履职的村干部。这造成有的人家缺少劳力，有的土地几近荒芜，特别在播种、收割季节，矛盾比较突出，也是在此情况下，老吴养的牛就派上了用场。牛带着犁具耕地、耙地、耘田，还能拉车运输，任劳任怨。牛粪肥田、牛奶惠人，这方便好用的牲灵岂是机器可比的呢！

本来他已打算扩大养殖规模，想再添购几头奶牛了。然而，时代变化快。城市急剧扩张，市上有新的招商项目运作，计划圈占城西的这片土地，用来发展现代化绿色龙头产业，上面动员适时把土地流转出去，就地务工。大家还在犹豫，瞻前顾后。其实，开发商给的赔偿款已高于自己辛苦劳作的收入了。老吴暗自盘算着，可想到土地一旦流转出去，他的牛该怎么办呢？到时要么忍痛卖掉，要么搞别的。还没想妥呢，扶贫工作就在村里如火如荼地搞起来了。划定为贫困村、贫困户就能得到政府的大力支持，就能获得项目与资金。于是，村里人争抢着当贫困户，盼望贫困户的帽子落在自己头上。真是三十年河东三十年河西，风水轮流转啊。老吴腿有残疾，和老伴带着孙子，还住着几十年前盖的旧房。去年，儿子与儿媳在外不知为何闹掰了，常年也不回来。村干部先前没少免费役使他的牛，知他老实忠厚，就把扶贫的工作人员介绍到他家。下来的干部已主动找他谈过好几回了，热情地关怀他家的生活，帮他出点子、做计划，建议他在养水牛的基础上搞奶牛养殖。还说如此这般，就可以积极争取到扶贫资金和技术，早日摘掉贫困户的帽子。这倒与老吴的想法不谋而合。老吴有点心动，但还没有与家人取得一致意见。

今儿上岛比较早，他知道最近岛上的草非常丰美，如来迟了，就可能错过让自己的牛饱餐的机会。老吴和他的牛看见了第二个来人——一个画家，还有稍后上岛的一对恋人。一看，就知他们是城里人。老吴溜达到乌桕树下，向周子涵点点头，画家也向他微笑颔首。近瞧，画板上呈现三头栩栩如生的牛，正是他的宝贝牛啊！芳草碧水，牛悠闲吃地着青草，那情态活灵活现，逼真极了。

画家说：“待会儿，给你画张肖像。”

老吴怕碍事，笑道：“打搅了，忙你的。”就转到另一侧。繁茂的大叶柳下，摇曳的蒲草丛中，小伙子选择角度，快乐地拿手机给女友拍照。姑娘白皙苗条，摆出各种姿势。老吴觉得他们像电影电视里的人似的好看。他正想走开，小伙子喊：“大爷，帮个忙。”老吴站住。姑娘走近清脆地说：“大爷，请帮我俩拍一张合影。”老吴说行。他们教他怎样把人装在取景框里，对准，按屏幕下方的按键。现在手机很普及，老吴也有，懂这个。他给他俩拍完照，年轻人说：“OK，谢谢！”老吴笑笑就走开了。

老吴转到草地这边，牛一家仍然浸泡在水里，幸福地挨在一块儿。见主人过来，大壮、小壮和牛犊都哞哞哞地冲他快乐地叫了几声。老吴抬头看天，日头依然不见踪影，天阴沉沉的，西边乌云翻滚，似是风雨将来的征兆。他低头看水，发觉江水稍涨了一点，且变浑了一些。天际似有雷声隐隐传来，他心里一紧，也许快下雨了，也许上游的水情有了变化哩。

夏天的天气变化多端，老吴打算吆喝牛上岸返回。

画家风度翩翩地走过来了，指指画板说：“老哥，来，给你画一张。”老吴迟疑一下，心道，人家这么热情，不好拒绝，将刚才的忧虑咽回肚里，笑着点点头。

周子涵让老吴坐在离牛不远的地方凝望汉江，远处大桥飞虹卧波，楼群参差倒映，近处芳草萋萋，绿树枝叶婆娑。多好的一幅现代与传统的融合、人文和自然协调的画卷啊。画家灵感顿生，意趣盎然地画起来。

五

此时，临江仙 A 栋西单元三十二层露台上，俊杰和俊雄还没离开。再稍待一会儿，兄弟俩就打算下楼了。

手机铃声响了，俊杰一看，乐了，是母亲打来的。

“老妈老爸好!”

“儿子，我们已订好回国的机票，明天就能到家了。”

“太叫人喜出望外了，盼着你们哩!”

“爷爷奶奶在吗?”那头父亲问。

“老爸，他们出去遛弯了。”

“你弟呢?”

“在旁边呢。”俊杰回头喊，“老二，爸妈的电话!”

可是，俊雄没有回应，端着望远镜纹丝不动。

“老爸老妈，我们都好着呢，祝你们一路顺风。Byebye!”俊杰挂了电话。

“哥——”俊雄突然叫道，“有紧急情况!”

“什么?”俊杰吓一跳，“怎么了?”

俊雄移开望远镜，神情怪怪地说：“江水有点异常，上游好像发大水了!”

俊杰闻言急忙接过弟弟的望远镜，看着，他的眼睛瞪大了。接着，又调整焦距，用自己的长筒望远镜仔细观测，他的脸色变了。在距观测点大约十公里外，黄色的江水流量剧增，本来夏天雨多，局地发生洪水倒不意外。但他忽地想起了爷爷早餐时听收音机报道上游邻省近日下暴雨的讯息，这就不得不引起注意了。如果降水量超过五十毫米，甚至达到一百毫米，江水流量就会达到每秒几千立方米，如再加上支流，将会形成破坏力强大的洪峰。现在，非同寻常的洪水，正如阴险凶恶的猛兽偷偷袭来。

“哥，滨江地段还有不少人。”俊雄提醒，“尤其危险的是——”

“江心岛！”兄弟俩同时说道。

这次来袭的可能将是几十年不遇的洪水！时间很紧，本市所在地段河床较窄，地势西高东低，据流速估算，水流量还会呈几何级数量增长。从刚刚望远镜里发现的洪峰位置推测，其抵达城区的时间不会超过二十分钟！

现在，时间就是生命，时间就是财产。

“得立刻向有关部门报警！”俊杰说。

“对，你赶紧报警。”俊雄说，“为争取时间，我先去江边告急，让江心岛的人迅速撤离，再疏散大堤下亲水平台的人群。”

“嗯。我去吧。”俊杰争道。

“哥，时间不等人。我身体好，跑得快。”说着，俊雄转身下楼。他想：如电梯刚好在这层就乘电梯，如电梯在下面，就从三十二楼跑下去。他转念想：排除楼层停留，电梯下到一楼需要一百六十秒，速跑的话，一层七秒左右，到一楼约需二百二十秒。他热爱运动，靠双脚计时曾上下跑过好几次。但从小区到江心岛至少还有一千五百米，不是在赛道跑，不能排除路上干扰，到那儿起码也得六分钟左右……还好，电梯空着，为了节省后程的体力，他闪身进去，立即按了一楼。然而到七楼，电梯停下，一个老太太指头摁着开门按钮不动，叫等一下慢腾腾走来的怀孕儿媳。

俊雄毫不犹豫，冲向楼梯，一口气跑到一楼。他想过骑自行车去，但停车棚在另一边，开锁取车要时间，打出租车呢，耽搁不说，汽车不能上堤，公路也通不到江心岛附近。而跑步，一秒都不会浪费。俊雄出楼梯间，旋即跑出小区，过红绿灯旁的斑马线，穿滨江公园，一步三跨登上大堤台阶，然后沿堤岸奔向江心岛。

4号桥在望，俊雄已是汗如雨下，前胸背心湿透。经过桥墩时，他看见大桥下居然有散步、玩耍的人。真不知危险将至！于是他大喊："洪水就要来啦！赶紧撤离！"悠然自得的人们望着风一般跑过的小伙子，将信将疑地开始转移。

终于跑到江心岛对面了。俊雄总共用了约十一分钟，他抹一把满脸的汗，喘口气，立马朝岛上人高喊："赶紧撤离！洪水就要来啦——"

六

俊雄在对岸又喊又跳，可岛上的人似乎没有听见。

周子涵还在给老吴与水牛作画。刘云鹏和关若梅牵手走出蒲苇丛，在绿毯似的草地上漫步。知了拼命聒噪着，一阵一阵，在垂柳、水杉、乌桕间变换阵地，叫得声嘶力竭。周子涵快画完了，可瞧见一对恋人款款步入背景，即招手示意他俩站定，不禁又想多添几笔。

俊雄使劲喊了半分钟，岛上竟没人响应。怎么回事？他们在干啥？难道听不见吗？嗯，两头相距大约一百米，有点远，加之蝉鸣、流水等自然界的声响，或许他们真的听不见呢。宝贵的时间在一秒一秒地流逝，从下楼到现在至少过去十二分钟了，俊杰预测洪峰将在二十分钟内杀到！自己拼命跑来报信，不能前功尽弃！念此，俊雄穿着鞋毅然跳进江里，他要以最快速度上岛报信！但愿时间还来得及，唯愿苍天有眼啊。

江水已没及小腿，流速明显加快。俊雄顽强涉水，岛上的人为何没有发觉呢？

老吴、云鹏、若梅都被画家的专注、敬业、风采吸引了，没有听到俊雄的嘶吼，也没有注意到偷偷渐涨的江水。

最后一笔终于落定，周子涵脸上漾起满足的笑意。

老吴回头看牛，牛已自觉回到草地上。牛犊紧贴着小壮，大壮抬起牛角弯曲的头，瞪圆灯泡似的牛眼，冲他急迫地长哞一声。老吴走近几步，突然，他脸色大变，目光惊恐，混浊的江水已悄悄漫上草地！水面有漂浮的塑料袋、树叶等。牛啊，肯定是泡在水里感到了异常才主动上岸的。

不好，江水有变！老吴对看画的其他三人大叫：“发洪水了！快撤！”

刹那间，一道诡异的弧形闪电宛若锋利的弯刀，劈开暗沉沉的阴云，雷声滚滚，仿佛无数猛狮发怒咆哮。在天空徘徊许久的雨滴绷不住了，哗啦啦砸向地面。

三人如梦初醒，四顾愕然，立时面色惨白，腿肚发软，恐惧使他们霎时晕头转向，竟不知往哪个方位撤离。

“快！往北走，从来时的原路返回，快跑！”老吴心急火燎地说着。他知道小岛距南岸远，那里河槽下凹，地底复杂，水深流急。这儿离北岸较近，河床平缓。他拉着大壮的缰绳，小壮和牛犊紧随着，腾腾腾跑向岛北芦苇丛一侧。云鹏、若梅及周于涵紧跟过来。与此同时，俊雄涉水抵近小岛，急涨的江水已淹至膝盖。他抓住蒲柳，奋力登上浅岸，气喘吁吁，几乎精疲力竭。

“小伙子，发洪水了，你怎么还到这里?!”老吴惊问。其他三人也不解地面面相觑。

“我——”俊雄站直说，“是来给你们——报信的!”

“啊——真的吗?”四人张大了嘴。

“喊半天，你们也没听到。”汗水、雨水使他浑身湿透，他心里有点想哭。

“谢谢！谢谢你！谢谢小兄弟!”四人恍然大悟，感激涕零。危难之际，竟有青春男儿如此仁义，奋不顾身。“你叫什么?”若梅问。

“汪俊雄。”俊雄催促，“快走！江水涨得很快，不然就来不及了!”

“可是——怎么走呢?”若梅看着泛吐泡沫、打着漩儿的阴险水面，有点胆怯。说话间，江水又蹿高了一寸。

“唉——现在蹚水怕是不行。”老吴叹气。

“咱们谁会游泳?”刘云鹏忽然发问。俊雄、画家、老吴都说会。

“你什么意思?”若梅盯着男友，“你会吗?”

“要说水性，咱们都不如它们。”云鹏指向水牛。

“聪明。”周子涵点头。大伙一齐盯着牛主人——老吴。

“是个好主意。可怎么过呢?”老吴自语。这小伙子脑子灵光。他的大壮身长二米七，肩高一米六，体重一千多斤，在村里号称“牛王”。就是小壮，也身长二米一，体重八百多斤。而且，它们正是身强力壮的时候。至于它们的水性，自然不必担心。

“大爷，您什么意见?”俊雄问。老吴看着牛，心里沉吟，可是，咱们有五个人，牛犊才半岁多，有点玄乎……老吴走近牛一家跟前，摩挲大壮的额头以及它向后弯曲如两把漂亮镰刀的双角，接着又轻抚小壮优美的肩颈。他似乎在与牛低语交流。

“大爷，你是不是要钱?”若梅急道，她拍了一下挎包，“我这儿有准备预交房子定金的钱。”老吴不语，眼神古怪地盯着她。

周子涵摆手制止若梅，对老吴说：“老哥，行不行，你吭一声嘛。”

老吴抱一下呆萌的牛犊，凝视着它琥珀般纯真的眼睛，麻利地给小牛也拴上绳子。然后他转过身来，生气地喊叫道：“他妈的，都什么时候了，扯啥呢?钱重要还是命重要?!”老吴眼珠子都红了。

“对不起，大爷。”若梅“哇”地哭了。

“大爷、大叔，你们骑一头；若梅，你和小兄弟骑一头。”云鹏冷静提议。

“你咋办?”若梅拉住男友的手，“你是‘旱鸭子’，不会游泳啊。”

“要不我留下。”俊雄说，“来时我哥已报警，相信救援队很快就会到的。”

“坚决不行。”云鹏说，“小兄弟，你已尽力了。”

画家附和：“没错，他来报信救我们，怎能把他留下?”顿了一下，他自责道：“怪我作画耽误了大家时间，我应当留下。”

“快呀，趁洪峰还没到，逃命要紧，赶快!”老吴跺着脚、红着眼睛说，“再磨叽，谁都走不掉!”

“别跟时间过不去!大家听我的。”云鹏抹一把脸上的雨水，目光冷峻地说，“大爷、大叔和大壮一组，若梅、俊雄与小壮一组。立马行动!”他的语气，不容任何质疑推辞。

“那你咋办?”若梅大哭，拉着云鹏的手，“我留下陪你。”

“别说傻话了。我随后会到的。”他决然推开了若梅。

真是刻不容缓。老吴、周子涵骑上大壮宽厚的脊背，俊雄扶着若梅跨上小壮结实的脊梁，并排走进江里。牛犊迟疑一下，老吴拽一下它的缰绳，小牛哞一声跳进水里，游到牛父母中间。

七

刘云鹏目送他们离开，眼眶潮湿。

小岛对岸，聚集起一群人，包括听到俊雄示警后从桥墩下转移出来的人。桥墩下已汪洋一片，江水涌到岸边，侵吞着平时的旱地，蒲苇被拦腰推倒，匍匐在水面。

俊杰在弟弟风一样离开时迅即向有关部门报警，说明了自己在望远镜里观察和预测的情况，随后也下楼，看一眼爷爷奶奶还没回来，便骑单车赶往江边。一路上，他想象着俊雄拼命奔跑的情景。作为孪生兄弟，他们不仅长得极像，更是心意相通，特别默契，特别了解对方。他们从小一起玩耍、吃睡、上学，忙碌教书的父母平时不爱唠叨，作息很有规律，爷爷奶奶疼爱孙子，但又不过分娇惯。兄弟俩朝夕相伴，形影不离十八年。在大伙眼里，他们一直是互爱互助、品学兼优的好孩子。这次大学预录虽然不在一所学校，但幸运地在一个城市，他们还可以经常见面的。

至今，他俩也忘不了五岁时发生的一件事。那个寒夜，俊杰突然发烧了，还拉肚子。父母赶紧抱着他去最近的医院。俊雄迷迷糊糊听到医院俩字，睁眼没看到哥哥和爸妈，一骨碌爬下床，开门去寻找他们。可尾随到一十字路口，在浓重的夜色里他发蒙了，俊雄走向一个相反的方向。妈妈回家取东西，发现床上空着，另一个孩子不见了，不禁大惊，沿途呼唤张望着重返医院。焦灼不安的父母正要分头去找时，俊杰说，稍等等，弟弟肯定是来找我们的。话落，俊雄推门而入，喊着爸妈、哥哥，跑到病床前。看着护士给哥哥扎针输液，他蹦跳哭叫。俊雄小脸发紫，冻感冒了，浑身滚烫，最后只得与哥哥一块儿住院。

依俊雄的奔跑速度，应该到了。酷热的天，弟弟一定累极渴极了。

刚上江堤，俊杰就瞥见了她，那个被师生们誉为“玉女”的女生——而自己是那个“金童”。她高挑白皙，扎着马尾辫，回眸的瞬间，也似乎看到了他。她和俊杰都是学霸，暗中较劲，几年来轮流占据着班级第一的宝座。他们平常不太说话，却有着深藏不露的共同目标以及一种天然的无须张扬的心照不宣。刚刚擦肩而过，他俩都没顾得上与对方打招呼。她明澈的眸子透出点惊讶，见老同学神色匆匆似有急事，便下意识地跟了过去。

骑到江心岛对面，俊杰注意到时间已过去十五分钟。他发觉江水在迅涨，弟弟却不在岸边。只看见岛上影影绰绰有好几个人，俊雄也登上了危险的小岛！怎么会这样呢？一旦水涨得太高了，他们过河将成问题。焦虑间，弟弟和岛上的人竟然骑着水牛开始渡江。这匪夷所思的一幕，令岸上的人神经紧绷，又忐忑期待。

大壮在江里徐徐向前，周子涵抱着老吴的腰骑在它背上。牛身庞大，再加上人，像一座小山在江流中浮动。大壮似乎明白此举干系重大，尽力保持平稳。小壮驮着俊雄和若梅，亦步亦趋，也努力跟随前进。牛犊个矮体轻，被激流冲得东倒西歪。老吴紧拽着牛犊的缰绳，毫不松懈，那可是他的心肝小宝贝啊。

牛和人已走到激流中央。对岸的人们屏住呼吸，齐刷刷盯着眼前这牛与人共渡的奇特情景。幸亏水浪暂时还不太大，如果抢在洪峰来临之前抵达岸边，他（它）们就能脱险了。

“俊雄，加油!”俊杰朝弟弟挥着拳头。

“小心！加油！”对岸的人大声喊着，鼓励江中的牛和人向胜利前进。同时，他们也望见小岛上还有一个人，为他担忧、揪心。

八

江水已淹没小岛周边低地，刘云鹏渐渐退到高处。看着他们走过江中间，他在心里默默祈祷：“快点啊，勇敢的牛，快点啊，亲爱的朋友。”岛上现在只剩他一个人，他感到孤独，也有点恐惧。洪水的前哨已袭来了，无情蚕食着岛上的草地、石头、芦苇、蒲草，还淹没了一些树根。知了嘶鸣，老鼠仓皇逃窜，一些不知名的虫子爬上树干，鸟儿惊慌地扑棱棱乱飞。很快，能逃的逃亡了，能飞的飞走了。除了洪水的肆虐咆哮，岛上逐渐沉寂。这艘巨轮会不会沉没呢？它不会漂浮，不能移动，在这危险的船上，有没有人来救他呢？俊雄说他哥已报警了，对岸也有不少人，云鹏安慰着自己，镇定一点，耐心等待。

云鹏要求留下，一是受到俊雄冒险登岛报信的激励，二也是出于情势所迫。岛上五个人，俊雄年少且已疲惫不堪，若梅敏感娇弱，画家不年轻了，老吴一把岁数还得使唤牛过江。而自己二十六岁，正值年富力强，在危难之时应该挺身而出，有所担当。所以，他坚持留下并不后悔，觉得刚才的想法安排是明智的，甚而为自己在危急关头的抉择而骄傲。他大学毕业没有读研，幸运找到一份工作，而且还结识了学财会的校友若梅。三年来，他们奋力打拼，同甘共苦，期盼有一个美好的明天。他是普通家庭出身的孩子，为了自己的婚事，爸妈省吃俭用，把辛苦积攒的钱都拿了出来。若梅做小生意的父母也不容易，没要彩礼，还答应给女儿陪嫁一辆小车。买了房，结完婚，基本就算成家立业了。以后好好工作生活，等条件许可就出去旅游，就可以考虑要个孩子。为此，他俩一起憧憬过好多次……然而，这一刻，却要和心爱的人暂时分开。

他焦虑极了，心中仿佛在说："若梅，你会不会害怕？我不是胆小鬼，也不是临阵脱逃者，我是这孤岛上的最后一个船员，要坚持，去勇敢面对挑战，自信迎接希望。若梅，相信你会理解我的。即使遭遇意外，你也要挺住！"

老天垂怜，雨势转小，牛和人已快到对岸。加油！坚持！俊杰和岸上的人准备迎接他们。但水量突然猛增，第一波洪峰奔腾着、咆哮着、气势汹汹地冲来。洪水忽地涌到它们的胸腹，大壮和小壮的身体摇晃起来。牛犊哞叫着，摇摇晃晃，老吴死死拉着它的缰绳。狰狞咆哮的洪流使牛恐惧惊疑，觳觫而畏缩不前。再有一点时间，还有五六米就能靠岸了。岸上的人心急火燎张望着，牛背上的人也惶恐不已。老吴抚拍大壮，嘴里念念叨叨。幸亏，牛机灵靠着树，岸边生长着几棵苍劲的枫树、桑树，它们倔强挺拔的身躯消减了一些水流的冲击力。

"快！"俊杰抽出自己的皮带对众人喊，"咱们连起来。"在场的人立刻明白了他的意思，有人解皮带，有人取包带。蓦地，一只纤手递过来一根漂亮的裙带。

是她——是朱同学！四目火热相对，俊杰感激地点头接过。瞬时，大家飞快连接起两个绳带，俊杰瞄准方向扔过去。

第一个俊雄抓住，第二个老吴扬臂接住，可他手里的缰绳却滑落了，牛犊瞬间被洪水冲了出去。“我的牛啊!”老吴悲号。但刻不容缓，牛背上还有四个人呢！他强忍心痛，在岸边人们的呼喊拉扯下，吆喝大壮和小壮鼓起勇气，奋力登上了堤岸。

从牛背下来的人涕泪横流，俊雄和俊杰拥抱在一起。周子涵哽咽，半天说不出话来。若梅泪流满面，继而大哭望着还在小岛上的云鹏。

老吴把大壮、小壮拴到安全地带的老槐树上，这对英雄牛夫妻不见了自己的孩子，哀伤地哞叫着。老吴抚拍它们的头颈，嘴里反复念叨着：“我的牛犊啊，我的牛犊啊……”一屁股跌坐在地上。

九

江水猛涨，波浪涌起，洪峰以摧枯拉朽之势扫荡两岸。

江心岛大部被淹，岛上的人岌岌可危！这时，抗洪抢险队迅速赶来了，他们接警而动，于江边危急河段会合后，观察态势，争分夺秒展开救援。

刘云鹏看见若梅他们有惊无险顺利登岸，松了一口气。他退到小岛的最高处，站在乌桕树下。洪水继续上涨，已渐渐漫到脚背，漂荡着从上游冲下来的乱七八糟的东西，弥漫着难闻的腥味和霉味。

云鹏开始爬树，他攀到一个结实的树杈间。举目环顾，岛上陆地几乎淹完了，芦苇、蒲草沉没在水里，低洼处的柳树露着颓丧的头，碗口粗的水杉竟被洪流冲断了两棵。乌桕因为所在地势高，扎根深，根系发达，枝干粗壮，暂时兀立岛上。云鹏惊喜地发现对岸救援队来了，冲锋舟在做着出发准备。

洪水汹涌，冲锋舟突突突发动，如离弦之箭，犁开滚滚洪波，激起簇簇浪花，直奔小岛而来。也许心急，冲锋舟在岛边蹭了一下，偏离航道旋转着退了回去。救援人员调整角度，在江面划个优美的波纹弧线，从另一端再次发起冲击。这次冲锋舟跃上了小岛，可激流湍急，未及靠稳，一排巨浪凶猛打来，小舟被狠劲推出去，差点儿倾覆。

情势危险，这样不行。救援队长和指挥部通电话，紧急磋商抢救方案。

刘云鹏见冲锋舟驶来，大喜过望，预备下树，但接连两次救援失败，他的心陡然又悬了起来。施救遇挫，一丝悲凉感顽固地攫住他。唉，他要是有双强有力的翅膀，能像大鹏、雄鹰那样展翅飞翔多好啊！

江面浊浪滔滔，远处，洪水即将吞噬桥墩。岛上，乌柏粗壮的树干已被淹没三分之一，开始微晃。这一定是几十年不遇的洪水。江岸大堤上的人们焦虑地引颈眺望，望着被洪水包围的缥缈小岛。

空中，响起引擎声，由远而近清晰传来。一架直升机轰鸣着闪现在人们的视野中，出现在波涛翻滚的江面上，螺旋桨飞速旋转着。瞬间，直升机悬停在桅杆一样的乌柏上空，舱门打开，悬梯放下，刘云鹏被救上飞机。

洪流苍茫，岸上一片欢腾。

十

当晚，世界杯足球盛宴仍在人们的期待中火爆进行。

市区大堤岿然，险恶的洪峰乘兴而来又叹着气匆匆过境。

第二天，嚣张的洪水逐渐消退，老吴和一伙人沿江岸搜寻，发现了他的牛犊。但牛犊卡在一棵大柳树的枝杈间，已丧失了生命迹象。

俊杰、俊雄和父母团聚了。这一天，他俩收到了大学录取通知书。而且，他们还共同观看了克罗地亚队与法国队的巅峰对决。

不久，H 市举办了一次环江长跑，队伍里有俊雄、俊杰、云鹏、若梅，还有周子涵的身影。赛后，他们相约去看望老吴和他的大壮及小壮。

2018 年夏初稿

2019 年春二稿

秦　嫂

一

将近年关，农贸市场供需两旺，生意红火。但昨天，小狗突然对雇主秦嫂说他不干了，想回家了。

秦嫂愣怔一下，心里骤然一凉。可想想，她觉得这事既在意料之外又在情理之中。

她是菜市场的一个摊主，摊位占了路口一端的两边，是进进出出的必经之处，附近街巷过往的人们常在此停留选购。秦嫂年近四十而稍显风韵，穿着朴素整洁，头发总是梳得光溜溜的。听说当初为抢这个上佳摊位她是拼了命的，几个男的都没争过她，私下有人说她很“泼”。但她平日里大多安静地坐着，不爱吆喝叫卖兜揽生意，一是她的摊位显眼、品种多；二是她的雇工（又说是准丈夫）就在旁边助阵，个儿不高但精壮，在菜墩上剁肉馅，两把菜刀上下翻飞，“咯噔噔、咯噔噔……”便把人们的目光吸引过来了。

听说这男的是从外地逃难来的，因饿极偷别人的吃的被打，跑到这儿昏倒在菜市场。秦嫂收摊儿时发现了他，探了探鼻子有气息，就用稀粥馒头喂他，救了他一命。小伙子醒来后扑通给她跪下，磕头在地：“谢谢大姐！”

“谢啥呀。”秦嫂拉起他，“年纪轻轻的，咋出来落到这地步啊?”

“我们那地方遭了灾……房子庄稼全毁了……”

“哦，怪可怜的。”

“求求您收留我吧，我可以给您打杂，干啥都行。”他又跪下，啪嗒啪嗒落泪。

秦嫂沉吟一会儿，问：

“你叫啥名?”

“小狗。”

“有大名吗?”

“有，不过从小大家都叫我小狗。”

“多大了?”

“二十。”

“不聋不哑，不傻不残。”秦嫂拍拍他肩，“还是回你老家去吧。”

“母亲不在了，姐姐嫁人了。”小狗抽泣，“父亲十几年前不知去哪里了……”

“我这摊儿小，你先去别处找活儿干吧。”秦嫂塞给他点钱。

第二天，秦嫂刚到菜市场，小狗却在那儿等着，勤快地帮她摆放摊位上的用品，跑前跑后忙活。

“你咋还没走呢?”秦嫂问。

“我哪儿也不想去。”他乞求，“大姐，你留下我吧。”

秦嫂没表态，直到下午太阳西沉，小狗仍然殷勤地随着她收摊儿、拾掇东西。

“你真不去别的地方?”秦嫂直视他的眼睛。

“我只想跟着你。”

看着他热切真挚的目光，良久，秦嫂终于点点头。

二

秦嫂是个寡妇，前几年死了丈夫，身边带着个男孩，尚未改嫁。公婆住在后街东头，经营一个卤肉摊子，平时不常过来，但想让她招赘个男人把门庭撑下去，秦嫂没往心里去。她和儿子暂时将就着能过，不想求谁。自己在后街西头有两间平房，外带一间做厨房和盥洗室的偏厦。她平日照管儿子连带做小生意，忙是忙点，操持里外倒也自在。好心人劝她趁年轻改嫁，也有人热情牵线搭桥，更有瞄上她的男的托人来提亲，可都没谈成。其间，有个市场管理员兼片区治安叫胡兵的，老婆在乡下，有事没事爱往秦嫂这边转悠。他不怎么收秦嫂摊子的费用，但皮粗脸厚爱讲笑话段子，插科打诨间趁机摸秦嫂的腰身，捏她的大腿屁股。秦嫂心里厌恶，但又止不住这家伙的咸猪手。

一天该吃中饭了，胡兵过来涎着脸说想请她撮一顿，秦嫂说行，就在附近大排档吧。胡兵不同意，非要去附近一家新开张的小酒店。点过菜，秦嫂说：“难得胡专员破费，咱吃好还得喝好。”她要来两个大杯子，把一瓶老白干一分为二，举起杯笑吟吟面对胡兵：“咱喝了这杯再吃菜。”周围目光齐刷刷射了过来。

胡兵有点犹豫。

“先干为敬。”秦嫂一仰脖。“男的不爽快嘛。”邻座有人议论了。

胡兵跟着，也一口喝干。

两人闷头吃菜。

“咋不继续喝呢？”酒店又有人起哄，“那男的看着身大腰粗，其实恐怕不行。”

秦嫂拿过一瓶酒，又从容地斟满两杯，把一杯推到胡兵跟前。

“还喝？”胡兵黑脸涨得紫红。

“喝呀，喝了有话再说。”秦嫂端起杯来，“我一个女的都敢，你怕啥呀？”

两杯相碰，秦嫂脸微红，胡兵眼神已开始迷离。

一会儿，胡兵头垂在餐桌上，发出鼾声。

秦嫂结完账走了。事后知道内情的说，秦嫂下岗前是酒厂女工，据说被酒熏了多年，两斤不醉。

胡兵从此很少再黏秦嫂。不过，后来听说还有个会配钥匙、懂点修理的光棍混混纠缠她，借帮忙的机会企图占她的便宜。一个黑夜，混混突然被秦嫂把脸抓得稀烂，头发都被揪下一把来。赶巧让巡夜的胡兵给逮住了，他踹了一脚，拎小鸡似的提着光棍的脖领：“妈的！老子都夹不上的菜，你能？”

虽然秦嫂的泼辣在片区出了名，但她模样俊，又是寡妇，因此，免不了受人关注。

三

添个人手后，她和儿子马宝住东厢房，西厢房便让给小狗住。

从此，天麻麻亮，小狗就帮着进菜、支摊位卖菜。有活干，有房住，有饱饭吃，这小子干得挺欢实。不久，秦嫂又在菜摊旁加了一个方形鱼池，兼营泥鳅鲜鱼，杀鱼的工作小狗便抢着干了。秦嫂一般等孩子上学走了，收拾完家务活便来市场看摊儿。中午他们三人全在摊位上，马宝吃过饭就坐在一把椅子前写作业，神情专注，不为周围嘈杂所动。

有好事者打趣："马宝，你把小狗叫啥呢？"马宝歪着脑袋说："哥哥。"

"嘻嘻，该叫叔叔吧？"

"不！叫哥哥。"

"他比你大得多呢。"有人又问，"你晚上跟谁睡？"

"我妈。"

"不会还吃奶吧？都半桩子高了。"

马宝不耐烦了，吼道："关你啥事？别问了，烦人！"不过，从这晚起，马宝便让母亲另支一床，他与小狗同睡一间卧房。

这天，马宝与邻居家的小孩争执起来，被对方压在地上打。小狗撞见，上去揪起那孩子并分开他们，那家的父母瞧见，拿着棍子出来追打小狗，一边骂道："你个野尿日的！敢打我家娃儿？"

“哐当”一声，秦嫂推门现身，把小狗让进屋内，厉声道：“谁是野㞗日的？把话说清楚！”“小孩打架，他为啥插手？”邻居指着小狗。

“你们大人刚才也动手了。”秦嫂冷冷地说，“我看谁也别掺和了。”

“哼！下次再说。”邻居拉着自家孩子气冲冲走了。

四

暑假到了，马宝的几个同学来约他去参加夏令营。马宝知道母亲挣钱不易就推辞。当妈的明白儿子的心思便痛快说：“去吧，宝儿，出去长长见识。”

儿子和同学去外地了。后晌，该收摊儿了，小狗蹬着三轮先走，秦嫂如往常一样仔细地把摊位前后清扫干净。回家吃过晚饭，小狗说要出去溜达。天气燠热，难得消闲，秦嫂便到偏厦打开刚安装不久的太阳能热水器，用热水冲澡。水温柔地淋湿她的头发，流过她的身体和尚有弹性的肌肤，冲走了她的疲倦困乏。水汽中泛着太阳和墙外玉兰花甜丝丝的味道，她微闭着眼，享受着这难得偷闲的轻松一刻，似乎忘了周围的一切。她觉着背痒，可手弯曲着又够不着后背。突然，身后传来一个略带发颤的声音：“让我给你搓搓背吧。”

秦嫂愣了，没有转身，但她分明听出是谁了。

是小狗的声音！怎么是小狗，他不是出门了吗？难道他……

秦嫂略侧头，果然是他！他正直勾勾地望着自己呢。

“你——出去！”秦嫂低沉而羞愤地斥道。

小狗愣一下，却不开腔，反而疾步上前，一把抓过毛巾给她搓起背来。她心里恼怒，想躲开，可双腿有点不听使唤。她的身体微微颤抖着，忽地感到有湿热的东西在背上蠕动。她回头，小狗伸着舌头在舔，他眼里燃着火焰，猛一下抱紧她，在她滑腻的身上狂吻起来。她气恼地骂着“狗崽子”，试图挣脱，但推不开力大的小狗，只觉得头晕乎乎的，身体软绵绵的似要被烈焰融化。末了，小狗把秦嫂抱上床，他俩气喘吁吁地滚在了一起……

五

时间如流水。夏令营结束，马宝回来了。他们又如一家人似的生活在一块儿，表面没有什么异常。这天，一位邻人似笑非笑地对马宝说：“你该改口了。”

“什么？”

“以后你要叫小狗爸爸了。”

“不……你浑蛋！”

晚上，马宝问母亲：“妈，你让我以后到底把小狗叫啥？”

秦嫂抚着他的头，许久道：“宝儿，叫叔也可以，别在意怎么称呼。”

“妈——你咋变了？”马宝挣开母亲的怀抱。

“这对你很重要吗？”

马宝点头又摇头。

“唉！我们孤儿寡母的，本就招人闲话，索性顺其自然吧。”

秦嫂捋捋头发，定定地看着儿子。

“我会努力念书，将来一定孝敬您。”

“宝儿懂事，宝儿乖。”

马宝不理小狗了，见面啥也不叫，一到周末就背了书包去奶奶家。只有这时小狗才能瞅着空和秦嫂亲热一下。

“别让我叫你姐了。”小狗喘着气说。

“你小子有啥花花肠子？”秦嫂点他鼻子。

“做我媳妇吧。”

“我大你十几岁呢。”

“我不在乎。”

“也许你只是图一时快活——以后你会变的。”

“我发誓！”小狗爬跪起来，眼睛血红，“如果我变了，叫我下辈子做狗！”

“呵呵……你本来就叫‘狗’嘛。”秦嫂笑谑。

“那我只做你的小狗。”

秦嫂搂住他：“再等等吧。”

六

傍晚，马宝吃过饭，磨磨叽叽地去了奶奶家。

看着儿子渐渐走远的背影，她觉得心里有点空，眼神变得迷离起来，恍惚看见了死去的丈夫马强从远处回来。她忘不了五年前腊月的那个寒冷的早晨，刚把宝儿送进校门就接到交警的电话：马强出交通事故了！她急忙赶到医院抢救室，血肉模糊的丈夫已快不行了，但睁着眼还有口气。她扑到跟前攥紧丈夫的双手把耳朵贴近他张开的嘴，马强吃力地含含糊糊地说：“我……不成了……你带好宝儿……重找个人吧……”她大哭道：“你给我好好活着！”马强的眼依依不舍地闭上了，年关将近却不能与家人团圆。他开了一天一夜的长途货车，经过高速路国道省道，将从险峻幽深的秦岭里驶出来了。他想到老婆做好了饭菜等他，想到了儿子跑过来投进他的怀抱，想到了晚上可以喝杯小酒痛痛快快洗个热水澡，想到了温热的被窝和老婆暖乎乎的身体。他看着车窗外熟悉的景物——那山那水那田野村镇，他仿佛已看见城区东关巷子四合院里自家的房屋了……快了，拐过前面两个急转弯就是一马平川，再有一小时就到了。马强使劲眨眨疲乏的眼睛。不好！拐弯处左侧停着一辆车，右侧坡道一辆载重车正哼哧哼哧地艰难上行。刹车！打方向盘！惯性太大，距离太短！砰……轰！迎面的车勉强避开了，但自己的车结结实实撞在了路旁的岩壁上。他瞬间觉得眼冒金星，世界像块沉重的巨石猛砸过来……

日子还得过下去。处理完丈夫的后事，秦嫂经营起菜摊儿，她暗自发誓要尽力把儿子供上大学。丈夫生前跑长途货运很辛苦，也没留下多少遗产，但有孩子和她相依为命，生活就能凑合过下去。宝儿懂事，学习又上进，虽然这五年来磕磕绊绊吃了不少苦，可她熬过来了。虽然这几年来不断有人劝她再嫁，也不断有向她示好的离异者，可她一直坚守着没有接纳谁，直到小狗出现，她平静寂寞的生活才被打破。她本意是要拿他当兄弟的，可自有那事儿后她心里便纠结起来，除了年龄问题，她并不了解小狗的过去也无法预知他的将来。如真和他在一起生活，他能撑起这个家吗？他能一心一意陪自己到老吗？有时与他热络之后竟有点惶惑，有时觉得自己对不起孩子。纸里包不住火，现在已有旁人在背后指指戳戳了，胡言她偷奸养汉，况且宝儿似乎闹着别扭，婆婆杠在中间，自己其实也觉得尴尬。下一步该咋办，何去何从，总不能就这般稀里糊涂焖炖下去吧？无论怎样得和小狗挑明了谈谈。

秦嫂想了一会儿回到屋里，心绪有些烦乱。小狗收摊儿回来了，里外瞅瞅，见马宝不在，咧嘴笑笑，把当天卖菜的钱交给秦嫂。秦嫂给他做了阳春面，碗底卧了两个鸡蛋。小狗狼吞虎咽吃完，擦擦汗，猴急地把秦嫂拥到床边，秦嫂拧一把他的胳膊："跟你说点正事。"小狗赖皮道："不急，待会儿再说。"正亲热着，外面响起了急促的敲门声。

"妈——"马宝扯着嗓子喊，"奶奶陪我回来取东西！"

小狗慌得跳下床，精赤赤躲到床底下，不小心额头咕咚撞在床腿上，很疼又不敢叫，大气也不敢出。

秦嫂定住神迎往门口："落啥东西了？"

"宝儿忘带作业本了。"老太婆一头扎进来，四处扫视一番，接着想往床前靠，嘴里嘀咕着："不会这么早就睡觉吧？小狗咋不见呢？"

秦嫂的脸发白，目光有丝慌乱。

"奶奶，我找到了。"马宝举起作业本，闪到跟前。

"行啊你！"老太婆拽住孙子的胳膊，"宝儿别丢三落四的。"同时剜一眼儿媳道："以后注意点，可别丢人现眼！"

婆孙俩走远了。秦嫂无力地倚在门框上，蜷缩在床底下的小狗这才痛得哼出声来。

她盯着小狗莫名笑笑，心里喃喃自问："他会成为我们以后的依靠吗？"她突然放下了跟他好好谈谈的想法。

七

马宝把床搬回了母亲房里，周末不去奶奶那儿了，依旧在家里学习，奶奶也常来照看孙子。小狗独居一屋，晚上老借口出去找老乡，次数多了，他有时就不回来睡觉了。

秦嫂好像也不在意。不久，环卫处扩招清洁工，秦嫂被收编进去，发了衣服和工具。她自己多挣了一份辛苦工资，就索性把菜摊撂给小狗，由他去经营。可小狗独自做着渐渐地反而没精打采，时常盯着身旁水池里欢快游动的鱼儿发呆，似乎羡慕那些自由自在的鱼儿。

一天，摊儿前来一个买鱼的大爷，挑好过秤后要求顺便宰杀。照往常，小狗会立刻收拾利索，可今天手按着鱼老滑溜，片的鱼也不合要求。主顾不耐烦了，说："你磨磨叽叽的，干的这啥活？"

"我这活咋了？"小狗梗着脖子。

"嘿，你整得又慢又不干净，还狡辩！"大爷提高了嗓门。

"哪儿满意你去哪儿。"小狗停住手。

"行，这是你说的，我不要了！"大爷指着他，"一个替人摆摊的……拽什么拽？"转身欲走。

"已经杀好了，不要不行。"小狗脑袋转过弯，立起身挡住对方。

“你想咋样？咋样？我呸！”大爷脸红脖子粗地嚷起来。

正闹得不可开交，秦嫂赶巧过来了。她一下把小狗推回原处，冷声说：“别跟人家争吵了。”她转对大爷笑道：“对不起，大爷，甭跟他计较。”

大爷唠叨着悻悻地走了。秦嫂盯着小狗说：“这事怪你。”

小狗闷着头，忽然把装在塑料袋里的鱼摔到地上。

“嘿，涨脾气了是吧？”秦嫂气道，不轻不重打了他一巴掌。

八

渐渐地，小狗越来越心不在焉了。他不再起劲地在菜墩上咯噔噔地剁肉馅吸引人了，要秦嫂添置了绞肉机。按点收工，不再延时多卖货物。收完摊儿后，他先是隔三岔五，后来几乎天天晚上出去找老乡，成了习惯。去得最多的是北街的一家火锅店，小狗常送鱼过去，与店员混熟了，还认识了一个同籍的女服务员小玉。那女子对他倒热情，嘴甜，有时陪小狗聊聊天，还悄悄送给他一件短袖。火锅店打烊迟，小狗得空便等她下班，再护送小玉去郊区租住的民宅，一来二去，两人便腻在了一块儿。

秦嫂听到了风声，也看出了端倪，但她忍着，不想为难他和自己。她心想，该来的迟早会来的。

小狗说要走的第三天下午，他给秦嫂交过账，犹犹豫豫地说明天就打算回老家。

秦嫂定睛看着他，似问非问：“是不是外面有人了？”

“没……没有……”小狗眼神慌乱地瞅着别处。

“唉，想回就回吧！”秦嫂叹口气，顿顿，“想来再来。”

秦嫂给他准备了年货和钱，他目光闪躲，执意不要。

“在哪儿都要拿工钱的。”秦嫂鼻子有点发酸，硬把钱揣他兜里说，“回去好好过年。”

“我——没给你看好摊子。”小狗嗫嚅道，“大姐保重……不用去车站送我了。”

“行。送你几步。”她眼窝热热地盯着小狗，抚摸一下他因杀鱼而冻得红肿的手背。到了街口，秦嫂把提包递给他说：“走好。”

小狗对秦嫂鞠个躬，往车站方向去了。秦嫂拢拢脑后被寒风吹乱的散发，盯着那个背影消失在熙熙攘攘的人流中。她回去时在街角碰到胡兵，想避开，他却走近阴阴地说：“那个小子不地道呀。”胡兵攥紧拳头又说：“需要的话，开腔。”

秦嫂怒道：“少管闲事，给老娘滚开！”

九

过完年，人们陆续返程，可小狗再没回来。

有人给秦嫂透露，说年前在车站看见小狗和一女子同时上车走的。秦嫂不说什么，只摇头幽幽叹口气。

少了帮手，不巧马宝的奶奶又摔了一跤，治愈后腿脚不大灵便了。秦嫂只得说服婆婆把卤肉摊合过来一块儿照应。可进菜收摊、做饭洗涮的活儿要靠自己，加之兼做环卫清洁的工作，几件事交错，她确实有点拉不开栓了。

那天，有人在街上碰见扫地的秦嫂，问："你那菜摊还在吗？"

"盘给别人了。"

"多好的摊位，咋不经营了？"

"顾不过来呀。"

"不是有公婆帮忙看摊儿嘛。"

"老人家身体不如以前了，有点痴呆症，还得我抽空照管呢。"

"那个小狗还来吗？"

"不来了，回老家了。"秦嫂拍一下衣袖上的灰尘。

"没成你的'小老公'？"旁人插话打趣。

秦嫂红了脸说："哪里哟——我只当他是兄弟。"

"重新考虑一个嘛。你总得找个依靠啊。"

"唉——依靠？还是先靠自己吧。"

"快四十了，甭再拖了。"旁人劝道。

"有合适的再说。"秦嫂笑道。

"那孩子呢？"

"儿子，争气。"秦嫂眉眼溢满笑意，"初中毕业了，考上了重点高中。"

有你真好

自学校对家庭贫困生摸底调查以来，田禾有时会梦见母亲。据说妈妈在很远的地方，到底在哪儿呢，他其实并不知详情。

时近黄昏，周末回家的田禾放下书本作业，走到干净阴凉的自家小院里，在石榴花开得热闹红火的井台旁汲水，洗脸冲头。

他嗅到一丝甜香，院墙边成熟的枇杷探头探脑地从枝叶间隐约露出来。那树是他小学时和爸妈一块儿种下的，风风雨雨中已长到碗口粗，几年前就开始挂果了。他想起父亲早晨临走交代他：“禾儿，今天抽空去把田里的麦草烧了。”

“一定要烧吗?”田禾嘟囔一声像是自言自语。其实他心里明白，这几年农村实施清洁工程，家里用上了沼气，做饭再也不必烧柴草了。

“咱又不是贫困户，拉回家还有用吗?”父亲看他一眼，甩掉嘴里的纸烟屁股。田禾心知肚明，父亲因没能争取到扶贫扶助，心里还窝火着呢。没等儿子再说什么，他提起沉甸甸的工具包跨上摩托走了。

他是被父亲从小带大的。在他七岁的时候，母亲随同村的姐妹去南方打工就再没回来。父亲去找过，可最终还是孤身返回。据说，聪明伶俐的母亲当年考大学仅以一分之差失利，想复习又没人支持。后来成了家的母亲一直有点不甘心。她比较喜欢美术，田禾依稀记得儿时母亲教他画画写字的情景。等他上了小学，大概是在收麦插秧的芒种之后，妈妈去很远的地方打工了。或许外面的世界有利她的发展吧，因此就不愿回来了。父亲从此变得沉默寡言，没再去纠缠老婆梅子，也不与别的女人接近。他长期在就近的城镇工地凭瓦工手艺揽活，渐渐也能从别人那儿转包点小工程，赚的钱用来养活他和奶奶。田禾是个懂事的孩子，知道父亲这些年忙里忙外不容易，对父亲的吩咐一般不会违拗。他体谅父亲的辛苦，因此一直好学上进，去年他考上了县城的一所寄宿制重点高中。这个周末回家，他看到地里的庄稼都已收割归仓了，田间地头堆放着麦草及油菜秸秆，按往常村里的习俗是要尽快烧掉的，随后就该灌田耙地插秧了。

可学校还安排了一项任务，那就是农村的学生回家后要宣传焚烧秸秆的害处。田禾在这所学校的重点班，班里五十名学生，有本地的有外地的，来自农村的孩子比较少。多数学生的家庭条件好，父母有稳定的公职或者是个体户。他是副班长，家里经济有点捉襟见肘，况且出走的母亲又照顾不到他，按理应得到贫困生扶助，但班上有一个父亲落了残疾的女生，还有一个爸妈出了意外事故跟爷爷奶奶相依为命的男生。比起他们，田禾觉得自己还算是幸运的。因此，田禾最终也没争取贫困生资格。不过，生活朴素的他从不屑跟别人比吃穿玩，学习自觉用功，成绩保持在班级前五，是老师眼里品学兼优的好孩子。

他对老师历来是尊敬服从的，交代的事会尽力去做。再说，近来空气也确实不好，尤其一到傍晚，呛鼻的烟雾笼罩校园，令人喉咙干痒不爽。

父亲走后，田禾并没有闲着，他先从左邻右舍试着劝说起，劝他们不要焚烧秸秆，且秸秆就地还田还能增肥，可人家几乎一致客气地说："哟，禾儿长学问了。听着是有理，可就地粉碎费时费工，草木灰一样还田。拉回来吧，又没啥用，谁愿意干这出力不讨好的事呢？"言下之意，一把火烧了还是简单。

田禾犯难了，看书也无心思。说实话，自家的秸秆还不知咋处理呢，难道只能烧掉吗？踌躇了好一阵，他终于想起与自己要好的舍友刘刚，听说他家办有农副产品加工厂，他随即给刘刚打电话询问有无解决良方。刘刚说等他爸回来摸一下底细给田禾回话。和奶奶吃晚饭时，刘刚电话回过来，说他爸最近投资了一个扶贫项目——草料加工厂，正需要大量农作物秸秆呢。田禾闻言兴奋地打声呼哨，撂下碗筷，抓紧做完最后几道题。看看天色将暮，他跟奶奶打过招呼，坚定地迈出院门，向灰蒙蒙的田野走去。田禾老远就闻到随风飘来的浓重烟味，不由加快了脚步。他没有时间也不能再犹豫了，不知道将要发生什么情况，只有见机行事，勉力而为了。

走出村口，眼前便是绵延的农田，此时已升起好几堆烟火。隐约可见乡亲们把秸秆簇在一块儿燃烧，熊熊火光映着他们火红的脸膛，一股股浓烟腾空而起，仿佛张牙舞爪狰狞的飞龙。田禾见状急忙奔过去喊："大叔大婶，别烧了，这秸秆还有别的用处哩！"可没人理会他，乡亲们讶异地瞥他一眼，继续漠然地挑动秸秆，使其充分焚烧。

田禾走近火堆，又大声重复一遍。

"能有啥用？往年不都是烧掉的吗？"有人淡淡地回应。

"停下吧，叔叔婶婶，真有更好的处理方式。"田禾急道，"秸秆能给咱们带来收益呢。"

"真的吗？"火光中前村的张大爷住手问。

"嘻嘻，只怕是'嘴上没毛，办事不牢'呀。"隔壁的杨大婶笑道，"你家打算咋办呢？"

"我家今年不烧了，准备送到草料加工厂去。"

"那敢情好啊！"有人凑过来，"能把我们的也加上吗？"

"应该行。"田禾乐道，"可别烧，烧了就不值钱喽。"

"谁送呢？唉——"后村的贫困户罗奶奶叹口气，喃喃道，"村里的青壮年大都去外地打工了，不愿待在乡里种田，还得靠我们这些老帮菜。最近正三夏大忙，这活还不得花钱请人干吗？"

"是呀是呀！"有人琢磨着算账，似乎醒悟了，"这样一来说不定'骡子揽成马价钱'了。"

确实，现在村里留守的以老人和妇孺居多，劳力也是个问题。村民们你言我语，莫衷一是。

忽然，前方国道上由远而近射来两束雪亮而刺眼的大车灯光，车到近旁，下来几位穿制服的工作人员，他们快步跑到火堆旁一边灭火一边大声说："我们是环保局的执法人员，你们这样做违反规定，请立即熄火！”人群里知情者小声嘀咕：“上面确实发过禁烧文件。”见状，有人悄悄溜开了，有人还在迟疑观望，也有人发着牢骚：“不让烧，谁来拉走？就烂在地里不管吗？”

可能环保局的人提前通知过，一会儿，老村长急慌慌赶来，连忙阻止村民继续焚烧。

“你们知道吗？”环保局的一位执法人员说，“你们的行为不仅严重污染环境，损害人们的身体健康，而且还给交通安全带来极大隐患。”他清清嗓子顿一下：“昨天，离此不远的高速路上就因为焚烧秸秆导致能见度变低，发生了连环撞车事故；前几天还有一个骑摩托的人因烟雾遮掩路面，被大货车撞飞到田里。”听着听着，人们变得鸦雀无声。执法人员动情道：“乡亲们，秸秆粉碎后可作肥料，还可以有别的用处嘛。”人群议论纷纷。田禾趁机走出人群，再次诚挚地对乡亲们说：“大叔大婶，咱们不烧了，我联系了一个扶贫的草料加工厂，人家大量收购，咱们明天可以把秸秆运过去卖掉。”

人们用将信将疑又略带惊喜的眼光看着他。田禾使劲点着头：“真的，我同学家办的厂子。”

“真有这回事吗？”村长面带微笑看着他问。

“相信我，向您保证。”田禾向老村长敬个礼，拉住他的手说，“舅爷，咱们还可以成立互助组，帮缺乏劳力的人家一块儿送。”他母亲跟村长家扯得上点亲戚关系。

“禾儿长大了。”看着眼前的年轻后生，老村长赞许地点点头。邻居杨大婶幽幽叹口气：“娃都长成小伙子了，他妈梅子咋还不回来呢？”

“好娃啊！”村长郑重地扫视着大家，“咱们就按禾儿说的去办。”

环保局的人上车前给田禾竖起大拇指。村民们自觉熄灭了明火，闲谈着各自散去了。

人们离开后，田禾绕着所有的火堆仔细巡视了一遍，以防死灰复燃，在有些仍冒烟的灰烬上踩踏，还用一泡尿浇灭了一堆残火。后来回到自家的承包地，他动手把散放的麦草一捆捆聚拢，盘算着明早装上板车与乡亲们一起拉到同学家的加工厂去。

做完这些，田禾觉得有点累。他坐在草垛里休息一会儿，同时也想等那些烧过的火堆不冒烟了、彻底安全了再回。

靠着松软温暖的麦草，田禾不知不觉睡着了。他做了一个梦，梦见了多年未见的母亲。母亲的形象一会儿清楚一会儿又模糊起来。其实，母亲近年偷偷地给他汇过几次钱，说很想他，并鼓励他立志成才，能圆她当年的大学梦。但田禾心底对母亲有一种复杂的情感，从没花她寄来的钱，也没把这事告知父亲。上个月，听一亲戚偶然提起，经多年打拼已在外地创办了公司的母亲打算暑假回来一趟，他和父亲都没吱声。唉，十年了，母亲似乎变了。当她笑着走来向他张开胳膊时，他竟有点发呆，有点迷惑，有点羞怯，有点不好意思投进母亲的怀抱……后来，他又梦见自己终于考上了大学，他拿着录取通知书一路飞奔，大声喊着：“爸爸！爸爸——”

“禾儿，你醒了。”田禾睁开眼，爸爸在跟前，正慈祥地看着他，而他身上盖着爸爸的外套。

“爸，你不是在工地忙吗，咋又回来了？”

“回家看看。”爸爸抚着儿子的肩膀，“今晚的事我已听说了。”父亲眼里满是爱怜。

田禾腾地站起来：“爸爸，我没照你说的做，你不怪我自作主张吗？”

“孩子，你做得对。”父亲与儿子并肩站立，说，“瞧，你现在长得比我高了。”

田禾挽住父亲的手臂：“爸，奶奶还等着咱们呢。”他顿了一下小声说：“我刚才梦见妈妈了，她——还会回来吗？”

父亲凝望着幽深的夜空，继而握紧了儿子的手说：“有你真好，咱们回家吧。”空旷而静谧的田野，微风中飘散着麦草和稻秧的清新气味。夏虫们自由自在地起劲演奏着美妙的夜曲，朦胧的月亮和无数闪闪烁烁的星星深情地目送这对父子回家。

燕子回家

春燕坐在自家油菜地的田埂上等人。

三月暖暖的阳光下，围绕在她四周又蔓延开去的是金灿灿的油菜花，绿岛般的麦地和镜子似的水塘散布其间。风里夹杂着春季田野原始而浓郁的气息。她凝视着跟前一朵一朵轻轻绽开的油菜花，想起自己在这儿已等了一个多小时了。自从进城读高中后，她每月只回一次家，一是因平时学习紧张，二也是为了节省不必要的开支。中午十二点半离校，一小时后在108国道下了班车，她一溜小跑到河边，脱鞋，挽起裤腿，蹚过清浅舒缓的河水，走过一片细白柔软的沙滩，登上对岸的堤坝，熟悉的乡村就在眼前了。

走在白杨夹道的通村公路上，她一边轻声哼歌，一边采摘沿路杂草里黄灿灿的蒲公英。正是旅游踏青的旺季，时而有观光的车辆经过，有城里人也有外地人，不时停下赏景拍照。近年来，每逢春分时节本地就举办油菜花节，因面积大且分布广，吸引了众多的游客，家乡的花海美景还上了中央电视台呢。前方的岔路口就到自家的油菜地了，她打算顺道去瞧瞧，走近却发现田坎边停着两辆高档山地车，一对时尚青年正兴致勃勃地在那儿观看说笑呢。着红风衣的是一金发碧眼的外国女子，她走进油菜花间，摆好pose（姿势），然后叫穿白夹克的男子进去给她拍。也许两人玩得太高兴了，竟不自觉地撞折了几棵茁壮的油菜！春燕想过去制止，可话到嘴边却忍住了，这些人来一趟不容易，也许是疏忽了吧。犹豫间，那男子冲她招手。“小美女，请过来帮个忙。”他举着手里的相机，“麻烦你给我俩拍一张，好吗？”

她抿住嘴，瞅着倒地的油菜，低声说：“请你们注意点，好吗？别伤着油菜。”她接过相机。

“哦，好的。”他俩明白过来，调整一下身体靠近油菜花，春燕适时按下了快门。

“谢谢，这儿真美！”“红风衣”女子嗓音像铃铛，扭着婀娜的身姿抢先往出走，不小心又绊倒了一棵油菜，金黄的花瓣散落一地。

“油菜！”春燕禁不住喊出声，“帅哥美女，五棵了！”

“Sorry！Sorry！”他俩闻言相视一怔，连忙说对不起。金发美女则问：“这是你家的？需要赔偿吗？”

“不用。”她噘着嘴，一手抚摸着辫梢，“我只是提醒你们一下。”

“不好意思。”“白夹克”接过相机说，“给你也拍张吧，留个地址，过两天寄给你。”他的眼睛大而明亮，透着真诚和热情。

“嗯——好吧。”春燕迟疑下，继而一甩脑后的马尾辫，让他随意抓拍几张，留了学校的地址。

“呵呵，你的学校很棒！”“白夹克”高声说，“我大学毕业前曾在那里实习过。”

“真的?”春燕扑闪着水灵灵的黑眼睛，“那你贵姓？现在在哪儿高就呢?”

“免贵……我姓杨名波，在师范大学工作。”他拉一下金发美女的手，“她叫朱丽，我们旅行结婚，特地来看油菜花海。”

“真是——‘相逢何必曾相识’嘛。”金发美女竟然吟出一句中文古诗，而后爽朗地笑问，“怎么称呼你呢，小妹?”

“叫我燕儿就好了。”春燕对朱丽伸出拇指，“Your Chinese is very good（你的中国话说得很好）!”

“过奖过奖。”朱丽转而说，“我正在联系支教单位，希望能去你们学校。”

“那好呀!”春燕喜道，“我代表一中热烈欢迎您!”

“她在中国生活六年了，主修汉语言文学。”杨波插话。

“这儿还有好玩的地方吗?”朱丽余兴未尽地问。春燕指着远处苍翠的山介绍着。“那里有云雾寺、金龙泉，沿途上去可游览不同层次的花海景致，还能欣赏这里的灵山秀水。”她像导游般流利地介绍，“不过，去那边有点远哦。”

“OK!”两人兴奋地大叫，扔下一句“ByeBye!”骑上山地自行车像对燕子似的飞走了。

春燕走进地里，蹲下，看着油菜折断处流出的绿色汁液，农家的孩子心里有点隐痛。她扶住倒地的菜秆，用细草扎住，小心翼翼地试图扶起来。到第五棵时，蓦地，她看见油菜花下静静躺着一个钱包，米色、条形的。她盯着判断：极可能是刚才那俩人在地里拍照时丢下的！她捡起拔腿就追，可跑出几步望去已不见他们的踪影。咋办？他俩正在赶路，也许一时察觉不到，要等他们返回吗？可我也得回家，提前跟妈妈说好的，磨蹭久了，家里人也会担心……她原地转圈，如我不拾也不管它，或许还有其他人来，那失主回来不一定能及时找到，也许会被别人捡走呢。再说，他俩一旦发觉丢了钱包，一定会很着急……我离家不远，还是在这儿等等吧。他们骑得快，也许不用太长时间吧……打定主意，春燕站在地头的大柳树下。这棵垂柳在她小时候就存在了，现在约有一抱粗，密密地生满细叶嫩芽的枝条，纷披树干四周，宛如一把撑开的巨大绿伞，微风柔情地梳理着那些飘垂的柳丝辫子，沙沙沙地轻歌曼舞。她看见一只蜗牛驮着壳慢慢往树上爬，还有一只铜绿色的金龟子在枝叶间蹑足伏行。大柳树旁边是潺潺的小水渠，渠水是从南山下的金龙泉引流来的，甘洌可饮，亦用来浇地。

她站困了，就坐在种着蚕豆的田埂上，蓝紫色的蚕豆花在胖嘟嘟的椭圆叶片下调皮地躲藏着，两只彩蝶在其间忽高忽低地翻飞出没。近处的一丛不甘寂寞的狗尾巴草举着毛茸茸的穗子，对身侧挺拔的菖蒲轻佻地摇头晃脑。渠边有青葱的水芹菜、马齿苋，还有绿叶红茎的鱼腥草，她知道鱼腥草洗净凉拌了吃能消炎祛火。她瞅见了田坎下翠绿的车前子旁边的一窝蚂蚁，先是几只碰头，然后招呼伙伴排成一线长队，忙忙碌碌地搬运食物进出洞穴。脚前的油菜根旁，一条蚯蚓偷偷地拱出土来伸伸懒腰，爬一阵又钻入地下。空中传来嘤嘤嗡嗡的声响，蜜蜂扇动着透明的翅膀忙碌地飞来飞去采集花粉，似乎一点也不觉得疲倦，这浩浩荡荡的油菜花海间该有多少匆匆来往的蜜蜂啊！她抬头望一眼伸向村子的路，隐约可见路边放蜂人搭的帐篷和蜂箱，村庄屋顶树梢上袅袅升起的炊烟，如水淘洗过的天空碧蓝深邃，一对大雁呈“人”字形从南边山垭上悠然飞过。却不见那“红风衣”和“白夹克”返回的身影。

日已西斜，三三两两的游客开始返程。为了打发时间，春燕从背包拿出书本，看一会儿，又做了几道习题。她想起妈妈、爷爷和奶奶，还有在远方打工的爸爸。母亲和父亲先前是一块儿出去打工的，家里原来有爷爷和奶奶撑着还能勉强应付，可一年前爷爷卧病在床，母亲只得让父亲留在外地，自己毅然返乡照料一家老小，同时兼顾地里的农活。春燕前年考上县城的重点高中，一家人都很欢喜，父母商量不管多难也一定要供她上大学。她知道家里不宽裕，因此在学校尽量少花费，一切省着用。同学中家里条件好的有用手机的，衣服也常换新的。漂亮而敏感的同桌成绩平平，常拿她的作业参考，每周返校要带不少好吃的分给舍友品尝，来回都有爸爸的小车接送。春燕生活朴素，学习用功，成绩在班里一直名列前茅，连续几学期都获得了奖学金。同时，她热爱体育锻炼，是学校百米赛跑、跳远纪录的保持者，身上的这套李宁运动服还是父亲从深圳给她寄回来的。父亲在外打工好几年了，这次春节回来头上增添了不少白发。他说工厂年后可能要裁人，因此初五一过就匆匆出发了。不过，父亲似乎是乐观的，说这几年一边打工一边学了些技术，不怕找不到饭碗。在车站分别时父亲与她击掌道：“燕儿，高考不远了。到时我们不在跟前，你得靠自己。加油!”

加油！六月就将参加高考，时间越来越近了。同学们都在发疯般地学习，宿舍里天天有熬夜苦读的人了。春燕成绩比较稳定，各科里除了英语稍弱点其他都靠前。班主任王老师很关心她，每周都要塞给她几个煮鸡蛋，鼓励她以优异成绩冲击重点大学。说实话，最近她也感到累，春燕想，一定要坚持，一定要努力考上大学，实现心中的梦想。所有生物——不论强大与弱小都在争取宝贵的生存条件、自由的发展空间，因此才有眼前这生机盎然、蓬蓬勃勃的一切。盛开的油菜经历了冬天的严寒，漫长的孕育等待，才有了如今遍野的壮丽和一花怒放连天黄的震撼。再过些时日，油菜结籽变得饱满、麦子黄熟收割时，自己和千万同学就要走进考场。

几声清脆的布谷鸟鸣打断了春燕的思绪，她合上书，起身活动一下。中午从学校出发前只吃了两个素菜包子，这时她觉得有点饿了。记起每次回家，母亲总想法子给她做好吃的，询问学校的情况，叮嘱她不要亏了自己。她想母亲这回也许做了米粉肉，包了荠荠菜饺子，对，可能还有香喷喷的椿芽炒鸡蛋呢……哎呀，这两个人怎么还不回来？这么能玩，丢了东西也不着急？她跺跺脚，心想，还要不要继续等下去？万一他俩不从原道返回，万一从别的路走了，万一回家后才发觉呢？这包里到底装了啥东西？来这儿游玩的人多，有先有后，万一不是他俩丢的呢，要不要打开看看？万一别人来认领呢？打开看看，只看一眼，起码弄清楚装了什么。她屏住气，拉开精巧的拉链，有一沓钱！她马上合上钱包，环视四周，没人。还有没有别的东西呢？看仔细点。她心念着再次打开钱包，还有一张银行卡，侧面的透明隔层里夹着一张相片，是一张婚纱照！她取出来仔细辨认，没错，是光临她家油菜地并拍照的那对青年！春燕朝相片上的帅哥靓姐哈口气，使劲眨眨眼：你们玩得倒 happy！踩了我家油菜不说，可把我害苦了，在这儿傻傻等了你俩几个小时。把照片放回钱包时，她看清背面画着一个心形图案，下面居然留着一串手机号码。啊！她惊喜异常，早知如此，何必久等呢。

她立刻从书包里取出纸笔唰唰写道：谢谢你们光顾这里。如回来找寻丢失的东西，请到前方村子李春燕家取。Don’t forget（别忘了）！她用一块青石把字条压在大柳树下的显眼处，浑身轻松地朝村子走去。她想，到家后还可以借邻居家的电话告知他们，这样就万无一失了。

春阳温暖，道路两旁的油菜花轰轰烈烈地盛开着，仿佛无数金盔金甲的士兵列队，阵容整齐地拥着这姑娘回家。似曾相识的养蜂人友善地向她打着招呼。春燕快步走向村口，老远看见小石桥头，她家的黑狗箭一般撒欢跑来，而母亲伫立在东侧那棵粉花怒放的杏树下凝望。她叫一声妈，张臂飞奔过去。

回到家，顾不上喝水吃饭，春燕赶紧到二叔家按照片上留的电话打去。杨波和朱丽深表感谢，说已抄另一条近道返城了，打算下周一去一中，届时与学校商谈支教及招生的事，还要送她一套自编的英语复习资料呢。

闻言，春燕长出一口气，高兴地蹦起来，笑靥如环绕农家的油菜花般纯朴烂漫。

门卫与狗

一

门卫老胡的老伴从乡下返回时，顺带捉来了一只狗崽。

倒不是愿意在小区养，而是有点迫不得已。

老胡把装狗的竹筐放下，递给老伴热水杯。这当儿察觉有生人窜进了小区，随即去院子里查看。老胡中等个儿，红脸膛，络腮胡，别看六十多岁了，但腰板硬朗，身体还很结实。在单元楼梯口，他发现了墙上新贴的野广告，还有刚塞到门缝里与门把手上的花里胡哨的促销印刷品。老胡停住，气沉丹田，大吼一嗓子：“钻在楼道里搞啥哩？谁让你们进来的?!”在洪钟般回荡的诘问声里，瞬间，就有俩人灰头土脸地溜出来。

老胡已金刚似的站在大门口，手指夹烟，撇着嘴，目光如炬地盯着他们低头匆匆离去。然后他转头，瞅一眼哼哼唧唧的小狗。

二

老胡不是小区第一任门卫。先前的是开发公司建筑队一个伤退工人，平常喜欢喝点小酒，没事就靠着藤椅打盹，有时还离开值班室。小区隔三岔五地丢东西，甚至大门和停车棚锁子都被撬了一回，十几辆自行车、电动车不翼而飞。失主们告到物业公司，要求追究责任。此后不久，物业就换了门卫，就是现在的老胡。老胡年轻时当过兵，后来退伍回了农村，当过村干部。老胡家在郊区，女儿成家了，儿子在建筑公司打工。一个昔日的老战友给他介绍了这个差事，老胡把房门一锁，索性带上老婆住城里来了。可老伴住不惯，隔三岔五要回乡下一趟。

自打老胡来了以后，小区很少丢东西，地面及车棚总是干净整洁，垃圾清运及时，还代收物业管理费。他爱与人打招呼，业主们对这个红脸老头比较满意。老胡做事不马虎，可马王爷三只眼还有疏忽的时候呢，出力不讨好的憋屈事也不少。比如最让老胡头疼的停车与晚间进出的问题。

小区有车库及地面泊车位。按说各就各位，互不矛盾，可实际情况并非如此。

现在私家车越来越多，业主们上班远近各异，返回迟早不一，有时就不按区位停放。另有下班后或节假日来走亲串门的，稍不留神就一头扎进来，瞅个空处将车随便一塞就不见人影了。小区业主回来一看自己的车位被占了，开不进去，就吼叫撒气。更有玩阴的，干脆不吱声，把车贴着对方的车头或车屁股一横，索性让你也动弹不得。更绝的是把自己的车往必经的通道上一停，前后堵死。

出现这种情况可就热闹了，喊叫声、喇叭声此起彼伏。老胡跑前跑后扯开喉咙吆喝：“×××××号，谁的车？占了人家车位了，赶快挪开！”

特别是到了上班时间，或业主有急事要开车而被外来的车挡住，那就更是火上浇油。“门卫是搞啥吃的嘛，让人乱停，再这样就把轮胎气放了！”遇此情况，谁不生气呢，听着刺耳的怨言，老胡的红脸更红，他恨不得自己变成大力士，把那些乱停挡道的车推走。等来了违停的车主，老胡忍不住愤愤道：“人心都是肉长的，下次再不注意，就把车轱辘锁了！”这时，脾气好的诉苦、解释几句，遇到犟主儿则脸红脖粗、唾沫飞溅，还骂骂咧咧的。

白天还好说，可夜间按点锁门了，小区依然有外出和回来的。有的送人，有的接人，有的过夜生活很晚才回家。到了门口按喇叭，老胡偶尔迟缓点，那喇叭就使劲鸣叫。老胡多数都是迷迷瞪瞪披着衣服起来开门。懂事的人说声打搅了，粗野的竟对老胡大呼小叫。天暖和时罢了，但寒冷的夜里起身出去开门那滋味真不是好受的。

谁还没有点脾气呢。一天午夜已过，小区某单位领导在外喝大了被人送回来，老胡开门时多问了两句，那领导舌头嘟囔不清，陪送的人倒发火了：“少啰唆，一个看门的咋这么多废话！”老胡张嘴欲言又止。过一会儿，来送的两个陌生人驾车返回，老胡有点不高兴，开门就慢慢腾腾，朝车里多看了一眼。车已经驶出去了，车上一人朝窗外啐道：“不长眼的老东西！”老胡当时就愣住了，使劲咯出一口痰：“呸！王八蛋！”

自然，老胡挨骂也是难免的。有次，一个操外地口音的人欲进小区找所谓的亲戚，但说的情况牛头不对马嘴。老胡见他形迹可疑，便拒绝他进入。那家伙讥笑道：“好狗不挡道！”老胡被气晕了，揪住那人评理。最后民警发现那家伙是个流窜作案的惯犯，包里还藏着作案工具。

三

为方便大家，也为了夜里能睡个囫囵觉，老胡思忖一番告知小区的人，晚上关门后把钥匙挂在值班室窗口，确实需要出门的自己拿钥匙开门锁门。这个办法行是行，但业主们又担心不安全，怕给歹人造成可乘之机。于是有人建议老胡养条狗，一有动静就能很快察觉。老胡想想这个法子兴许可以试试。

老伴从乡下捉来的这只狗崽可能刚满月，灰不溜秋的，走路还打趔趄。小狗断奶，要么饿了唧唧呜呜地叫唤，要么吃饱了闭着眼呼呼大睡。老胡给狗起名灰灰，在值班室后的一棵树旁用纸板给狗做了个窝。小区的孩子们可喜欢灰灰了，时常来看它逗它，拿自己吃剩的肉骨头和点心喂它。听到路过的脚步声时，它会抬起毛茸茸的小脑袋东瞅西望，呆萌的样子惹人怜爱。大人也给它吃的，有位业主还送给灰灰一箱快过期的牛奶。很快入冬了，小狗长得很慢。有时夜里不知何故会狺狺地叫一阵，打扰人的清梦。灰灰对给它食物的人可友好了，殷勤地摇尾巴，伸出粉色的舌头舔人的手掌，乐颠颠地跑到行人身旁，耸动鼻子嗅人家鞋子、裤脚，它是在认人呢。

到年底的时候，灰灰已长成半大的狗了。它有时在院里活泼地奔跑，有时躺地上打滚或懒懒地晒太阳，与小区的人基本都熟识了。灰灰忠实地陪着老胡进进出出，很少独自到处溜达。它经常孩子似的在他周围撒欢，伶俐地给他叼来钥匙、钳子、螺丝刀、抹布等小东西，从早到晚几乎寸步不离地跟着老胡。虽然灰灰机灵可爱，但对闯入小区的不速之客也会吠叫追逐，乃至龇牙咧嘴。不过，老胡训斥一声，灰灰就会知趣地跑到一边去。人们打趣说，灰灰是老胡的勤务兵。

许是狗的天性吧，发觉外来的陌生者就会跟踪吠叫。一天，老胡可能解手去了。小区里开进一辆小车，司机的脚刚落地，灰灰突然叫一声奔过去。那女的赶紧躲进车里关上车门，灰灰依然在车周围嗅来嗅去不肯离开。车猛地启动了，执拗的灰灰躲闪不及被卷进了车底。狗的惨叫让急忙跑来的老胡目瞪口呆，被车轮轧过的灰灰七窍流血，很快断了气。老胡抱起灰灰，脸涨得红紫，对惊慌失措的女司机和她的小车摇头叹气。

四

唉，一只土狗，死了就死了，也是意外的事。人们劝慰老胡，老胡没怎么搁心上，去郊外挖了个土坑把灰灰埋了。

时隔不久，老胡在垃圾站发现一只可怜的半大狗，瘦骨嶙峋，且走路一瘸一拐的。见他来了并不躲避，半大狗定定望着他，还晃晃尾巴，虽然脏兮兮的，但骨架匀称，眼神明亮。老胡动了恻隐之心，把受伤的狗放车里拉回小区。他给狗洗刷干净，又给狗腿的伤口上药包扎。月余，此狗在老胡的照料下焕发新颜。它体毛棕黄，胸宽腰细，目若星火，四爪洁白如踏雪。懂行的人说，老胡捡回的狗可能是中华细狗与牧羊犬的杂交品种，其体型气质上乘。有人想出价让他转手，老胡不允。

这狗不爱叫，但静中有动，跑跳敏捷，不是见谁都谄媚摇尾，而是听声观色、机智聪明。这狗对老胡亲热不设防，对其他意图靠近者则有戒意，虽少点活泼，但冷静中透出些许威严。老胡管它叫大黄。为了安全，也是汲取前次的教训，老胡给接近成年的大黄套上项圈，把它拴了起来，晚上才松开。不过，大黄很快就立了功。某晚一飞贼翻墙潜入小区，攀天然气管道欲入室行窃。大黄警觉扑过去又吠又咬，窃贼恐惧不已，坠地鼠窜，企图越墙而出，但被大黄死死叼住了脚脖子，惊醒赶来的人们都看见了这一幕。大家都夸大黄，说它英勇善战、机警灵性，说老胡养了一条难得的好狗，大黄是老胡的警卫员。

小区的人们以大黄为骄傲，时常喂它吃的。大黄长得越发强壮，体毛油亮亮的，目光灼灼，时而将鲜红的大舌头伸出来舔着嘴鼻。老胡心里虽有一丝得意，但也有点忐忑，怕大黄乱跑伤人，所以大部分时间仍旧拴着大黄，即使偶尔带出去遛遛，也要紧紧地牵着绳索。也许难得有放风的机会，在路上遇上同类时，大黄则爱表现出或亲善或挑衅的行为，为此还与别的狗掐过架呢，它又总占上风。老胡不敢轻易放手，主要是担心大黄惹是生非。

年轻力壮、活跃好动的大黄被拴久了，失去自由的它慢慢变得烦躁起来。有时莫名地吠叫，带着绳索在被拴住的树周围转来转去，累了就趴下吐着长舌头喘气，眼神是焦灼不安的。有时一只老鼠或一只猫从附近溜过，它都会警觉地一跃而起，暴怒地狂吠一阵。

五

小区里也有养狗的人，但多数是诸如泰迪、博美、松狮、京巴、西施一类的宠物犬。每每看到这些狗狗随着主人幸福地招摇而过，大黄就更加愤怒地咆哮、转圈，拽得链子哗哗响。老胡发现或斥骂它，或端来食盆轻柔地抚摸它，大黄便委屈地晃动尾巴，嘴里呜呜低吟，蹭蹭老胡的衣服。但人们渐渐有点怕易怒的大黄，生人更不敢随意靠近它。不过，小区里好长时间再没丢过东西，老胡晚上基本可以睡个安稳觉。

一个周末，老胡的孙子放学过来玩，瞧大黄被拴着憋屈就悄悄解开了狗链，获得自由的大黄和孩子兴奋地在院子里追逐撒欢。碰巧小区一条打扮漂亮的贵宾犬从楼道出来，迈着优雅的步子，高傲地对大黄直叫，叫声与神态充满轻蔑。大黄箭一般冲过去，贵宾犬灵巧地躲到草坪树丛后，害怕地探头探脑，依然挑逗地嗷嗷叫唤。大黄恼怒之下抖擞精神，终于迅捷地扑上去，威武而激动地趴在了贵宾犬背上。

贵宾犬的女主人循声赶过来，见此情景着急地大呼小叫，可两只狗尾黏在一起分不开，那女的用挎包打它们，揪扯大黄的颈毛，大黄急了扭头咬了打它的手，那妇人天呀天呀尖叫连连。老胡被孙子喊来时，两只狗已分开。老胡使劲踢了大黄一脚，那女人的丈夫高声骂着持一根铁棍追打大黄，旁边的人也捡起石头砸它，大黄自知犯错似的一眨眼跑出了小区大门。

“老胡，你养的好狗呀！欺负我家的丽丽（贵宾犬的名字），还逞凶咬人啊！呜呜——”那妇人哭号着。

"这个畜生!"老胡急忙道歉,"对不起啊。"

"你说咋办?说'对不起'有啥用!"

"你说咋办就咋办。"老胡跌足长叹道,"唉——气死我了,这个疯狗!"

旁边有人提醒:"快去打狂犬疫苗吧。"

"要有个三长两短,我跟你没完!"妇人的家人吼道。

老胡陪伤者去防疫站打狂犬疫苗,总共花了三百多元。老胡的老伴和儿女又买了营养品,说了无数好话安慰人家。

六

正值春季,万物复苏,生机盎然。政府发了紧急通告,说近来城乡接合部发现狂犬病疫情,提醒市民注意流浪野狗。大黄不会变成疯狗吧?小区的人猜测,但老胡心里有数。

逃走的大黄白天不敢露面,但一到深更半夜,小区门口时而会传来几声狗吠,叫声虽低,但老胡觉得耳熟。一晚,月光皎洁,听到狗叫,老胡悄悄拉开窗帘,看见大黄静静蹲在大门外头,耳朵直立警惕地转动着,幽深的眼睛时而盯视小区大门,时而巡视别处,时而抬头仰望月亮。老胡揉揉眼睛,下床蹑手蹑脚开了侧旁小门出去,轻轻唤一声:"大黄。"大黄热切看着老胡,犹豫一下小跑过来,亲昵地贴着老胡转悠,欢欣低吟着,热烈摇着尾巴。老胡俯身抚摸着大黄,几天不见,它已瘦了许多。老胡抓住大黄的项圈,往小区方向走去。

狗顺从地跟着他。临到门口,老胡忽又停下,像想起了什么似的,沉沉地吐出一口气,松了手。老胡从兜里拿出一个肉包子塞进狗嘴里，缓缓推开了大黄，说：“你走吧。”大黄蓝幽幽的眼里泛着疑惑，喉咙哀号，围着老胡转圈不忍离去。老胡又说：“你咬了人，小区已容不下你，还是离开好。”老胡转身走进小区，咣当关了大门。从门缝里，老胡看见大黄愣怔一下，汪汪叫两声，仿佛说再见似的，然后掉头渐渐跑远了。

老胡眼窝一热，到天明也没睡着。他抽了一盒烟。

自那晚后，大黄再没来过。

老胡说，再也不在小区养狗了。

七

不久，物业公司给小区装了摄像头，值班室配了一台电脑。经过训练，老胡学会了简单使用，即使没有狗，晚上也不用起夜巡查了。同时，孙子放学来时，电脑又成了打游戏的高档玩具。随着快递业务的迅猛发展，小区内设置了云柜，方便人们收寄东西，也不用门卫传达呼叫了。这省了不少事，可老胡空闲了却有点不太习惯，有时便找退休的老头摆开象棋杀上几盘，尽管他常常是输多赢少。

停车紧张的矛盾丝毫没有缓解。随着车辆的日益增多，后续的车主只得把车停在小区外的人行道或马路牙子旁。这需求逃不过开发商和物业公司敏锐的目光，他们经过仔细勘察打起了新的主意。小区楼后有窄细的一溜儿草坪，院子围墙的香樟树下还有可怜的间隙空地。他们私下告知老胡要新增一些停车泊位，并说，车位增加了，你以后的麻烦就少了。还让他转移树下的废旧杂物，尽量缩小平时堆放整理垃圾的地方。

老胡听了高兴不起来。一是那个角落他要分拣垃圾，把能卖的废品挑出来；二是他不需要停车，车停小区外面的跟他没关系；三是车增加了操的心也就更多。然而他仅是人微言轻的一个门卫。老胡背后闷声道："奶奶的，小区里没有树和草坪，鸟儿都不会来。"

对此，人们从不同立场发出声音。有车一族无车位的欢迎，没车和不打算购车的坚决反对，已有车库车位的淡然冷漠。大家七嘴八舌地发表着不同意见：

"好事呀，有了泊车位停车就安全了。"

"这绿地是小区业主共有的，怎能说铲就铲呢？"

"少点树和草坪没关系嘛，反正闲着不用也可惜。"

"入住时就有树和草坪，如今毁了不违约吗？"

"侵占公共用地，这环境还能好到哪儿去？"

"先前许诺设置健身器材的，到现在连个影子也没有。"

有个小女孩天真地问妈妈："树没了，鸟儿们在哪儿安家呀？"

……

没多久，小区进来一伙工人，拿着锯子、斧头和铁锹。很快，草坪被铲除了，顺带刨掉了几个鼠洞。随着吱吱嘎嘎的断裂声，墙边那一排碗口粗的香樟被"截肢砍头"，接着齐根伐倒。树上的鸟巢掉落，鸟蛋碎散一地，还有摔在地上抽搐的幼鸟。大鸟惊慌地飞上屋檐与护栏，疯了似的啼叫飞旋。一只受惊的猫从草丛蹿上墙头，惊恐地吹胡子瞪眼。

小区开发商老板新近豢养的狼狗在笼子里兴奋而暴躁地狂

吠不止。老胡讨厌这恶狗，心里还惦记着自己养过的大黄，它会不会变成野狗，被打死了呢？

真是神速，一周不到，新开辟的车位就建好了，很快被有车与打算买车的人挤破脑袋抢光了。

八

老胡干门卫八年了，来时工资每月一千元，现在一千五百元，这还是中途要求过才慢慢涨的。虽然粮食蔬菜均从农村自家拿，但这点工资生活用度还是紧巴巴的。他最近去其他小区转了转，人家大多安装的伸缩电动门，值班室明亮并配有空调卫生间。门卫穿着整齐的保安服，几个人轮流值班。而且，人家的薪酬比他还高。老胡心里有点不平衡了。快到年底了，他厚着脸皮去找物业公司的贾经理。

白胖的贾经理笑眯眯地接待他，还让人给他倒茶。

“老胡，家里一切都好吗？”贾经理和蔼地问。

“好。”

“来找我有事吗？”

“有。”老胡欠欠身，“我的待遇，能不能提高点？”

“这个，回头考虑一下。”

“别的小区，干同样工作的比我拿的钱多。”

“嗯，人家小区大，工作量也比你大嘛。”

“麻雀虽小，五脏俱全。”老胡红着脸，“再说，我一人有时也转不开身。”

“不是有老伴陪着吗？”

“是，本来两人干的活，可给的只是一个人的工资。”

“嗯，这倒是个问题。”贾经理摸一下肥厚的下巴，转而问，“老胡，你今年多大了？”

“六十五了。”

“哦，回头研究下。现在竞争激烈不好经营啊，房产市场疲软。”贾经理用一根指头敲着桌子，“据说许多单位，包括你儿子所在的建筑工地也要裁人呢！”

“我干了这么多年了，贾经理考虑考虑。”老胡觉得胸口似堵了什么，脊背发凉，站起身来拍拍屁股走了。他想起业主们反映每年的公摊费用高，物业公司的头头却要从中开销部分费用。但自己只是干活的，合同续聘的决定权攥在人家手里。

出得门来，外面空气凛冽，朔风中夹着片片雪花。老胡在结霜而冷硬的路上滑溜一下摔倒了，他试图挣扎起来，但身体生疼有点费劲，便闭眼躺着休息。

忽然一条狗在后方闪现，过来舔舔他的手，又用嘴拽他的袖子。老胡坐起未及看清，那狗已钻进路旁茂密的灌木丛了。

有点像大黄，是不是眼花了？如果是，它为何不与我相认？它究竟去哪儿了呢？他自言自语，心底泛起一丝悲凉。

九

老胡跛着腿回来，吃饭时喝了半瓶闷酒。老伴寻问再三，才弄明白大概情况，便跟着唉声叹气。第二天，快递员来小区送货，有贾经理家的一个包裹。老伴说：“我给他家送去，顺便带点自产的蔬菜。”敲开贾经理家的门，女主人客气地接了包裹。她叫一声里面的贾经理，正想开口说点什么，贾经理起身道："我有个饭局，马上要出去。"老伴把想说的话又咽回了肚里。

老伴去照顾即将生二胎的女儿了。老胡变得沉默寡言。不过，他想起那天路上碰到的像是大黄的狗，每晚临睡前就在大门外放些狗粮。说也奇怪，夜里又传来似曾熟悉的狗叫声了，这让孤独的老胡感到一丝暖意。

冬至后的一日清晨，老胡没按往常那样早早开门。开车的人埋怨着推开值班室的门，却看见老胡直挺挺躺在冰冷的地上，可能起床时摔倒了。口眼歪斜，叫不答应，探鼻子还有气息。人们连忙通知他老伴及儿女，打 120 急救。到医院后诊断为脑血栓，幸亏抢救及时，保住了一条命，也靠老伴子女精心照顾，加之身体底子好，老胡不但挨过了危险期，而且恢复得能勉强下地走路了。

老胡住院时，小区不少人去看望他。出院前，物业公司的贾经理让助理带着礼品来慰问，说："公司研究过了，你住院期间按正常工资算，医疗费据实报销。"助理又递给老胡一个信封："这是贾经理给你的一点心意，让你出院后在家安心静养。"老胡很是激动，脸泛起红光，有点口吃地激动地说："谢谢……你们的关心……等身体恢复好了，我……就回去上班。"

助理笑笑，和气地说："老胡，不急不急。门卫已有人顶着，你慢慢养，不用急着来上班哦。"

老胡握着助理的手半天无语。

看那人走了，老胡失业的儿子从牙缝蹦出一句：“卸磨杀驴！”

后来听说老胡病愈，回了乡下。

十

一晃半年。

近日，我下乡扶贫凑巧从老胡家门口路过，就顺便去瞧瞧。他农村的房子很宽敞，院里前后种着桃、李、杏、橘等果树，墙边还有一片绿油油的菜畦。犬舍里，趔趄着几只刚会走路的狗崽。说话间，他老伴给我端来一碗热气腾腾的醪糟鸡蛋。老胡兴致勃勃地带我去参观他的苗圃和环绕着绿树的鱼塘。途中我意外发现了曾经从小区失踪的、现为老胡守护苗圃园子的狗——大黄。

老胡说，大黄是自己寻来的。他轻抚着立在身旁的大黄，目光温暖。

他点上烟，深吸一口，吐出烟圈，看着烟雾在空中缭绕、散开，嘴里咕哝：“现在，可以做点自己喜欢的事了。”

卖肉夫妻

刘红是菜市场众多肉铺掌柜中唯一掌刀的女性。她的营生是同行里最好的。

她的摊位虽然夹在一溜儿肉铺间，却不乏许多熟识的老主顾。她有一米七左右吧，身材丰腴而结实，白净而圆润的脸蛋，一双不大但弯弯的眼睛总是笑眯眯的。她说话的嗓门大，几十米外都能听见。

我曾陪妻去市场买肉。她老远瞅见熟人就招呼，待走到跟前，她两眼放光地问："姐姐，几天没见了，今儿想要点啥？"

妻驻足与之闲聊，瞧向她的肉架。

"是烧是炖还是炒？"

"排骨。"

"好，早说嘛，这儿有现成的。"她抓起一块案子上的排骨。

"不要，给我剔新鲜的行吗？"妻仍盯着架上的肉。

"没问题。"刘红操刀在手，"就是价高点，要多少？"

"三斤。"

咔嚓几声，她已将排骨剁好了，放在秤上。

"三斤一两。"她笑着说。

刘红说："给你按三斤算。这排骨好，肉厚，剔下些瘦肉炒菜，其余的姐姐想咋吃都行。”她利索地动着刀，“我给你分好切好了，省得你回去麻烦。”

还说什么呢，付钱呗。

我递过钞票，刘红笑吟吟地接过交给身侧的老公，两口子热情地对我们说：“走好，下次再来哟！”

刚转身，听见她又响亮地招呼下一位顾客。

她的丈夫瘦小，姓魏，脸上有道疤。传说刘红当初在市场旁找工作时遇到两个流氓纠缠，脱不开身的危急关头，老魏挺身上去挡在她前面。歹徒威胁他闪开，老魏死也不让，歹徒恼羞成怒挥刀刺来，老魏不幸挨了两刀，脸颊与腹部留下了永远的创伤。刘红在医院伺候了老魏几个月，命虽然保住了，但他的身体却大不如前。后来刘红先给老魏帮忙，再后来他们就结婚了。现在的老魏只给她打下手。我亲眼看到杀好的猪运来时，刘红身前系着油布裙，将百十斤的一扇肉搂靠在肩上，先用铁钩钩住一头，老魏抬举着下端，她一耸身就把铁钩稳稳挂在肉架上，脸不红，气不喘。有人曾问她一个女的为什么干这活呢？鲜花插在牛粪上，可惜了。她说上学时没好好读书，想参军也没如愿，很偶然入了这行当，既然干上了，那就认命呗。

不过她的猪肉渠道来源正，分量足，见人又自来熟，所以卖得快。经常他们收摊时，近旁的肉铺还没卖完呢。刘红健谈而爽快，老魏憨厚而耿直。周围熟人闲谝时爱拿他俩找乐子：

“老魏，你跟媳妇谁的力气大？”

老魏闷头抽烟不语。

“看他那身板，老魏可能不行。”邻人轻浮地涎着脸说，“啥时让我替你练练手？”

老魏只是嘿嘿地笑。

“老魏，晚上和你媳妇亲热时谁在上啊？”

邻人继续演着双簧。

“老魏在上。那趴在肉肉的席梦思上多舒服。”

“不一定，兴许他老婆在上面罩着他哩。”

老魏红了脸，说：“兄弟，哪天把你老婆让我试试。”

“让你？大海海的男人一扇肉都扛不起，连你自个儿老婆都整不动嘛。还想……嘻嘻——”

刘红在一旁听不下去了，操起一块猪油扔过去：“闭上你妈的臭嘴！小心老娘把你们裤裆里的杂碎割下来喂狗。”

他俩有个女儿，上中学了，高挑白皙。听刘红说，女儿学习好又懂事，能自己做饭，有时放学后送饭过来，还搭手帮着父母收拾东西。两口子很爱女儿，说为孩子再苦再累也值。

冬至将到，妻吩咐我去买肉灌香肠。时近中午，我到刘红肉铺前，案子上的肉已所剩无几。她搓着油手说：

“不好意思，你要多少？”

“二十斤，灌香肠用。”

“灌香肠的肉要好，讲究肥瘦搭配——这样吧，哥，明早有从山里进的散养土猪，你到时来取。”

“行。”我转身回家，因有了着落心里便不着急。夜里下起大雪，到第二天还飘飘洒洒不停。我忙完别的，下午三点雪小了才去菜市场，只见老魏一人在肉铺里，所要的肉早已装在袋子里。

老魏让我验了肉，肉质的确很好。我付钱时顺带问：“你老婆呢?”

“早晨雾大，骑摩托车时被车撞了。”

“严重吗?”

“腿折了，在医院里。”

“那你不陪着，还来干啥?”

“女儿在跟前伺候。她要我给顾客按时交肉。这答应的事得讲信用，不能误了人家嘛。”他拾掇起肉，准备关铺子。

“让你久等了，快去看你老婆吧。”我催他。

“没事，这就去。”老魏朝我一拱手，“慢走。”

雪又下起来了，菜市场依然有进进出出的人。居家过日子，平平常常的生活，谁能离得开这些普普通通的人呢!

寒风凛冽，纷纷扬扬的雪花越来越密，如洁白的花瓣在天地间飞舞。看着老魏骑车走远，我心里默默祝愿这对患难与共的夫妻平安。

面皮西施

凌晨五点，夜色尚浓，李芳就按惯例起床了。

她叫醒表妹小丽，俩人简单洗漱完，即从租住地赶往自己的面皮店。四周还比较寂静，天边有几颗孤寂的星星在寒风中哆嗦着。

“姐，腊月二十六了。”路上小丽说。

“做完今天的生意，咱就回家过年。”

“他去吗?”小丽偏头问。

“嗯。”李芳应道。她心里漾起一丝暖意。是的，这次和男友约好要一块儿回老家哩。

开门时，杨嫂也到了，三人会齐。杨嫂丈夫在矿山打工落下残疾，去年为一家生计来城里寻活干，在店里吃饭时与李芳聊熟了，便留下来帮工。

进门，三人分头忙碌起来。生火、烧水、打浆、洗菜、切菜，她们没有过多交谈，熟练而又默契地做着手里的活。

面皮是陕西的一道名小吃，相传起源于秦汉时期。刘邦当年在汉中称王，一日微服私访，进入百姓之家，好客的农民别出心裁以面皮、菜豆腐招待，刘邦一尝胃口大开，喜不自禁，大赞甚好。面皮、菜豆腐看似烹制简单，但工序极讲究。米最好要肥沃之土产的粳米，先浸泡，待酥软后细磨，米浆和水的比例得靠经验掌握好，上笼时需把控好火候，这样蒸出的面皮才筋道。面皮可热吃可凉吃，据此切宽或切细，再佐以焯好的时令蔬菜。

而与面皮常搭的菜豆腐也要把泡涨的豆子磨成浆，再细细滤过渣，之后倒进铁锅里，把豆浆烧开，再把提前准备好的酸浆水缓缓倒进锅里，慢慢形成豆腐。菜豆腐可以和油煎辣子、蒜泥葱花相辅，也可与泡菜或凉拌小菜相辅。

这两样小吃合起来真是香滑软糯，唇齿利爽，余味无穷。

李芳来自面皮的发源地，自然谙熟这门手艺。她那不足二十平方米的店面位于城南小巷和二环路交会处，邻近小区、学校与一个旅游景点。一年前盘下这个店后，主打面皮、稀饭及肉夹馍。开业来已有不少回头客，生意还算不错。约一小时，基本准备就绪。四只炉子同时运转起来，熬豆浆、点豆腐，配调料水，焯土豆丝、胡萝卜丝、菠菜、豆芽。铁锅里稀饭咕嘟咕嘟着，辣椒油、姜蒜汁的香味飘溢着，黎明已悄悄来临了。

六点刚过，店里迎来了第一位客人。接着，早起锻炼的人、赶路的旅客、上培训课的孩子们陆陆续续走进店里。她们一边询问顾客口味的轻重喜好，一边麻利地舀浆、蒸制、调味。随着案板乒乓律动作响，一碗碗色香味诱人的面皮与热乎乎的稀饭就送到了客人面前。

看着顾客吃得舒心，李芳感到了些许满足，淡忘了长期以来的辛苦。过了早餐时间，食客渐稀，她们稍微闲了一会儿。

小丽择菜，杨嫂洗碗，接着给酒店蒸佐餐的面皮。酒店虽大，菜肴丰富，但缺不了面皮这个地方特色小吃。李芳抹完餐桌在柜台后坐下，稍有点困。人少的情况下，她俩就能应付了。

她想起他——-男友张伟，心里盼着他能早点过来。

今年夏初的—个中午，店里进来一位瘦高挺拔的小伙子。他要了一碗面皮，吃完啧啧赞叹，继而要第二碗，扒拉完又要第三碗。他吃得痛快淋漓，可眼睛却也抽空不停地往她身上瞄。李芳下意识地瞧着他的吃相，躲着他热辣辣的目光。不想他吃罢走时蹦出一句："味道正宗，人又漂亮，真个是'西施面皮'啊。"扭头回望一眼，小伙子拔开长腿走了。

"小帅哥夸我们呢。"小丽乐滋滋看着他的背影。

"人倒精神，可说话怎么神经兮兮的？"杨嫂丢一句。

李芳没开腔，心里品咂着小伙子意味深长的目光和话语。

第二天，小伙子又来吃面皮，看她的眼光仍然亮闪闪、含情脉脉的。

第三天，他依旧来，还带着个画板，坦诚地问李芳："可以给你画张肖像吗？"李芳没有拒绝。他专注地画着，扑闪着深邃而明亮的眼睛，一会儿就画好了。食客们过来围观。有的说画得好，像本人；有的说还没有本人漂亮呢。他把素描画递给她，坦诚地说："业余水平。"

一来二去，脸混熟了，吃饭时就主动找点话题聊天。李芳得知他是北方人，在一家大型汽车经销公司工作，叫张伟。他有时也带同事来吃，有时电话让打包送过去。

二十五岁的女孩是成熟而敏感的。李芳每见他时心总有点慌，似乎躲不开张伟那明亮而热情的目光。她来这个城市五年了。当年高考名落孙山，为了经济拮据的家庭，也为了弟弟能顺利上大学，她放弃了复读，来这里打拼，辛辛苦苦开了这爿小店。现在，总算有点起色了。几年奋斗，她未考虑儿女私情，疏忽了自己的婚事。她觉得自己还未成功，未彻底融入这座城市，当然也没遇到中意的人儿。其实，她模样端正，人又能干，周围熟人里也从来不乏追求者。直到张伟的出现，像根火柴在眼前划亮并带来光热，使她沉静的心海起了波澜。

鬼使神差地，李芳接受张伟的建议，将小吃店名改成了“西施面皮”。这一换，更吸引了不少慕名而来的吃货。

中午，对街大华酒店的人来取面皮。酒店的老板叫马宏发，兼营房地产，财大气粗，人也豪爽。因醉酒打了出身名门的老婆，妻子一怒之下与他离婚并分割了财产。马宏发倒无所谓，男人四十一朵花，免不了寂寞的他仍想着续弦呢。盛夏的一天，马老板食欲不振，便吩咐司机去买份西施面皮。他胃口大开，边吃边赞“嫽扎咧！”司机在一旁道：“老板，面皮好，那店主更是美得太。”

马宏发停下筷子，直眼瞅着司机。

司机又说：“那女子长得可标致了，胸是胸，腰是腰，尤其皮肤像面皮一般细腻白皙。”

“真的？有这等尤物？”马宏发啧着大嘴。司机使劲点头。

马宏发借吃面皮去瞧了，他一见之后，就尝别的东西不香、觉也睡不踏实了。他让手下每天去买西施面皮，安排餐饮部去采购。可店主说要先满足自己需要，才能把多余的给他们。马老板忍不住了，授意公关部白经理去做媒。几天后，白经理来报，她竖起大拇指："老板，你真有眼光。"

"啥情况？快说嘛。"

"那女子叫李芳，二十五岁。提了，可人家说不想谈。"

"嗯？她也不小了。有啥原因吗？"

"没原因。"

"有什么条件吗？"

"也没讲条件。"

"你不是能说会道的嘛。"

"人挺客气，但嘴严，就是套不出多余的话。"白经理委屈道。

马宏发急躁踱步，然后对白经理低声交代："只要她同意，可以先给她一百万做聘礼。"

白经理张张口，心领神会地点点头。

一周无动静。马宏发召来白经理，以煎熬的目光询问她。

"唉——"白经理叹口气，"人家说有男朋友了。"

"这女子。"马宏发挠头，"不是耍人吧？"

"不好再磨了。"白经理说，"女人心，海底针啊！"

马宏发轻捶着桌子，脸涨成猪肝色。他身家上亿，投怀送抱的女人多得是。白经理转身欲走，又回过头说："老板，天涯何处无芳草，另外考虑一个嘛。"

"还有比她好的吗？"

"我有个堂妹。"白经理说，"做时装表演，相貌身材一流。"

"走台子的？"马宏发乜斜着眼，"让人观看的喽？"不等白经理回答，他对她挥手说："你去吧。"他颓然倒在宽大的皮椅里，咕哝道："什么模特？我就喜欢那个'面皮西施'。"

真格的，李芳先前没正儿八经谈过恋爱。一是忙，二是保守，三还有点羞怯。虽然在老家有很多同龄人已结婚了，父母也牵挂她的个人问题，但身处大城市几年，她并不着急。她想通过自己的努力，成为这里的一分子。

日已偏西，他还没来。在确立正式关系前，李芳是可以在张伟和马宏发之间选择的。张伟来店里频繁，而马宏发则狼似的耐心觊觎着。

这微妙的情况，小丽和杨嫂也在旁观。

"姐呀，"小丽说，"你跟张伟才是郎才女貌。"

杨嫂说："芳呀，你这么好的条件，要找个靠得住的人。"

小丽不屑："小伙子年轻帅气，以后日子还长哩。"

"长相不能当饭吃。"杨嫂说，"找男人主要得看本事。"她看了一眼李芳："这女人啊，有个依靠才稳当。"

李芳不置可否，其实她也斟酌过。张伟也许是个屌丝式的愣头青，今儿喜欢你，明儿难保不爱慕别人。马宏发虽年纪大点，但阔绰豪爽，也不是坏人。

"姐，马老板是有钱，难道你愿嫁给二婚的男人？"小丽私下又问李芳。

"不是这样的。"李芳刮下表妹的鼻子说，"姐要找个情投意合的。"经考虑，她心里的天平偏向了张伟。

从李芳听自己的建议换店名，张伟就觉得有门儿。他从小丽那儿打听到李芳的生日。这天送来了一大束鲜艳的玫瑰。当他含情脉脉地说出“生日快乐”的时候，李芳没有拒绝。下班后，他邀请店里的人去吃饭 K 歌，杨嫂说她五音不全就不去了，机灵的小丽想推辞，李芳却坚持带上她。那天，他们玩得很开心。张伟热情似火又细心幽默，给俩女孩留下了很好的印象。但结账时李芳非要 AA 制，说不答应以后就不出来了，张伟拗不过只得同意。

他俩开始交往。张伟晚上约李芳看电影、逛公园。一次喝过咖啡，他邀请李芳去他的宿舍坐坐。他们聊天，张伟用笔记本教李芳上网玩游戏。临走，张伟忽然握紧她的手，继而揽住她的腰，眼睛亮闪闪地说“我爱你”时，李芳脸色绯红，有点发蒙。张伟顺势把热吻印在了她的额上。不过，她最后谢绝了张伟想要挽留她过夜的意思，坚持回到了自己的住处。

恋爱关系明确后，他俩交往进展迅速。只要不出差，张伟下班后就几乎天天来西施面皮店，有时还搭手帮忙，他戏称自己是“护花使者”。杨嫂却对他一直不冷不热的。她私下有意无意地对李芳说：“小伙子是精明，可有点猴急毛躁。马老板难测深浅，要留心呀。”李芳虽觉得她啰唆，但并没阻止。

“许多男人没得到你之前海誓山盟，一旦得到就不珍惜了。”发觉李芳没反应，杨嫂继续道，“我是过来人。老公残了，我可以对他不离不弃，可他萎靡打不起精神，成天喝烂酒、撒怨气骂人。我忍不了就出来了。有的男人却趁机打我的主意，假惺惺许诺，最后不过是想揩油占便宜。”李芳听着，明白她是好意。

有时送李芳晚了，张伟迟迟不想分开，甚至含蓄提出在外开房。李芳使劲瞪他，坚决不允。

当然，他们也不得不面对现实问题。他们经济有限，还没有房子车子。张伟住在单位宿舍，李芳租的民房。在这城市买套两室一厅的房子，起码得一百多万，就是二手房也得好几十万呢。他们囊中羞涩，一时还拿不出这么多。

谈到钱，张伟沮丧地说：“我买不起房，那什么时候才能娶你?”

“不着急。”李芳抚着他肩头说，“咱们慢慢努力。”其实这些年她已辛辛苦苦攒了三十万。

“我们争取把生意做大，搞连锁经营。”张伟说，“至于房子，可以搞按揭，我存了二十万哩。”

“嗯，有头脑。”李芳欣赏道，“我们可以先了解下情况。”

房价近来涨得快，他俩抽空去看房，看了几家后，对锦业房产的楼盘比较满意。他俩看沙盘模型，看样板房，相中了其中的一个户型。碰巧，在售楼部谈价时遇到了马宏发，原来他是这个楼盘的投资商之一。他两眼放光，和善地微笑着。李芳尴尬地打了声招呼，拉着张伟匆匆逃离。

马宏发的奔驰缓缓开过来，车窗玻璃无声滑下，他伸出头和蔼地对李芳说：“看上哪套了，说一声。”车从身旁傲慢地开走了。李芳觉得马老板的笑意味深长。

“这个老板好热情。”张伟说，“你认识他?”

“不熟。”李芳转身，头也不回说，“走。”

翌日，大华酒店白经理来找李芳，悄声告知她：“马总说有一套别墅闲着，有意向可以去看看。”

“看不起。”李芳咬着嘴唇说，“请别侮辱我的人格。”

“真是个犟女子。马总是真喜欢你呀。”白经理暧昧地笑着，“马总也说了，强扭的瓜不甜，他不会强人所难。”

“谢谢他的好意。”李芳有点想哭。

“马总想见你一面。”

“没必要吧？”

“哎，端人碗，受人管。”白经理拉住她手乞求道，“你就成全我吧，去一次，聊聊，长痛不如短痛嘛。”

李芳想想，跟她去了酒店。

马总的豪华办公室在十八层。马宏发热情地接待她。泡好茶，白经理退了出去。

“生意好吗？”马宏发依旧和气地问。

“饿不死。”

马宏发打个哈哈：“做小吃是辛苦，不容易啊。”

“谢马老板体谅。”

“我对你没有恶意。”马宏发喝口茶干脆地说，“你可以改变思路，比如，把你的小吃店合并过来，你也可以来我的集团公司任职嘛。”

“高攀不起。”李芳反而平静下来。

“嗯，有个性。”马宏发起身走到落地窗前，望着街道上蚁行的人流车流，感慨道，“做生意没有哪个不想赚钱，人都想奔好日子啊。”

“马老板说得不错。”李芳也起身说，“天上不会掉馅饼，我不想不劳而获。”

马宏发霍地转身，凝视着李芳说：“不一般，人才啊。”他感慨道：“如愿意，我认你当妹子。以后有用到的地方尽管说。”

“谢谢马老板。”

马宏发右拳击到左掌，呵呵一下：“那就同意啦，以后叫大哥就行。”

“好的，大哥。”李芳只想赶快脱身。

小丽常去大华酒店送外卖，前一阵被一个年轻英俊的保安盯上了，那保安给她行方便、送小礼物，花言巧语与她搭讪，很快与小丽交上了朋友。俩人打得火热，下班后常约出去玩。

李芳含蓄提醒她早点回来，她说知道了。

杨嫂嘀咕那保安眼光有点邪，让她注意保持距离。小丽嗔道：“不接近，怎么了解吗？”

见马宏发的这天晚上，小丽又被男友叫走了。李芳烦闷，便给张伟打了电话。张伟欢喜过来，聊起嗖嗖涨价的房子，俩人免不了叹息。张伟又拐弯抹角绕到她认识马宏发的事上，李芳说真没什么，让他以后别再提。张伟知趣便接着侃工作、谈未来，李芳边听边回应。他兴奋地拥抱、亲她，俩人紧挨着，后来躺到床上。张伟激动起来，把手伸进她衣服里，探索她的身体，李芳意乱之时忽而清醒，猛地抓住那双不安分的手，用力将他推开，一下坐了起来。

“你怎么了？”张伟热汗涔涔，神情哀怨。

“别急。”李芳幽幽道，“是你的，谁都拿不走，迟早会是你的。”

张伟感动至极，发誓说：“听你的，我能等。”

时光如水，平静的生活也会随之起伏。近来，小丽与那个保安的关系时断时续，以至于上班时有点精神恍惚。不久，小丽出现恶心、呕吐的反应。

“咋的了?”李芳关切地问，“不舒服?”小丽点头又摇头。

杨嫂目光锐利地看着小丽，冷静地说：“是不是没来大姨妈了，怀孕了吧?”

小丽闻言，“哇”地哭了。

“真的?”李芳惊道。

小丽叫声“姐”，哭着扑到她怀里。

“是那个保安的?”

“咋办呀?”小丽抽泣。

“那男的啥态度?”

“他说……我想咋办就咋办。”

“真他妈混账!”杨嫂切齿道，“找他去!”

“他……他最近……老躲着我。呜——”小丽泣不成声。

李芳捧着表妹的脸，泪眼婆娑地说：“姐没照顾好你。不过，咱不能被白白欺负!”她和杨嫂立马去酒店找那保安，可没见着人。

“是马老板的人，得让他管管。”杨嫂提醒。

李芳踌躇一下，迫不得已给马宏发打电话说了情况。

一会儿，马宏发回复：“那个兔崽子！不辞而别，跑了!”

杨嫂拍着大腿唉声叹气。李芳愣了好久。马宏发让司机给小丽送来一万块钱，说替那个保安赎罪。随后，杨嫂陪小丽悄悄去做了人流。

张伟知道后，摩拳擦掌说：“咋不早点告诉我呢？让那个坏蛋溜了！”

最近，他参加了一个汽车行业举办的技能大赛，表现抢眼。同时，自个儿也正陷入烦恼里呢。公司财务部的晓慧——那个冷艳女孩突然对他频送秋波，给他带早点，吃工作餐时挨他坐，还让张伟带她去飙车、教她开车。谁让她是公司董事长的千金呢。同事们羡慕地说：“张伟，你交桃花运了。”

空闲时，晓慧递给张伟一把精美的钥匙，朝旁边一辆崭新的宝马努下嘴。张伟吹声口哨，不好拂她之意，陪她去兜风。其实，他自己也非常喜欢玩车。

“你怎么一直不关注我呢？”晓慧玩味地看着他。

“不敢哦。”张伟叹口气，“你那么高傲。”

“你挺优秀的，咋这么不自信呢？”

“碌碌无为，凡夫俗子一个。”

晓慧很快瞧出了端倪，问：“你有女朋友了？”

“你怎么知道？”张伟扶着方向盘，给油加速，“这车开着真过瘾。”

“是那个所谓的‘面皮西施’吧？”晓慧望着窗外飞逝的行道树。

“大小姐，追你的人不少吧？”张伟岔开话题。

“那是。别嫌我庸俗哦。”晓慧直视她，“你我好歹是大学生，而她——不过是个花瓶。”

“她不是花瓶。”张伟反感道。

“呦，还说不得了。”晓慧怅然道，“哪天带我去尝尝西施面皮。”

“没问题。”张伟允诺。

董事长的助理来给张伟递话：“小张，公司中层有个空位，好好把握机会。”

他明白那个职位是可以拿年薪的。

周末，晓慧真跟着张伟来吃西施面皮。

“同事，公司的财务。”张伟大方介绍。

“欢迎欢迎。”李芳热情招呼。小丽和杨嫂把面皮、菜豆腐迅速端上。

晓慧吃得很香，突然，她用筷子挑起了一根头发丝，自语：“味道不错，可这——”然后用眼光征询周围。

“哎哟，没注意。”杨嫂立刻把碗端走。

李芳另调了一碗面皮，笑吟吟端来：“不好意思。给你换一碗，不收费。”

“谢了，不吃了。”晓慧起立、掏钱。

“我请客。”张伟拦住她，尴尬地赔笑。

李芳说：“对不起，我请客。”

“你俩谁请不都一样吗？”小丽冲晓慧翻下白眼说，“小题大做，矫情。”

晓慧拂袖离座，去发动停在外面的车子，可她技术不太老练，又在生气，因此在紧挨的几辆汽车之间很难倒腾出去。张伟匆匆跟过去，把晓慧拉出来，坐进驾驶室，朝李芳难堪地挥挥手，将车开走了。

“人家瞧不起咱们。”杨嫂怔望着说。

“随便，爱谁谁！”李芳眼眶一酸。

张伟事后给李芳打电话，她不接。他急了，当晚来给李芳赔不是，解释缘由，可有点越描越黑。

“你不要误会。”张伟说。

李芳说：“你好好考虑，还可以再选择。”

“还生气呀？人家离不开你嘛。”

“谁知道你离不了谁？”

“那我辞职。”张伟说，起身欲走。李芳拽住他，眼圈红道：“当真呀？”

张伟把李芳揽进怀里，说：“唉——宝贝，我快疯了。”他哄她开心，直到她破涕为笑。

“你呀，是自寻烦恼。”李芳喃喃。

春节临近，李芳跟张伟约定过年去她家，让父母见见男朋友。张伟起初有点含糊，说往年都是陪自己父母，得与家里沟通一下。当民办教师的妈妈让他自己做主，做泥水匠的爸爸说：“瓜娃子，这还犹豫吗？打着灯笼遇不到的好事，肯定公司财务喽。”

可他依然舍不下李芳，已有一日不见如隔三秋之感。男人大多是感性动物，漂亮的女人总是富有吸引力，令人难以忘记的。

自尊又自卑的张伟内心煎熬着。他从小就听母亲的话，而比较逆反父亲。跟李芳将要面对许多不可确定的因素，充满风险和刺激。跟晓慧似乎顺理成章，现实的位子、房子、车子会很快拥有。但自己还年轻，没有什么不可以去努力实现。想起李芳，他心里有些激动。不仅是她的美貌与性格，还有和她同甘共苦一起奋斗的向往，以及他们交往的情感基础。

李芳没有催他，通情达理地说可以先去她家，然后再陪他过年，婚事推迟点也无妨。张伟不再磨叽，郑重地点了头。

转眼就到腊月二十六了。人们都忙着回家过年。明天张伟公司放假，李芳小吃店关门，他们就可以按计划实施了。

“姐，都几点了，”小丽嚷道，“张伟咋还不来？”

是啊，快打烊了。小丽的问话把犯困的李芳唤醒了。

李芳抬头看夕阳快落山了，即给张伟打手机，张伟说今天顾客盈门，可能加班晚到一会儿。

加班是真的。年底公司销售冲量，优惠幅度大，看车、买车的比较多。有直接拿着支票、提着现金来的人。财务也很忙，晓慧让张伟帮她数钱。张伟看看时间有些烦躁。确实，与李芳约好的时间早到了，可还有顾客等着提车呢。交完账，张伟陪一个顾客去试车，溜了一圈才回来，晓慧瞅见喊他。他叮嘱顾客换挡、刹车。张伟刚下车，晓慧已快步走过来站在车尾，拿个袋子欣喜地说：“张伟，你的快递。估计是你的获奖证书哩。”

“谢谢。”张伟伸手去接，可前面还没熄火的车子突然急速倒退，向晓慧冲来。张伟眼疾手快，本能地将晓慧推到一边，他未及躲闪，被砰地撞了出去，在地上滚了几圈。

“张伟——”晓慧大叫。错踩油门的女顾客吓得面色煞白，呆若木鸡。周围的人纷纷围拢过来。

张伟被赶来的120救护车接走了。

他掉在地上的手机还持续响着，晓慧拾起，看见那是李芳打来的，她哽咽着说了实情。

焦急等待的李芳接到电话火速赶到了医院。幸亏张伟当时反应灵敏，没有伤到要害，但一条腿却骨折了。

手术需要亲属签字，但张伟的父母远在外地，肇事者和晓慧及公司的人面面相觑。李芳没有犹豫，果断在手术单上签了字。

手术顺利结束，躺在病床上的张伟似乎睡着了。李芳握住他的手，轻声叫他的名字，像守着自己的孩子一样。

苏醒过来的张伟睁眼，对她歉意地笑着说："刚才在梦里，差点把你弄丢了。"

"吓死我了！"李芳潸然落泪，搂紧他的肩膀。

"感谢伟哥救我。"晓慧进来深鞠一躬，眼睛红红地说，"对不起，李姐，都怪我。"

李芳宽容地看一眼晓慧，转头对张伟说："没事的，以后我就是你的拐杖。"

张伟擦拭她的泪水："傻话，我会站起来的。我还要重新走路跑步开车呢。"

节后一个晴朗的春日，李芳与张伟的父母来接他出院，她告知张伟已把西施面皮店扩大为中式快餐店了。

"好啊。芳儿真棒！"

"回去我亲手给你做面皮。"李芳贴近他耳朵说，"咱们结婚吧。"

张伟扔掉拐杖迈开步，笑说："想死了，我已等不及了！"

家　园

初春，进出小区的道路旁突然出现了一个菜园子。

那里毗邻规划待拆的棚户区，菜地东侧紧连着一户人家。简朴的平房山墙边原本长着一棵茁壮的核桃树，去年寒冬没有熬过来，竟蔫蔫的萎靡不振了。今年春天，没见它再生出鲜嫩的新叶和花穗。人们说，这树怕是要老死了。

核桃树先前枝干粗壮，花繁叶茂，占了一大片空地。去年天旱，附近陆陆续续地施工，走马灯似的先后埋设下水管道、通信电缆、天然气管道等。火热的开发建设也许伤了核桃树的根脉元气，反正树是沉睡不醒了。随即，小区许多双眼睛盯向这一方空地，希望把树砍了，好好利用一下。可路东属于私宅，这棵树早有主人，为一对年近七旬的老夫妻所有。听说男的姓赵，老伴姓曹。他们会怎么处理核桃树占的这块地呢？

这老两口不甘心，先是给垂死的核桃树捉虫，补根部腐烂的窟窿，随后又请园林处的人来给树吊针、输营养液，可还是没能挽救它，看来核桃树是真的活到头了。

老赵怔怔对着树发呆，然后缓缓围着核桃树转圈，踩踩它凸出地表的根，摸摸它粗糙的皮，凝视它清瘦干枯的枝干。他清楚地记得这树是七岁时与爸妈在院子里种下的。最初核桃树细如拇指，大约在他读中学就开始挂果。生活困顿的年月，母亲会用核桃仁榨油炒菜。当他下乡插队完返城工作后，庞大的树冠已在房前撑起巨伞。年年春天醒来的核桃树长出繁密的花叶，到秋风送爽时果子成熟，大多能收获一麻袋核桃呢。剥离青皮，砸开硬壳，掰掉分心木，揭去浅黄薄皮，既可吃香嫩的核桃仁，也可晾晒成干核桃。来了兴致，在它横伸结实的“胳膊”上拴上绳子木板，就可以愉快地荡秋千了……

终于有工人来伐树了，斧锯加身，核桃树呻吟着、摇晃着，最终横卧于地。搬走树干，还挖了个大坑，连延伸到周围的盘根也刨了出来。男主人特意让留下了一截主根，露出地表尺余。树干枝杈被现场锯劈一番拉走了，坑也被填平了。人们猜，八成该改成停车位了。

现在车几乎成了代步工具，可许多地方停车却成了老大难问题。小区里的有车族挺多，没车位的只能停在道边，甚至回来晚了的还得泊到小区外头。这家人运气好，核桃树占的这地稀有、值钱了。

伐了核桃树的地方不错，虽然连同墙边只有十多米长，三米来宽，但停几辆小车没啥问题。停车难的车主们眼巴巴瞅着，期待着。听说那对老夫妻下岗早，收入低。再者，每个车位每年至少可以出租一千元，也可以补贴一下他们略显拮据的生活。然而，平整好的地没有打混凝土，没有铺沥青。出人意料，老夫妻把板结的土地锄松锄软，点种上蔬菜种子，还细心地施肥浇水。

不嫌麻烦！不可理解！车主们目瞪口呆，纷纷议论：把两个车位租出去，不费力气，不耽搁时间，一年轻轻松松收入数千元。种菜能值几个钱？可惜这块好地了！啧啧……这老两口是怪人！恐怕年纪大了头脑不正常了。

老夫妻对别人的非议全不在乎，一门心思侍弄自个儿的菜园子，给四周砌了一圈浅浅的道牙以保护。春风送暖，春雨滋润。地里渐渐冒出了嫩绿的芽尖，最初像婴儿干净的小手指，努力挺拔向上，接着分散出的叶子要么伸展为鲜活的手掌，要么联合成紧握的拳头。在明媚的春光里，它们变成了白菜、萝卜、莴笋、卷心菜。他俩又在菜地两端栽了几株月季、茉莉、芍药。很快这些花儿孕育出朵朵蓓蕾，绽开白、红、粉、黄的娇颜。时常有蝴蝶在菜地翻飞，鸟雀也会飞落在那个遗留的核桃树根上歇脚，自由欢快地啁啾。春夏交替，菜啊花啊生长快，老赵夫妇珍惜每一寸土，精心计算，尽量各样多种一点，这个袖珍园子在他们手里像个魔方似的变化着。

绿意盎然的菜园子处在高楼与棚户区之间，纯朴素雅、生气勃勃，比那些刻意雕琢装饰的人造物象自然可爱多了，无疑给小区添了风景。周围住户从阳台窗子就能瞧见那一片新绿，仿佛老远就能嗅到一股清新的气息。忙忙碌碌的人们经过这里时被吸引了，他们下意识地扭头回顾，慢慢地开始驻足观赏，也有人拿手机拍照，与这些蔬菜、花儿合影。小区后门外有所幼儿园，距菜园子很近，小孩子走过时便喜欢停下看一看。

“爷爷，这是小麦吗？”一孩子指着韭菜问。

“不对，是韭菜。”老赵笑呵呵地纠正。

“奶奶……这是牡丹吗？”

“是芍药，不过跟牡丹有点像。”曹奶奶笑眯眯地解释。

“爷爷奶，这是什么菜？那是什么花？”孩子们好奇地问着，他们心平气和，不厌其烦地回答着。当然，孩子们也给他俩表演学来的儿歌与舞蹈。有时接小孩的家长来得迟，老赵夫妇就帮着照看一会儿。为此，还特意在园子旁放了凳子、椅子。

这菜地仿佛一个美丽的乐园，或早或晚，老两口在此和孩子们有趣互动，与接送的家长们打着招呼。

我的车位离这园子不远，出车、停车时便能看见园子里的一切，常常发现老赵夫妇的身影。他们或在道牙旁转悠、闲坐与人聊天；或弓腰、下蹲在园子里观察菜呀花呀的长势，捉下吃花蕊、菜叶的虫子；或提着桶、拎着马勺浇水；或是给长高的苗条的根茎旁插上竹竿，让它们攀附在上面。

园子里的蔬菜一茬一茬轮换着。豆角长长了，茄子变紫了，西红柿脸红了，丝瓜秧攀上了竹竿，冬瓜蔓匍匐在地上，就连那面斑驳的山墙也爬上了绿茸茸的葡萄藤。一次，我下了车观望，老赵手里刚摘了一把辣椒，递过来说：“给，王老师，尝个新鲜。”我推辞：“您留着，家里买的有呢。”

“这自己种的，没打过药。”老赵说。

“就是，甭嫌弃！”他老伴老曹又塞过来两个紫红紫红的茄子，“天然，无污染。”

我只好捧在手里。其实，自从有了这个菜园子，他俩经常把收获的吃不完的蔬菜送给左邻右舍以及小区里的熟人。

转眼到了盛夏，园子里的菜呀花呀长得更旺了。可最近几天竟没看到老赵夫妇，那些成熟的菜也没见采摘过，几颗西红柿已坠落地上。这是怎么回事呢？老两口去哪儿了？停好车，我站在菜地边疑惑张望。门卫刘师抽着烟踱过来说："老赵上周末起夜摔倒了。嗨！脑中风，现在医院里躺着，老伴守着呢。""严重吗?"我紧张地问。刘师吸口烟："幸亏抢救及时，动完手术还得慢慢恢复。"

正说着，一位雍容的女士从身旁急匆匆走过，上了前面路旁的一辆豪华小车。刘师努努嘴说："那是他们的独生女。听说在外地做着大生意哩。"

我纳闷道："那为啥不把老两口接去呢?"

"前几年去待过。"刘师说，"据说不习惯那边的生活，又回来了。"又补充道："他们有一个小外孙，但听说女婿那边三代单传，人家的爷爷奶奶宠爱着，轻易也不让过来。"刘师弹弹烟灰巡查去了。

很快，小区许多人知道了老赵患病的消息。大家感叹唏嘘，邻居及平时下棋打牌的老伙计有去医院探望的，有主动给园子默默浇水拔草的。园子里的蔬菜照常生长，道牙边的花儿依然绽放，没人趁机向它们伸手。老曹中途回家拿东西瞧见这番情况，让熟人随意去摘取，但园子里还是样样都不少。大家默默照管着园子，盼着老赵早点回来呢。一天中午天气突变，骤降的冰雹把菜园子砸了个稀里哗啦。除了靠墙的葡萄架没被摧残，地里的菜和花都给糟蹋了。

物业公司为了环境整洁，让门卫把老赵夫妇园子里的烂菜烂花拾掇了。被冰雹砸过的菜地变得光秃秃的，像一块丑陋的伤疤。这地儿闲置了，就有人随意走进去，接着自行车、电动车、小轿车也从上面气昂昂驰过，园子的地面很快被辗轧硬了。反正地面闲着，进进出出不好停的车便瞅着空停在了那里。

一个半月后，老赵回家了。女儿本来建议去敬老院的，可父母均不同意，于是给请了一个护工，因生意忙又走了。过些天，老赵可以下地了，先是拄拐，接着在老伴和护工的搀扶下走路，再后来也能小心翼翼地一跛一晃挪步了。这天，老赵绕着停车的园子转了一圈又一圈，反复叫喊着车牌号让人来移走，可半天没人理睬。他脸色由青白变得红紫，终于口齿不清地骂骂咧咧起来，老曹过来扶住身体发抖的老伴。一位腆着肚子留着板寸的中年人听到喊声走过来，嘟囔道：“移就移，凭什么骂人?”

老曹说：“对不起。这原是我们的菜园子，你去打听下，请把车挪开。”

“又没种菜，给你出钱，不行吗?”“板寸”不肯动。

“不要钱。有别的用处。”老赵说。

“这地空着，也没写谁的姓名嘛。”“板寸”叼着烟歪脖狡辩。老曹接着说：“人要讲道理，我老汉可是个病人，你掂量着。”

“板寸”极不情愿地把车开走了，临走，还撂一句：“据说，这里很快就要拆了。”

老赵说：“恢复菜园子。”

“可现在你这身体……如果后面真的拆迁呢?”老曹叹口气。

"有一天，算一天。"

老伴轻轻摩挲他的手："唉！要不，租出去算了。省事。"

老赵不想吃饭了，把药也停了。他望着那片曾经的菜园子，泪光点点，盯着黑黝黝的核桃树根，神思恍惚。

第二天，老曹和护工把那块地挖了，认真地把翻起的土坷垃砸碎，再锄松锄细。老赵坐在道旁的椅子上一直看着，指点着。他们又在土里埋下了蔬菜种子，并在两头种上了向日葵。那一截凸出地表的孤独的枯朽的核桃树根，依然保留着。

那片地静悄悄的，在连续晴热的夏日里，像睡着了似的。老两口坚持天天早晚浇水，在园子里仔细地观察着。这期间，有人劝他们放弃，说这一片旧房可能不久就要拆迁了，他们到时也不一定再住这儿。还有邪乎的流言，传说先前那棵核桃树是被雷电击死的，是一块不祥之地，云云。

老赵夫妇依然每天都出现在菜园里，耐心守候、等待着。

日晒夜露，一场痛快的风雨光顾后，土里的种子又倔强地钻出了地面，一窝一行的嫩芽儿携手并肩呼应着，逐渐像一张新鲜、洁净的绿毯铺满了园子。更令他们惊喜的是，核桃树根部那裂开的缝隙里，许是吸收了天地灵气，居然萌发了一簇碧绿的新苗。

站在葱郁的葡萄架下，老赵痴痴地反复瞧着这一片新绿，好像守着什么宝贝似的，心里乐着，脸上的皱纹也舒展了。

翠绿的植株争先恐后吐出芬芳的花儿，又竞赛着落花结果了。向日葵越长越高，追逐太阳露出热情灿烂的笑脸。路过的人们又频频回头，天真无邪的孩子们又乐陶陶地来园子玩了。

老赵夫妇高兴地教孩子们认识蔬菜，分辨花儿，品尝鲜果。孩子们叫着爷爷奶奶，快乐地唱着歌谣，还用小手给他俩揉肩捶背。老赵清清嗓子，开始给孩子们讲述一些当地的掌故。

他说："咱们这一带算是古城的中心，有两千多年的历史了。东望饮马池，西接钟鼓楼，南临拜将坛，北依古汉台，而且还靠近明朝瑞王府的后花园。如今仍保留的伞铺街、挂匾巷、油坊街、文庙巷、丁字街、甜井巷这些古老的地名就是证明。我小时候见过周围完整的古城墙，还有四个城门，环绕的护城河，幽静的祠庙教堂，曾在城墙上逮过鸟，也曾在河池里捉过鱼。那会儿，我与小伙伴们时常在四合院门口会合，上学放学走碎石路的巷子，胡同里常有爆米花的、吹糖人的、写字画的、做风筝的。可是，后来城墙拆了，这些东西越来越少，甚至不见了……"

"爷爷，为什么要拆呢？"

"多好的地方啊，为什么现在没有了？"

孩子们听着，不停发问。

"有特殊历史时期的破坏，更多的兴许是为了发展吧。现在到处是四通八达的马路，到处是林立的高楼大厦。"老赵像是在自言自语，有时喃喃着停顿下来，默默地环视周围。

几天后，拆迁通知送达。工作人员耐心解释有关情况，并诚恳希望他们理解和配合。

老伴问了几句，老赵平静地接了通知。女儿得知消息后，电话安慰父母莫着急，尽量拖一拖。可二老寻思要积极响应，因为政府把这一片规划为两汉三国古文化街区了，意图恢复历史风貌哩。

光阴流转，谁不望家园安好？

离搬迁还隔一段时间呢，附近的人以及菜地里的蔬菜花草照样生机勃勃。孩子们仍可以来玩，老赵的故事也继续着……

约　定

一

陈新已阔别读大学时的 C 市多年。

光阴匆匆。近来做梦，他又记起十年前的那个约定。

二

带上两本书和一瓶啤酒，陈新挎上书包，骑车直奔红桥。红桥离学校不远，十五里路，慢悠悠骑半小时就到。

在外地上学，整学期只能回一次家，平常还能凑合对付，可每到周末就非常难熬。时间长了，不少同学因感情饥渴、百无聊赖而搞“副业”——谈恋爱，可他却不想谈，索性写点诗文自娱。哪个女孩如果看中他，她会从一群男人中把他抓出来的。这是他脑子里固执的想法。他相信这一点，因此，他不太主动接近女生，别人也以为他卓尔不群，所以这方面也就省了许多事。市内早已逛熟，周末闷在宿舍简直像一匹受困的狼。于是他决定星期天出去溜达，终有一日，他发现了一块新大陆——红桥。其实那里并无桥，据说作为屯兵厮杀的古战场曾经有过桥，现在这里只有一湾湖水、绕湖绵延的狭长树林和水中央的一座尚未开发的湖心岛。树林后起伏着坡地和农田，而林间则划分出一片一片大小不等的草地。因为离城较远，所以去红桥的人不多。陈新几乎每个星期天都去，且在心里记下属于自己的这块地盘。

路上行人渐多，太阳像雄鸡冠子般通红，路旁的杨树叶如染了金粉，熠熠反光，在微风中哗啦哗啦地轻响。不到半小时，他便骑到了红桥。

在熟悉的那片树林边停下车子，他走进空地，放下书包，躺在柔软的草地上将四肢伸展成“大”字。阳光从东边幽静的树梢斜射进来，枝叶间便筛下五彩斑斓的光晕。松树、榆树、槐树、银杏等围拥在一起，在顶端形成一个巨大的“井口”，井口之上是一片蓝天，天上有鹅毛似的云轻盈地飘过。陈新瞧着忽地坐起，兴奋地翻两个跟头，然后如快活的马驹在草地上打起滚来。蓦地，他发觉滚到一个人脚前！他像是受了屈辱，于是恶作剧地从下向上看起。那是一双女性的脚！穿着黑色中跟皮鞋，柔美的脚上套着肉色丝袜，小腿笔直而匀称，膝盖以上被白裙罩住，隐约可见大腿修长的轮廓。视线再往上移，可见翠绿的短袖衬托着纤细的腰肢和白皙的脖子。笑声！他忽然听到银铃似的笑声，是在笑他吗？陈新感到血往上涌，心想自己的恶作剧不但没使对方尴尬，反而招来对方居高临下的嘲笑，于是猛地仰起头。

他的目光首先碰到一双笑弯的眼睛，长长的睫毛掩映着水亮亮的眸子，微丰的鹅蛋脸羊脂玉般光洁，看去二十岁左右。她站在草地上还止不住地笑。陈新感到有损男子汉的形象，自己仿佛倒成了她的阶下囚似的。他抛掉对她瞬间的好感，一个鲤鱼打挺站起来，山似的立在她面前，故作气愤地问：“你笑什么？”

“我笑我的，与你有什么相干？”她微翘着嘴角？露出白瓷样整齐的牙齿。

“这儿还有别人吗？有什么好笑的？”

“管得真宽。”少女一歪头，“当然了，没人驴打滚我就不笑了。”

“你……小妖精！”陈新涨紫了脸，挥一下拳。

“你怎么骂人？”少女笑意顿失，“还要打人吗？”

“打——”陈新手插在腰间，“打一个女的算什么好汉！”少女反上前一步说：“别以为女孩好欺负。”

“哼！可惜你是个女的。”陈新摆摆手说，“秀才遇到兵，有理说不清。”“你才不讲理呢。”她噘嘴说着，扑哧又笑了。陈新受少女的感染也有点想笑，不过他忍住了，一条腿在地上晃着对她说：“你知道吗？这是我的根据地。”

“胡说，这里又没写着你的姓名，谁先来就应当是谁的，何况我先前也来过这儿。”

“有姓名，你瞧。”陈新正经八百地说。少女果真向草地上张望。她的目光在草地上搜寻了一遍，可什么也没有，方知上了当。“你骗人！”少女嗔道。“哈哈——”陈新笑道，“这叫兵不厌诈。”他盘腿坐下，少女也屈膝坐在他的对面。

“哎，请问尊姓大名？”少女问。

“免贵，推陈出新，去掉动词即是。”陈新接着问她，“你呢？”少女抿嘴一笑说：“姓高，名字是——早晨的燕子。猜猜看。”陈新脱口叫道：“高晓燕，是吧？”

“嗯，叫我燕子、丫丫都可以。”她大方地说，从包里取出一本书。

“燕子叫起来顺口。哎，你在看什么书？”他问。晓燕把封面亮给他，陈新看清那是一本成人自学考试用的《大学语文》教材。

“你准备参加自学考试？”他问。燕子点点头。

“想混张文凭，也不难。”陈新说，嘴角露出一丝讥讽。“你怎么这样看人？”燕子生气地说，“我去年高考差了几分，便招了工。现在觉得先前学的知识不够用，空闲时间又多，因此想再深造一下。”

“怪我唐突。”陈新抱歉地说，“不过，你觉得困难吗？”

“困难。我原来比较喜欢理科，语文学得不大好。”燕子看着脚尖。陈新不语。

“你是个学习上的‘跛子’，那可不乐观。”陈新说。

“为什么？”

“跛子是跑不快的，你明白吗？”

“明白。”

“那得培养兴趣，补补短板。”

“我行吗？”燕子睁大了眼睛。

“一切皆有可能。”

“真行？”

“行。”

“那你帮我好吗？你不是大学中文系的吗？”燕子翘起

嘴角。

“你怎么知道?”

“反正我知道，你刚才的话不是证明了嘛。”

“你真鬼。”陈新说，“那么就尽力而为吧。”

“噢，爽快。”燕子用清澈的眼神看着他，“不介意的话，能提个问题吗?”

“请问。”

“你最喜欢什么?”

“真诚。”

“最憎恶什么?”

“虚伪。”

“最崇拜什么?”

“行动。”

“天呀!”燕子轻叹，“我原以为这是我个人的想法，谁知你与我想的一样。”她甜甜地笑了。陈新也笑了：“那么，我们行动吧。”

于是他俩各看各的书，燕子碰到不理解的地方就随时请教或写在纸上递给他。陈新虽然不时被打断，可有美女陪伴，心里并不烦。

太阳升到了林间空地的中央，光辉灿烂地悬在他们头顶。草地干干的、软软的，渐渐发烫起来。他俩转移到靠湖水的树林一侧。林边的湖水泛着细微的涟漪。安静的湖面上有两只白鹭在飞，隐在枝叶里的知了不厌其烦地鸣叫。

“我们现在开饭。”燕子说。她在地上铺了一块塑料布，从提包里拿出面包、午餐肉、水果、汽水摆在上面，优雅地向陈新一招手，说：“请吧，陈老师。”

“嗬，这么多好吃的！”陈新刚好觉得饿，便不客气地狼吞虎咽起来。燕子让他喝汽水，他说自己带的有啤酒，并让她喝。燕子推开酒瓶，目光闪烁说：“你以后别喝了，喝醉了怎么教我啊？往后星期天的饭我包了。”

“好吧。”陈新说，“反正你工作了，有的是钱。”

“先生贵庚？”燕子调皮地眨眼问。

“二十一。”

“才比我大两岁。”

“那该叫我哥。”陈新耸了一下鼻子。

“不叫。”

“为什么？”

“我们是师生加朋友。”她郑重地说。

“好吧，朋友。”陈新笑笑。

三

之后的星期天，陈新和燕子便如约去红桥。那里成了他俩读书、学习与放松的地方。遇到古代、现代汉语里的生僻问题，燕子就请教陈新。利用间隙，陈新给她侃文学知识，介绍诗经、楚辞、先秦散文、汉赋、唐诗宋词、元曲、明清小说直至近现代、当代优秀作品。他还向她谈起外国的著名作家和他们的作品，但丁、莎士比亚、歌德、伏尔泰、卢梭、雨果、巴尔扎克、罗曼·罗兰、普希金、托尔斯泰、肖洛霍夫、海明威等。他讲得是那么流畅，述评结合，如数家珍，燕子简直听得入了迷。等到陈新住口，她才如梦初醒地说：“你懂得真多，我的知识量真是少得可怜。”

“你脑瓜好使，能学好的。”陈新坦诚地看着她。

“谢谢鼓励，幸亏遇到你这位老师。”燕子递给他一瓶矿泉水。

“天真热。”陈新解开胸前的扣子，摸摸汗渍渍的脖子说，“真想游泳。”“确实热。”燕子用书扇风，望着清澈的湖水说，“水真好，我也想游泳。”

“你会吗？不会是旱鸭子吧？”陈新问，他这次带了泳裤。

“小瞧人，上中学时我还是校游泳队的呢！”她神气地说，“先前我就侦察过这儿的环境，湖水特好。”

“你一个女孩，敢在外游泳吗？”

“本打算和同伴一块儿来的。”燕子听出了陈新的疑惑，咯咯一笑，“不过，现在不是有你这个护花使者了嘛！”

“我？”陈新发窘，“可我是个男的。”

“哎呀，”燕子一撇嘴，“一个大学生还这样封建。”她转着眼珠，想了一想又说：“再说你还想做我哥哩。”

“要不，你看我游得了。”陈新挠头。

“不行，我也想游。”燕子定睛看着陈新，“人家信任你嘛。”

“好吧。”陈新想了一下说，“我就做回护花使者。你先去换衣服，我给你望风。”陈新立起身。燕子羞涩地看他一眼说：“我说好了，你再过来。”

陈新转身走到树林外，警惕地看着四周。他觉得被女孩信任很激动，心怦怦地撞着胸膛。他想：如果真有坏人出现，就和他拼命。

少顷，传来一声娇羞的“好了”。他转身走进树林，走到草地边。他看到燕子亭亭玉立地站在绿毯子似的草地上。合体的浅蓝色的泳衣勾勒出她线条优美的身段，绸缎似的肌肤光滑而健康，在绿树青草的衬托下，就像一幅美妙恬静的油画。“哦，简直是造物主的杰作！”他心里说，忙低头脱外面的衣服。燕子转身，等陈新换好后再回过头来。陈新平常喜欢运动，爱打篮球，身材健美。燕子含笑望着他，脸上飞起红晕，仿佛在欣赏雕塑《大卫》。然后他们共同走入湖中，四肢扑腾，打破了湖面的平静。

湖水温柔地包围住他俩，摩挲着他俩的身体。陈新惬意地游着，欢快地叫着，拍击着水花。燕子跟在他身旁，泳姿漂亮，像一条活泼的美人鱼。两人变换姿势快活地游来游去，激起的水花在阳光的照射下晶莹闪亮，缤纷夺目。游了一会儿，他们又互相撩起水来，飞溅的水雾里出现了美丽的彩虹。直到燕子喊累了，他们才愉快地游到岸边，爬上岸，坐在松软的草地上歇息。陈新看着燕子说：“我们认识不久，你就不怕我动坏心思吗？”燕子垂下黑长的睫毛，脸红红地说：“我看得出来，你不是坏人。”

随后还按先前那样，他们互相为对方望风换好衣服，然后又回到草地上看书。知了仍在拼命地聒噪，微风穿过树林，枝叶沙沙作响。

不知不觉，日已西斜，瑰丽的光线倾泻进树林，铺洒在湖面，一切像被涂了斑斓的油彩，堂皇又迷离，如梦似幻。燕子看看周围对陈新说："这儿真美，我都不想回去了。今天收获真大。"陈新合上书自嘲地说："是的，收获很大。"其实他带了两本书，结果这次有点心不在焉，只看完了半本。他们推起各自的车子走过草地，走出树林，跨上自行车，一路谈笑着骑到城北立交桥路口。陈新要回学校了。她飘然下车，立定轻声说："我在芷园宾馆工作，你有空可以来玩。"

"嗯。"陈新愣一下说，"星期天见。"他朝燕子挥挥手。

四

一周又一周过去了。他们越来越熟，对彼此的了解也越来越多。但陈新平时课后没主动找过她，而周末去红桥相会成了他俩雷打不动的默契。燕子一般以自学为主，有难题时陈新给她讲解。每次给她辅导完后，陈新还会推荐经过自己挑选的文章或书让她看。她进步较快，能认真去阅读理解，并渐渐可以说出自己的感受来。陈新为此很高兴，受她的激励，也暗下决心考研。大四离毕业不远了，他感到日子过得飞快而又实在。同学中出双入对的不少，好像要抓紧有限的时间缠绵。一个星期五，学院举办舞会，这天恰好是陈新的生日。他想起燕子，便鬼使神差给她打了电话，燕子当即答应按时赴约。那天，燕子打扮得素雅而得体。在偌大的舞厅里，他俩如影随形，燕子只跟他一人跳，甜甜地看着他，吐气如兰。乐曲停下时就坐在他身旁，小鸟依人地静静地守着他，一概不理别人的邀请。陈新暗自激动，感到幸福极了。而当他俩随乐曲翩翩起舞时，全场几百双眼睛都嫉妒地瞧着他俩，好像乐队是专为他们两人伴奏似的。舞会结束，她去陈新的宿舍小坐，看见生日蛋糕和烛光，方知碰上陈新的生日。她嗔怪他没提前告诉她，陈新诙谐地说：“你的到来就是最好的礼物。”她走后，舍友们打趣：“哪儿找到的尤物，你用了什么手段‘钓’来的?”陈新正色道：“她是我教的学生。”

五

这天，陈新发表了一篇文章，他高兴地去找燕子，送她书。燕子骄傲地把他介绍给单位的同事们，他们用异样的眼光打量他。客套之外，陈新觉得跟她的同事们没多少话语。一个周末，燕子邀请他看电影，也许片子情节不精彩吧，坐在影池里的陈新不知道看了些什么。燕子似乎也有点心不在焉。其间，他大胆地握住她一只温暖的小手，她先是轻轻抽了一下，而后就任他握着，竟握出了汗。当银幕上出现男女主人公亲热的镜头时，她却忽地抽出手蒙住自己的眼睛。电影放完，燕子问他感受怎样，陈新不屑地说：“片子差极了，我随便就可以写一个比这强的剧本。”其实，他根本就没看进去。

出了电影院，他俩信步走着，不知不觉到了她的单位。

“进去坐会儿吧。”燕子邀请。她的单身小屋，布置得整洁而温馨。陈新落座，燕子从床上拿起一样东西给他。“抽空给你织了件羊毛衫。”她抖开往他身上比，“你试试，看合不合适?”

“不用，费那工夫干吗?”陈新有点不好意思。

“就当补你的生日礼物。”她满眼深情。

“你太认真了。”

“认真的是你。一件衣服怎么比得上你给我辅导功课!”燕子装作生气地嘟起嘴。

“好吧。”陈新无奈试衣。

“真合体。”她高兴得眼睛弯成月牙儿。

“谢谢。”陈新感到浑身热乎乎的。

“又来了。”燕子笑笑，“我们讨论学习心得吧。”

陈新和燕子聊得开心而尽兴，直到一阵雨滴敲打在窗外的芭蕉叶上，他们才停了下来。

“快十二点了，我该回校了。”陈新起身。燕子望望窗外，“现在正下雨，要不……”她脉脉看着他，“你就不走了。”

陈新脑门一热：“不，那……对你不好。”

“我是说，”燕子绞着双手，“你在这儿休息，我可以去跟同事住。”

“那……也不太好。”陈新觉得热血急速涌上脑门，有点不敢直视她柔亮的眼睛。踌躇一下，他终于鼓足勇气走向门口说：“雨不大。”

“等等!”燕子追到门口，“拿上伞。”

“晚安。”

“晚安。”

两人对视片刻，陈新毅然转身，甩开大步冲进雨中。

“真是好人!”燕子倚门痴望着他的背影，伸手接着霏霏雨丝，喃喃着，胸中涌起滚烫不息的波澜。

六

又一个星期天到了，却淅淅沥沥地下起了雨。恰巧陈新要参加学校的一个社团活动。他想：雨天她该不会去红桥吧？那里下雨是无法看书的。因此，他便没去。接着又准备考试，一忙竟忘了与燕子联系。过了几天，他突然收到高晓燕的一封信，信中写道：

陈新：

你好。

星期天我去红桥了，可你没去。我打着雨伞，踩着地上的落叶，在那片草地上久久徘徊、久久伫立，直到下午。可你始终没去。

我们是可以在伞下看书的呀。听着伞上滴滴答答的雨声，我是那样孤独又无助。多少次，我仿佛看见你从蒙蒙雨雾中走来，可我惊喜地奔过去你又不见了。也许你有事耽搁，也许你不想理我了，但我有话想对你说。近来，不断有人给我做媒，包括家里，可我统统回绝了。我知道我喜欢谁，你也该明白呀。那天我从红桥回去生病了，单位里一位领导去看我，委婉提到某某年轻的经理对我有好感，我当即表示反对，说自己已有男朋友了，可他似乎不信。今天病刚好，公司竟打算取消我的星期天，让我和那个年轻的经理一起出差。陈新，我真怀疑他们不怀好意，我实在不想去。如果他们因此要调动我的工作，那就随便吧。

陈新，对我的自学考试也有人说风凉话，说我看不起这瞧不上那，是想攀高枝往上爬。我的心里好乱。我想我还是要学习的。若无意外，下个星期天在红桥见。

等着你。想你。

燕子

七月七日

陈新看完，又激动又紧张。哦，燕子！他心里呼唤着，仿佛觉得她是一只正受到威胁的小鸟，而自己是一只雄鹰，就要飞过去保护她。谁也不许伤害我美丽的小鸟，我要向所有觊觎她的人宣布：她是我的！谁要试图侵犯她，我就毫不留情地啄瞎他的眼睛！如果斗不过对方，那就带着她飞到天涯海角。可等到激动一阵冷静下来，他又想到自己是一名穷学生，势单力薄，除了学习以外，能帮助她什么呢？于是他把实情告诉了几个要好的朋友，朋友们听了非常激愤，纷纷表示要拔刀相助，还说为这样的女子掉脑袋也值。一个学法律的同学击掌说："哎，你们好糊涂，怎么不用法律这个武器？必要时可以告他们。"会几下武术的舍友"王大侠"拍着他的肩膀说："甭虚，如果谁要和你练架，只管招呼一声。"陈新谢过同学们，感到自己有强大的后援，心里便踏实了很多。他想，不管燕子爱不爱他，就是作为朋友，他也要倾力帮她。

夜里，陈新做了一晚的梦。梦到了红桥，梦见了那片狭长的树林、那块青草地。在镜子般的湖面上，他和燕子划着小舟，忽然一阵急骤的狂风掀起巨浪，打翻了小船。他们掉进了湖里，变成了两条鱼，游啊游，却一直游不到岸边……

七

第二天上午，陈新早早到了红桥，他看看表，比往常提前了半小时。

她可能还没来吧，陈新想。他轻快地走着，环顾四周。时令已到中秋，昨晚下过一阵雨。地上铺了不少凋谢的黄叶，被雨水洗刷过的枝叶上还有零星的水珠儿闪烁。太阳正矫健地爬上林梢，树林间弥漫着仙境般的雾气。当陈新走过一片片树林和草地，走近属于他们的那块地盘，走过从一根树桩上生出的两棵高大挺拔的椿树时，他发现草地上空空的，她的确还没来。陈新正伸着懒腰，背后响起“嗨”的一声，他转过身来，高晓燕在不远处对他娇笑。她显然来得更早，刚才躲在树后了。久别重逢，陈新箭步冲过去抱起张臂跑来的燕子。陈新抱着她转起圈来，燕子瀑布似的长发飞舞着，草地在旋转，树林在旋转，湖水在旋转，天空在旋转，太阳在旋转。他们欢快地放声大笑，一边高喊：

“你好，燕子！”

“你好，陈新！”

“你好，红桥！”

“我们什么也不怕！”

……

树林里四下回响着他们激情的声音，树叶上的水珠被震落，鸟儿也兴奋地飞来飞去。一直转得晕头转向，他们才坐下喘息。陈新仔细瞧着燕子，她仍是那样美，虽是病后也丝毫不减青春的风姿。“你想过我吗?”她轻轻问，依偎到他身旁。“想。”陈新拥住她，瞧着她俏丽的脸庞，微眯的双眼，红润的芳唇却只是呆呆地不动。“哎呀，你真是个书呆子。”她声小如蚊，拿拳捶他。血忽地涌上陈新的头，胸腔里怦怦的心跳如急促的鼓点。他有点不知所措，继而冲动地轻吻在她光洁的额上。燕子一下抱住他，他也不由自主拥紧了她。四瓣颤抖的热唇碰在一起，他们忘情地吻着，缓缓倒在草地上如波浪翻滚。林边的湖水荡漾着，微风穿过树林，撒下片片飘转飞舞的落叶。良久，他们手拉手躺在柔软的草地上，听着各自怦怦的心跳，谁也不说话。燕子今天穿着一袭红裙子，躺在身旁犹如一团燃烧的火，撩人不已。陈新拘摄住心神尽力不去看她，他怕自己一下控制不住会对她干出傻事。因为在他心目中，燕子就如基督徒心中圣洁的玛利亚。“我是你的，什么都可以给你。”燕子贴近他身旁喃喃地说。

“别说傻话，”陈新搂住她的玉肩，用手梳着她的秀发，顽强地保持着最后一点理智，“我以后是要分配回我们那地方去的……那地方很远。”

“只要你想我，就是爬我也要爬到你那儿去!”她低缓而坚定地说，把头枕在他胸前。陈新犹如受到电击，只觉周身热血沸腾，深深感到被爱的幸福，甚至有点眩晕。他俩目不转睛地注视着对方，滚烫的十指紧紧相扣，依偎在一起的身体都有些微微战栗。静谧的树林和温柔的湖水陪伴着他们，连机灵飞过的鸟儿、悠闲的白云也依依不舍地回望。

时光多么美好。这次，他们都没看书学习。

八

接下来的一个星期天，他们依然去了老地方。

一见面，燕子就兴奋地扑上来，陈新揽住她的纤腰，他们又紧紧拥抱在一起，然后躺在松软的草地上。休息了一会儿，陈新轻轻扶起她，拿出书说：“咱们看书吧。”

“等等。”燕子说，“看我给你带了什么。”她从包里拿出一个精致的纸盒。

“哦，手机。”陈新瞥了一眼。那是一部三星手机，当时用手机的人不多。

“送你的。”燕子递给他。

“可我……也没多大用处。”陈新没接。

“可以查资料，”燕子说，“你用它也方便与我联系呀。”

“我在学校的时间多，不如你留着用吧。”

“我单位电话方便。”燕子握住他的手，“拿着，就当给你的辅导费。”

陈新接过放在一边，说：“我们学习吧。”

燕子突然有点不高兴，甩一下长发说：“就知道学，今天不想看书了。”

“为什么？”陈新不解地看着她。

“今天玩一玩。”她说。

陈新突然有了情绪，把书撂一边不吭声，但他看着燕子娇嗔的模样便迁就她："怎么玩呢？"

"我……想想……"燕子狡黠地抚着发梢。

"有了，我们来跳马好吗？"陈新一骨碌爬起。

"可是，哪来的马呢？"燕子问。

"嗨，小笨蛋，我们互相给对方当马不就成了吗？"

"那好，那得让我先跳，到我跳不过为止。"燕子说着退后几步。

陈新走到草地中央双手触地弓起身。

"我的大马，准备好了吗？"燕子问。

陈新手触脚背把身体弯成一张弓，朝她眨眨眼。燕子跑过来双手在他背上一搭，轻巧地跃过去了。

"喂，再高点，我的骏马。"燕子神气地嚷道。陈新把手移到膝盖上。她跑到跟前迟疑了一下没能跳过去。

"赖皮，你升得太高了。"燕子捶他的背。

"反正你没跳过去，现在轮到我啦。"陈新撒腿跑到一边。

燕子装模作样地拉好架势。

陈新一阵风似的跑来，双手刚在她背上使劲一搭，燕子就垮了下去，陈新一下扑在她身上。"哎呀，压死我了！"燕子在底下尖叫。陈新把她掀翻过来笑："你这匹小马、劣马，差点让我摔个大跟头。"

"摔个嘴啃泥才好。"燕子揉揉手腕，两人嬉笑着站起来。

"喂，你还想玩什么？"陈新问她。

"我们找些树枝来盖一间小屋。"燕子忽闪着黑眼睛说。

“那是小时候玩腻了的，你要过家家吗?”陈新撇撇嘴。

“不，现在就要盖嘛。”燕子拽着他的手跺脚。

“好，依你。那我来当设计师吧。”陈新说。

“谁稀罕，你去弄些树枝来。”燕子下命令。一会儿，陈新抱了许多树枝过来。燕子先在地上插四根对称的树枝算是柱子，然后把细枝条系在它们之间作为纵横的椽梁，接着他们便一齐往上覆盖枝叶，最后把剩下的材料围在三面，一座简易的房子很快便建成了。“哦，万岁，真漂亮!”燕子欢呼，“这就是我们的星期天别墅。”

“好吧，别墅。”陈新看着脸红扑扑的孩子气的燕子说。小屋刚好能容纳两人。燕子像机敏的兔子似的钻进去喊：“快进来呀，陈新。”

陈新没有应，他忽而出神地看着小屋外宽阔的世界，看着被冷落在一旁的书想：自己要不要进这蚕茧似的小屋呢?这是一个温柔窝啊。

陈新钻进去躺下，不说话。“你不舒服?”燕子问，用手摸他的额头。陈新拿下她的手。“你不高兴?”她继续问。陈新不看她，说：“你不想考试了吗?”

燕子绞着手指说：“考不考也没什么要紧，反正我有工作、有钱花。父母就我一个女儿，家里什么都不缺，就这么平平常常地活着反倒轻松自在些。”

陈新变了脸色问：“那么，你也不爱看书了吗?”

她略微惊讶地看着他说：“书我还是要看的，不过，读那么多的书到底有什么用呢?你们大学毕业，不是也得找工作挣钱吗?”

陈新看她的目光开始变得陌生，似在重新打量她，可她竟没察觉，继续说：“那次你去找我，我们单位见了你的人都说你高傲。”

“你也这样认为吗?”陈新歪着脑袋问。

“有点吧。”燕子垂下睫毛，又抬起眼皮，火辣辣盯着他，“我说的可是实话。不过，书呆子，我不在乎。”陈新从她的瞳孔里看见了自己，忽地坐起，直视着她说：“你变了，变得好快。”

“我怎么会变呢?”燕子诧异地说，“我不还是我吗?”

“是的，你还是你，可是——我要离开了。”陈新站起身，头忽地顶破了小屋。燕子跟着站起来惊骇地说：“到底怎么啦？你不要神经，你不想跟我在一起，也不想帮我了吗?”

“现在已经用不着了。”陈新乜斜她一眼说，“我虽是个穷书生，可还有点骨气，不想帮助那些附庸风雅的人。再见!”他转身就走。

燕子追上陈新，扑通跪下抱住他的腿说：“原谅我，你别走，我刚才说的全是胡话。”

“不，你是说了心里话。”陈新目视前方说，“幸亏说得不太晚。”

“我爱你，我愿意把一切都给你，你怎么这样固执？这样狠心?”她哭了。

“燕子，你是个好女孩，很难得。”陈新立定不动，“可是我们生活的轨迹不同，将来……将来也许合不来。”

“不，我不要你夸，我喜欢你的傲气，不许你走……我只想跟你在一起！”燕子已哭成泪人。陈新掰开她的手说：“容貌和财富绝不是一个人永久的资本，愿你好自为之。如果你仍想看书学习，凭你现在的基础也完全可以自修；倘若你认为有必要的话，还可以来找我。”他说完，大步而去，望着熟悉的树林、湖水和草地，心说：再见，红桥！

林中起风了，树叶簌簌地飘落，落到了她的身上、脚下，燕子呆立着，任凭泪水溢出眼眶。她猛地醒悟过来，冲出树林远远地喊他。已经骑出去的陈新听见她的叫声又停住，然后慢慢掉头骑回来。

蹲在地上抽泣的燕子蹦起来，搂住他。须臾，陈新轻轻推开她的手臂，冷静地说：“时间不早了，我们回吧。”燕子如被泼了凉水。秋风夹着落叶吹来，她感到心和身体都变凉了。

二人一路骑行无话。到分手的路口，立定，互相默默凝视着对方，想道别，但又忍住什么都没说。

夕阳西坠，晚霞如血，照着他们各自离开的身影。

九

一年后，陈新努力考上了研究生，将要离开这座城市，去另一个地方。这期间的星期天他把自己关在宿舍里读书学习，有时写写文章，再没去过红桥一次。临走的前一日，陈新收到一封信，信很短。

陈新：

你好。

每从报上读到你的文章就很高兴，得知你读研深造，特向你表示祝贺。顺便告诉你一下我的情况，今年，我刚刚通过了自学考试。

老师，春天来了，红桥一定很美，我周末想去一趟，你呢？

燕子

三月十日

陈新看完，感到一种彻底的如释重负。他会心地笑了，眼前浮出红桥春天的景色。他平静下来，拨通了高晓燕的电话：

“燕子，你好！祝贺你通过自学考试。”

“谢谢，也祝贺你考研成功。周末能在红桥见吗？”

“燕子……”陈新顿一顿，“我明天就要走了……”

“这么快？那——今晚我请你吃饭，咱们聚一下吧。”

“不了，谢谢。”

“那我明天去送你。”

“燕子。”陈新沉吟着说出一个考虑很久后的痛苦决定，“我们，十年后——再见好吗？”

“为什么？为什么要这样……”话筒那边幽怨地嘀咕了一句。沉寂片刻，传来燕子哀伤但无奈的疑问：“这不是戏言吧？”

“不是。”陈新咬牙道，“我们还年轻，都好好奋斗吧。”

“那行……十年后再见。”

话虽这么说，燕子在陈新离开这座城市的那天，还是请了假，鬼使神差地忍不住悄悄去车站送他。她从南广场走到北广场，当于人流中发现陈新时，他正在检票。燕子忍不住喊了一声，朝他挥手。陈新好像听见了，也回头挥手，微笑着似乎在说：再见！保重！

十

近十年来，他们从未联系过。

高晓燕历经风风雨雨，心里记着这个痛苦的承诺。

陈新走后虽没忘记那个约定，可距离拉远，时间一长，尤其工作之后事情繁忙起来，竟渐渐疏忽淡忘了。他觉得那会儿不能跟燕子再发展下去。她纯情如水，热情似火，俩人都有被淹没、焚毁的可能。另外，自己还在求学深造，不能对她和未来的事情负责。那个所谓的约定，不过是一个美好的愿望，自己并没有给她感情上的承诺。也许，燕子根本不会当真的。读研期间，一个学外语的女孩走进了他的生活，后来结了婚有了一个孩子，但不久他们又因感情纠葛，遗憾分手了。

寂寞的时候，陈新偶尔会想起高晓燕，但猜想她可能也成家了。他克制着不去联系，怕再次伤害到她。

十一

H 市，一写字楼内的值班总机响了。秘书拿起电话："你好，红桥策划传媒。""你好，我找陈新。"打进来的是一位女士。

"你找——我们陈总，请问有预约吗？"

"我们有约定的。"

“请稍等，给你转过去。”

陈新办公室的电话响了，他抓起听筒。那头却没人说话。

“喂……请问哪位？”

几秒后一个曾经熟悉的声音传来：“你好，我是高晓燕。”

“你是高——燕子！”

“快十年了……不敢打搅你。”

“你……这些年还好吗？”

“好。你呢？”

“也好。”

“那年走时，咋不留地址、电话？也没法联系你。”那边的声音有点哀怨。

“当时仓促。后来四处漂泊，身不由己。”

“你也许把我忘了。”一声轻叹。

“不，不会。”陈新握着听筒的手开始出汗。

“下月的星期天就满十年了。”

“嗯？好像——是吧。”

“我可一直记着呢。”对方补充，停顿了一下问，“你到时会来吗？”

“来。”

“那好，我在红桥等你。”听筒里的声音微颤而清晰。

“可红桥早已是高楼大厦、繁华闹市了。”

“你——中途来过？”

“来过两次。”

“咋不来看我？!”对方提高了颤抖的声音。

“去了。”陈新把汗湿的听筒换到另一只手里，“第一次出差，顺道去你工作单位问，听说你辞职去了南方；第二次路过，还去红桥看了一眼。”

“你……不是哄我吧？”

“信不信由你。”

“那你没忘记约定吧？”

“没忘记。”

“那好，到时去机场接你。”

“不用，我找得到你那家红桥大酒店。”

“你怎么知道？”

“出差时住过一次。”

“来了——也不来看我……”

“想着那个约定呢，何况……”陈新声音发哑。

“何况什么？”听筒里传出幽愤。

“你——怎么还没成家？”他曾听一个熟人提起过燕子。

“哦，独身惯了。”听筒里吁出一口气，“你呢？”

“我已是孩子的父亲。”陈新不得不说。

十二

听筒里没了声音，一阵沉默。

C 市红桥大酒店十楼宽敞明亮的经理办公室内，风韵依旧的高晓燕轻轻踱步，透出一份成熟的端庄和干练。她走到落地窗前凝望外面，红桥四周已连片开发了，但湖得以保留下来，被建成了水上公园。巨大的摩天轮下，大人孩子正快乐地嬉戏着。她想象着这么多年一直无法忘怀的那个人。当年陈新走后，她冷静下来思忖，意识到为了实现那个约定应该提升自己的学识。于是她从单位辞职，去了南方，边打工边学习酒店管理。后来，她回到家乡 C 市，在亲友的帮助下奋力打拼，承包了这座在红桥原址上修建的酒店。许是“曾经沧海难为水”吧，她疏远了许多追求者。现在，那个埋藏在心底的约定就快到期了。从刚才的通话里，燕子得知陈新曾来 C 市找过她，也许是机缘不巧吧。不论什么情况，她心里说：“燕子，你努力了，可以释怀了。”他这么多年可能也挺不易的。顺其自然，何必到头来为难自己和他人呢！

想到此，她理一下鬓边的发丝，平静地再次举起电话说：“知道了，这恐怕是你不愿见我的缘故吧？”

陈新无语。他突然有点儿想哭，喃喃道：“对不起——燕子，一言难尽，见面再说。”

“祝福你，陈新。”

“祝福你，燕子。”

“到时红桥见。”

“好的，再见。”

大河奔流

流经中国版图心脏地带的这条大河，又名沧浪之水。在悠长岁月的注视中，它大多时候是安静温顺的，但有时也会发脾气，甚至暴怒异常。二十世纪八十年代初，汉江上游的 M 地发生过一次罕见的洪灾，造成了生命与财产的巨大损失。我后来邂逅的一位老友向我讲述了他在此期间的一段不寻常的经历……

大概七年前，我的右臂莫名长了个包块，不疼不痒。平时忙，我倒不太在意，可后来腰间、后背又长出几个。暑假，妻子硬逼着我去大医院检查。医生问问、看看、摸摸，先让做 CT 检查，接着又叫做核磁共振。片子出来对比说不好断定性质，建议我最好做个抽样活检，提前有个思想准备。闻言，我心里不由得发怵，有点不想做。妻说，既然来了，不妨查下，遂要求我住院，等第二天进一步检查。

其实病床很紧张，是一个同房病人知我远道而来，主动将陪床让出来。妻叮嘱我早点休息，说明早再来医院。

是夜，心中忐忑不安，拿本书也没心思看，老是坐卧不宁。让床的同房病友姓牛，五十岁左右，头发略花白，阔口大眼，坐如山岳，身板魁梧硬朗，看起来不像患病的样子。与之搭话方知他近来自觉身体不适，拍胸片有疑似肿瘤的阴影，是来做进一步诊断治疗的。

他健谈而爽朗，略带江湖气。问了我的情况，他安慰道：“小伙子，不要担忧，心放肚子里，也许没什么事。”

我当然明白，不是常说“祸兮福所倚，福兮祸所伏”嘛，但心里依旧不能坦然。我问牛先生：“对于治病，您是怎么想的?”

“老是想也没用。病，这个鬼东西无声无息的。不过，魔高一尺道高一丈，病从产生起就该有克星的。顺其自然，不如不想。”他阅历丰富的脸上，目光很是平静。也许他瞧出了我内心的忧虑，倚着被子说：“看你也睡不着，那我给你讲个故事吧。”

“太好了。求之不得。”我正愁难以入眠哩。

“你只当求心安，打发时间。”

“洗耳恭听。”我沏好两杯浓茶。

听着听着，我渐渐被他的故事吸引了。

（上）

重生

一个人想到死是悲哀的，要想活得好并不容易。但不管什么处境，能历经磨难而勇敢生存的人才是有希望的。

一

大暑后持续晴天，最热的时节不可阻挡地来到了。

一颗石子儿飞起，划着优美的弧线扑通一声落进河水里，先是溅起几朵水花儿，水花转瞬即逝，河水又荡起涟漪，一圈一圈，由小到大，层层推开。明晃晃的太阳便在荡漾的河水里喝醉酒似的摇摇晃晃。牛力倚在汉江边一棵歪脖子大柳树下，眯眼细数河面的涟漪，可到后来都没有数清，于是他气恼地一连扔出好几颗石子儿。

正是晌午时分，牛力发觉除了自己，河滩上没有别人。这里是上游的一个喇叭形河谷，可以遥遥望见汉江挣脱巴山和秦岭的挟持奔涌而来，河水与两岸凹凸的石壁不断摩擦，日光下粼粼水波犹如流泻的碎银。河床在这里已渐宽，中间有沙洲，浅浅的河水一会儿蜿蜒向北，一会儿曲折向南，一会儿汇集一起，活泼地朝东流去。堤坝与河水之间隔一段距离，沿岸生长着茂密的杨、柳、桑、槐、青杠等树，树下有葳蕤的野草野花和掩映其中的野果，蝴蝶自由自在地飞来飞去，鸟雀在林中无忧无虑地鸣啭。紧挨树林一带生长着摇曳的芦苇，夹杂分布着一片一片的草甸，再往前至水边就是光秃秃的沙石了。这里本来有一个古老的渡口，但已废弃多年了。如果不着急赶路，可以绕道去下游过桥。河堤每隔一段便有林荫小路相连。最近为了淘金，他在堤岸的树旁搭了个简易窝棚。

河面上吹来一丝凉风，临近正午，他却不想回家了。不是不怕热，他是彻底不想回那个村子，回那个令他伤心欲绝的地方了。他坐在树下，呆若木鸡，漠然地望着清清的河水和白光光的沙滩。一个遭人诬蔑、被人鄙视、老大不小了连媳妇都娶不上的人，活着还有什么意思？这世界有啥可留恋的？死了是不是就如同那被扔到河里的石头再也漂不起来了？静悄悄沉到水底多好。自己会凫水，得先绑住双腿抱块石头再跳下去。他知道村里好几个人就是跳进这美丽的江里，去水鬼那儿报到的。不过，既然想死那也不用着急，没人逼迫，在离开这烦人的世界前他需要认真想想，好好享受一会儿这难得的宝贵时光。

二

牛力提起身边的烧酒咕咚咕咚灌了两口，用手背抹抹嘴巴，觉得四肢百骸舒坦极了。他定定望着河水，眼皮渐渐有点发沉，魅惑的笑靥般的涟漪里出现了几个女人朦朦胧胧的影子。“女人，”他自言自语道，“女人——”。按说，他早该娶上媳妇了，可如今仍是光棍一条。

早先，他家在远近乡里是颇有名气的，当地流传着不少有关他祖上的故事哩。他爷爷在新中国成立前是一条响当当的汉子，据说做过这一带的土匪头子。坊间有鼻子有眼儿地描述他：十五岁时只身跟踪一支路经村子的国民党散兵队伍，暗暗盯住一名在林子中靠树休息的挂了彩的军官，猛然上去将装有野刺的背篓扣在对方头上，夺了人家的手枪迅疾逃离。此后，他开始练习枪法。他像跟枪天生有缘似的，练成后能在黑夜之中打灭百步之外的烛光，能甩手打下从空中一掠而过的飞鸟。他开始行走江湖做起“侠客”，不过，也有人说他杀人越货。总之，方圆几十里没人敢惹他。官府曾屡次派兵围追堵截欲剿之，可从没伤着他半根毫毛，反倒为此损兵折将。家乡人说爷爷算得上义匪，兔子不吃窝边草，他只在远处打抱不平寻机作案，凶狠狡黠又行动诡秘，官府竟一时拿不住他。不过，由于疑心重，爷爷杀掉了不少跟随他的人，所以势力没能持续发展壮大。后来抗战爆发，他不知怎的被官府招安，当上了国民党县长的侍卫队长。但桀骜不驯的爷爷对县长有戒心，外出执行任务时总拖在最后，且所挎之枪是不戴枪套的，以防事急能迅速拔枪。那位县长从庐山开会回来，送给爷爷一支精美的勃朗宁手枪，牛皮枪套上饰有漂亮的花纹和铜扣，但拔枪时有点麻烦。一次外出执行任务，走在前面的高大警卫假装蹲下提鞋，待爷爷经过时忽地起身将他手臂死死抱住，迅速折返的县长抵住爷爷的脑袋开了一枪。爷爷的配枪只掏出一半，食指卡进扳机打了一枪，终究没从枪套里拔出枪来。县长看着他由明转暗的死不瞑目的脸，微笑着吹吹枪口的轻烟。接着便传出县长暗中投靠共产党，策反起义，最终被国民政府镇压的消息。不论真假，那时爷爷才二十一岁，是本地乡民眼中一条响当当的汉子。

爷爷是早死了，幸而与其相好的一个女人给他生下了遗腹子——这便是父亲。父亲出生后即成了孤儿，在外流浪多年，历经很多磨难，新中国成立后奇迹般地回到家乡。他见多识广且敢作敢当，不久后当了大队支书，尤其“文革”期间遵照上面指示令行禁止，办事说一不二，时间长了，百姓见之如遇老虎。“土皇帝”当到“文革”结束便垮台了，之后忽然生了麻风病，掉头发掉眉毛，烂手烂脸皮，据说这病灶是先前在外地恶劣的环境下干活落下的。自此白天父亲闷在家里不敢出门，只在黄昏黑夜鬼一样出来游荡。牛力的妈生得勤，一连生了八个，可除了他一个宝贝疙瘩，其余全是丫头片子。父母视他为心肝，捧在手中怕摔了，含在口里怕化了。他小时候也很得意，聪明机智喜欢念书，可读到高中时就心不在焉了，反正那会儿也不兴考大学，马马虎虎就毕业了。在家里糊里糊涂待了几年，他想出去蹦跶时他父亲已经下台了，可谓是人走茶凉、树倒猢狲散。于是，牛力有点怨父亲没提前给他谋就一个好前程，还得了那种令人避讳的病。不过，他对人们津津乐道的具有传奇色彩的爷爷很钦佩，对母亲也孝顺。父亲下台后，姐妹们先后远嫁他乡，而他困守在家，年龄越拖越大，至今还没能娶上媳妇。父亲也真怪，一次跑到三姐家探望，以示关心，却被人家发现有不待见的病，弄得很尴尬，为此三姐回娘家号啕大哭了一场。牛力和母亲也没少埋怨父亲，警告他以后少抛头露面。父亲没有吭一声，脸上的肌肉僵硬地抽搐着，眼神沮丧哀伤，如身受重创陷入绝境的狮子。先前谁敢说他呢。如果父亲仍是大队支书，如果他不得病，甭说自己和母亲，村民们见了他还得如驯顺的羔羊一样恭恭敬敬。牛力想着，心里像被猫抓挠似的痛痒难忍。天上没有一丝云，碧蓝得像是自己几年前从河滩捎回的那块青石般纯净。那石头就放在门槛旁，因常被人坐，早已磨得明亮光滑，太阳照在上面时就宛如一块宝石了。他想：人心，有时还不如一块石头干净。

三

他闭上眼，头顶树冠如巨伞，从枝叶间隙射下的火热阳光熨着他黑里透红的肌肤，也晒烫了身边的鹅卵石。他觉得脸上、脖子上已微微出汗，欠起身往阴凉处挪挪，暂不想进旁边的简易窝棚休息。木条搭建、苞谷秸秆围成的窝棚肯定闷死了，还不如外面敞亮。牛力喝口酒又眯上眼，不想打断刚才的遐想与回忆，继续在脑海里播放那令他最难忘的情感历程。

大约上初中时，不知从哪天起，他对坐在教室前排一个娇小的背影产生了兴趣，一天瞧不到就觉得慌，有时目光能在她身上停留很久。有次班里排节目，他刚好与她搭伴，于是有机会摸到她温暖的小手，为此他激动地想了半夜。可每当和她的目光相遇或当面说话，他就不自然地面红耳赤，眼神像做错事似的慌忙躲闪。本来他的学习成绩比她稍好，可那女生在默默努力赶超，而他却有点心猿意马，花了许多时间用来看闲书。初中毕业，那女孩被县城的重点中学录取，他却遗憾地上了一所普通高中。起初他还想起那女生，可差距使他感到那个梦越来越远了。然而当他意外得知，她高中毕业未能如愿被推荐上大学，也灰不溜秋回村了时，心里禁不住一阵窃喜。希望又在他心里复活了，不久在邻村的一次露天电影场上，他与她邂逅了。老同学相见，她还主动与他打了招呼。牛力激动之余发现她有些忧郁，但出落得更漂亮了。他深深为她惋惜，约她到自家村子来玩玩。有天他上街回来路经她们村时碰见她。她正吃力地往田里挑粪，一条扁担挂着两只肮脏的粪桶架在她秀美的肩上，与那窈窕的身材多不相称呀。他几步上前抢下她肩上的粪担，二话没说帮她挑到田里，她默默无声跟着他，当他转身离去的一刹那，他看到她眼中有晶莹的东西闪动。县上组织乡村文艺会演时，他俩又相遇了，她能唱会跳，人又水灵，在人堆里很是醒目。觉察出好几个小伙子都在打她的主意，他有点焦虑，心中便盘算起来，当向家里提起她的情况时父母表示了极大的满意。于是他单独找到她，她似乎也明白他的心意，说："你怎么不上大学或是招工呢？在你们村里凭你父亲的关系是完全有可能的。"他愣怔一下说："不是不行，可我只想今后能和你在一起。你……你愿意吗？"她目光复杂，闪烁其词："老同学，先不要这样，说不定哪天你出去了，我还在农村待着呢，等一等吧！"说完，她扭身便跑。

多少年了，直到现在他还记得那两条在她跑动时甩来甩去的粗黑辫子。等一等，等什么呢？牛力当时猜不透。可是在那次相会后不久，她奇迹般地被调进城里，接着转了户口、分配了工作，据说后来嫁给了某位领导的儿子。牛力像是一下被抽走了脊梁骨，没精打采，蔫得像霜打的茄子。他吊儿郎当，不愿干粗重的活，除了偷看抄来的被称为"大毒草"的禁书，便是游手好闲。叶落了秋天去了，花开了春天来了。随着年龄的增长，他注意起村里漂亮的丫头，并且想与之亲近的那种欲望愈来愈强。

四

漫山遍野的油菜花开了，桃、李、杏殷勤含笑迎春风，空气中飘荡着温馨而浪漫的味道。那天正午，牛力无聊出去闲逛，在田野看见了一个俊俏的姑娘，那姑娘挎着竹篮在田坎上摘蚕豆。周围是烂漫的金色花海，他狼似的隐藏在花丛里嗅着花香，瞅着她的一举一动。也许是内急吧，那姑娘走进油菜地里解手。隔着花丛牛力不敢动，怕弄出声响惊了她，紧张的一瞬间，猛地瞥见了姑娘粉白的屁股。血忽地涌上牛力的脑袋，他愣了半天，等回过神来发现姑娘已离开油菜地了。他闪出茂盛的花丛，发现地上有个宝石红的漂亮发卡，想都没想捡起就跟了上去。顺着翠绿的蚕豆秧的指引，很快在另一条田埂追上了她。牛力认出那姑娘是村妇女主任的女儿，她爸在青海的矿山工作，她刚从外地回来不久，这个叫玲玲的女子还有个小弟弟，好像她妈平时跟他父亲关系不错。牛力想着，走上前问她："你掉什么东西没有？"

玲玲摸摸头发，瓜子脸唰一下变得通红，害羞地说："发卡，你——在哪儿捡到的？"牛力笑着走过去把发卡递给她。

玲玲往头上别发卡，一边觑着他又问："说嘛，到底在哪儿捡的？"

"不告诉你。天知地知，你知我知。"

玲玲的脸涨得更红了。

牛力神秘兮兮地笑着，说着不自觉地趁机去摸人家的辫子。那女子愣了一下，马上如兔子般左右躲避，牛力来了痞劲，拢住玲玲的双臂。她吓得挣脱一只胳臂，使劲抓他推他，同时尖叫不已。有人闻声赶来了，他做贼似的慌忙逃走。这事不知怎的让村里许多人知道了，添枝加叶地说牛力欺负了人家闺女。他父亲觉得脸没处搁，大骂儿子胡作非为、丢人现眼、给祖宗抹黑，用牛鞭子狠狠抽了他几下，并喝令他从此参加生产劳动。大小伙子在一众老少面前受惩罚，感到无地自容。于是他跟父亲结了怨，并且这件“丑事”让他失掉了原本可以轮到他头上的工农兵大学的推荐名额。做父亲的也力难回天了。妇女主任暗地里来找过他爸，那推荐名额最后让给了玲玲。他不搭理父亲，连续几天不与他爸说话，更恨村里那些捕风捉影诬蔑他的人。路上碰到的人，有的挤出一脸谄笑跟他打招呼，有的装作愤愤不平说他受了算计。他一概不理，冷眼视之。不过，牛力发觉村里有的人在父亲这里不好办事了。比如推荐去工厂干活、批宅基盖房、参军当兵等，与父亲关系拧巴疏远者被以各种理由拒绝甚至吃了闭门羹，而与他接近听话者都沾了光。牛力从心里嫌恶父亲的手段，可父亲警告儿子要老实做人以等待时机。不过，有一点值得称道，父亲带领大家干活，人们都累得快趴下了，可壮实如牛的父亲还在坚持。父亲有句口头禅：“河水挑不干，力气使不完。切不要偷奸耍滑！”在他的示范带头下，在他一双牛眼的威逼扫视下，无人敢弄虚作假，都不得不拿出劲头。村民们表面对他敬畏，但骨子里对他积怨很深。

五

那年村里来了十几个插队知青，其中半数是女的，大多长得细皮嫩肉，水葱一般。有个叫娟的女知青娇滴滴的，说话嗲声嗲气，干活偷懒耍滑，却私下跟牛力套近乎，向他暗送秋波。一次，田间收割后开展灭鼠行动，以老鼠尾巴统计成绩，娟与他分在一组。可她看见老鼠就尖叫躲避，更别说追打了。于是他大发神威，从草垛地洞里把逮住踩死的老鼠撇给她计数，可她还是不敢动。他笑她胆小，便倒提着一只惊恐的大老鼠给娟表演活锯尾巴，不料那货挣扎间咬中了他的手指。他发怒把老鼠狠摔在地上。手指流血了。娟扑过来捧住他的手，眼里似乎闪着泪花，旋即掏出洁白的手帕给他细心地包扎。那一刻，他竟不觉得疼，偷偷瞅着她雪白的脖子，嗅着她青春的若有若无的体香。他奢望那幸福的感觉能长久下去。自此他魂不守舍，让生产队长悄悄给她划出勤、记工分，甚至缠着父亲给她安排了在村小学教书的美差。她高兴坏了，一次在无旁人的偏僻处，破天荒地与牛力拥抱了一下，而平常是从不让他过分亲近的，保持着不易突破的最后距离，这便使他有了很多又甜蜜又痛苦的非分之想。

她要调回城里工作了。临走的那天晚上，他带着一块崭新的上海牌手表准备送给娟，却在窗外听见她欢悦的声音："终于熬到头了，早就不想在这个鬼地方待了。"

"你走了，撇下那个姓牛的咋办？也许，人家还盼着娶你做媳妇呢。"同伴打趣。

"那个土包子，做梦去吧，我会嫁给他?!"

"就是嘛，癞蛤蟆想吃天鹅肉。嘻嘻——"随即是一阵谑笑。

他蒙了，脑门恰如挨了一闷棍，绝望地跑到野外捶胸顿足、大哭一场。他想起那女知青曾对他说："让你父亲向上面多说好话，设法把我调回城，然后咱们再共同努力把你也调进城，这样就能在一起了。"他曾试探地问："你是不是嫌弃农村，不想待在这里了？"她撒娇说："农村太苦，生活单调枯燥乏味。”随即就给他列举城里有许多农村享受不到的安逸舒适和轻松快乐。他听后怀疑地问：“好是好，可你出去了不会甩了我吗?”她瞪大眼睛故作惊讶说：“你把我当成什么人了?!”牛力信以为真，于是积极为她效劳。当时有一个招工指标，父亲本建议儿子先出去，再为将来可能的儿媳跑跑门路，可牛力头脑发热坚决让给了她。娟很快便招了工。牛力记起她的山盟海誓心里就如同扎进一把刀子。他不再相信女人，觉得她们像蛇一般狡猾又无情、虚伪又残忍，发誓今后要认真对付女人，不能轻易上当，宁可玩人不让人玩。可后来等他处心积虑地谋划“复仇”时，父亲却从大队支书的位子上栽下来了。墙倒众人推。先前对他父亲溜须拍马的继任者一改奴颜媚相，几乎否定了他父亲“在位”时的所有做法。没人再来巴结他家，先前嫉恨、怨怼他父亲的一些人更是幸灾乐祸，暗中落井下石。屋漏偏逢连夜雨。倒霉的父亲麻风病也跟着发作了。他家一下变得门可罗雀，冷冷清清。牛力觉得自己在人前似乎骤然矮了三分，醉酒后凄恻地醒悟到：今非昔比，现在该夹起尾巴做人了。复仇的念头自然打消了。他想成家，可乡下妹子一下都变成了骄傲的公主，路上遇见他都绕着走。没人给他介绍媳妇，甚至连姊妹们也不愿耐心选择为他换一门亲，逢着条件差不多的就赶紧嫁了。

六

他的婚事便慢慢拖了下来。亲戚给他介绍的头一个对象是山里的，瘦得皮包骨头，活像根高粱秆，他摇摇头。第二个肥得像头猪且有狐臭，他也没同意。介绍人一气之下拍屁股走了。以后又有好心人给他介绍了几个，可人家问这问那又瞧不起他。其实人家瞧不起的是他家的现状。眼看着同龄的小伙子娶了媳妇，有了孩子，可他还是单身一个，他渐渐地也漠不关心了。母亲急得到处托人求情给他说亲，他从父亲通红的眼睛里也看出了万般焦虑。一天夜里，父亲幽灵似的走进他房间站了一会儿，目光闪烁地说：“咱家三代单传，媳妇不能不娶，自己多上点心吧！”牛力鼻子哼了一声，背向父亲说：“你出去，谁要你多管闲事！”父亲没走，突然呜咽起来，浑身抖动，涕泪横流地说：“大对不起你，大害了你！”牛力见状心里更加酸楚，泪水涌了上来，可怜自己也可怜起父亲。父亲弓腰袖手出去了。牛力捂着脸，眼泪簌簌地流了一胸襟，从那天晚上起，牛力反而不想再要媳妇了，虽然他已是那个年代的大龄青年。他有时想，结不结婚有啥关系，和尚一辈子还不照样活人吗？老婆算个屎！他恨女人，私下里骂女人是毒蛇、妖精、破鞋、臭袜子、烂抹布。

虽没成家，可他居然有了个孩子。一月前，父亲乐颠颠地从河堤旁的集市上捡回一个弃婴，瘦瘦小小的，是个女孩。父母商议一番对他说：“就当孙子养活吧。”牛力默应，起名丫丫。靠着家里那头大奶羊，女婴奇迹般地活了下来，慢慢地变得白胖，也能学舌说话了。这期间，远在外地的大姐悄悄把父亲接去治病，最近来信说已快痊愈了。牛力和母亲照管婴儿，忙里忙外，在村民的闲言碎语中苦挨时光。然而女孩是不能承继牛家香火的。自己有强壮的身体，父母还巴望着能找个儿媳传宗接代呢。

前村开拖拉机的“歪人”（能人）马富生结婚五六年了，可媳妇肚子老不鼓起，先前他还十分凶狠地打骂老婆，可最后到医院检查，查出是他自己的问题便蔫了。两口子绝望之余，忽然想要翻修房屋，请牛力去他家帮忙，过了几天摆了一桌酒席请牛力吃饭。马富生没吃几口说胃疼去瞧医生，让媳妇陪着牛力喝酒。喝着喝着，那妇人便脸颊绯红，半露酥胸腻着牛力，说：“兄弟你有模有样又有力气，爷爷是英雄，父亲曾经是一呼百应的村干部，你是家里的独子，这么好的男人那些女人都瞎眼了吗……啧啧，兄弟，倒退几年，我一定追你，死也要跟你好。”嘴里啰里啰唆说着往他身上靠，说困了想睡觉。牛力虽然头有点涨，但意识还清楚。对眼前举止轻浮的女人从心底厌恶，也隐约联想到这会不会是个圈套。那女人倒向他怀里解衣时，他假装醉酒推开她，掀翻桌子摔碎酒杯往外走。到院子门口，张富生忽地从墙角蹿出来拉住他说：“兄弟别走，媳妇没招待好你吗？咱哥儿俩不分你我。以后你的就是我的，我的就是你的……”牛力站定，鄙夷地看着他。马富生觍着脸：“兄弟没喝尽兴吧？甭急着走，甭嫌菜差，让媳妇继续陪你……一醉方休。”牛力忍不住拍拍他肩膀道：“老兄，你慢慢享用吧，我还没这酒量。”

“兄弟——你！”马富生盯着他风一般飘摇离去的背影，心里咬牙切齿地骂：“呸！什么东西，给你个食槽还尥蹶子，让你这迟早发情的公狗去舔屎吧！”之后的一个傍晚，牛力收完麦子独自在草垛旁歇息，突然被一块飞来的砖头砸中了后背，他忍痛去追，但没看清方向，也终没查出到底是哪个歹人下的黑手。

七

阳光越来越强，树荫愈来愈小。空气热烘烘的，牛力身上沁出一层细密的汗珠，如淋了小雨，他索性脱下汗衫挂树枝上。明亮亮的绸缎一般起伏的江面上蒸腾着袅袅水汽，宁静中可听到水下生物浮游到河面的吱溜吱溜的声响，还有不安分的鱼儿哗啦哗啦划开水面跃起。有两只螃蟹爬到岸边石头上，公然叠在一起交合亲昵。牛力旁观周围的动静，漠然凝望东流的江水和天际一片孤独流浪的白云。河滩空旷，白花花的鹅卵石反射着太阳的强光，世界仿佛只残酷地撇下了他一个人。他挪开屁股下发烫的石头，揉揉太阳穴，昨晚与那个小寡妇见面的情景又浮现在眼前。

他本来死活不去的，但母亲口里叫着“活仙人”跪下求他，他就硬着头皮去了。他记着介绍人说她叫美英，去年死了丈夫，没有留下孩子。路上他对母亲说：“妈，你已经有了个孙女，我把丫丫养大，给你养老送终还不成吗?”母亲红着眼圈说：“你老大不小了，按说早该有自己的孩子了，听说那寡妇还年轻，如果成了，娶过来，有人心疼你，再给你生个娃，妈死也闭眼了。”牛力无语，慢吞吞跟着。“唉！我们这是造的什么孽啊，会殃及子孙?”母亲叹口气，噙住眼泪，回身拽他。他难过地蹲下哭了，口里流进了许多咸咸的泪水。最后，他擦干眼泪，打算听凭命运的安排。介绍人把他领进屋的时候，坐在板凳上的小寡妇起身看他一眼，然后又低下头。两人相对默坐，他竟不知咋开口。过一会儿，她低声但清楚地说："我的情况婶子可能都对你说了，你要好好想想。"牛力估计她可能不到三十岁，穿着朴素却很干净，白皙稍显贫血的脸上有几颗雀斑，但模样还算周正，眉眼透出善良。他张口结舌地按事先想好的话支吾作答，可他越说越觉得不自在不对劲。最后当屋里剩下他们两人的时候，他不想再瞒人家，便把实情统统告诉了她。

她半晌不语，也不惊讶，眼中更无怨意。牛力讷讷地说："能不能在一起过日子，你看着办吧。"她垂着头说："我也命苦，听说你是个本分人，不偷不懒不赌。不过，我还没把情况告诉家里人，等过几天再回话吧。"她借故要到姨娘家去便起身走了。介绍人进来指着他脑门骂："你这头笨驴！连个二婚的女人都拢不住，活该打一辈子光棍！"牛力因心里对那小寡妇有了好感，就不生气了，讪笑着说："婶子，你就做个大善人，成全成全吧。"介绍人见他憨直，叹口气笑骂道："好，龟儿子，叫我两声干妈，磕三个头，再买双鞋，便尽力给你跑路说合。"牛力依言行事。但两天过去了，仍没有回音，那一线希望变得模糊。他估摸这事差不多要泡汤了，那小寡妇也看不上他，兴许是找借口罢了。

母亲唉声叹气一番，他心上也如压着一块沉重的石板，但又装作毫不在意。丫丫有点不舒服，不停地哭哭啼啼。他整晚都没睡，呆呆地独坐窗前，窗外的天上没有星星也没有月亮，只有他独自一个人在一片漆黑凄凉的夜色中。他想了很多，什么都在想，又似乎什么也没想，后来头皮发麻了，耳旁像有几百只蜜蜂嗡鸣。最终当脑海中执拗地蹦出“死”字时，他不假思索地拿出农药。人活到这个份上真没意思，比他妈的受刑还痛苦，只需一仰脖子把敌敌畏酒似的喝下去就一了百了了，多痛快！不用忧愁苦闷，不必尔虞我诈，不需给人求情下话，自己操纵着死的权利，只要一个动作就万事皆休了。当他凝神屏气端起药碗时，传来一声丫丫的啼哭和母亲的长叹，他的手像被烙疼似的一下缩回去。自己是根独苗，死了简单，可父母肯定也要绝望而死，那可怜的孩子也得死。浑蛋！马富生都想得到，自己如果就这样糊里糊涂地死了，那死得太自私，太不值，一点也划不来。他瞅着碗里的药，听着窗外的蝈蝈声和夜猫子凄厉的叫声发呆……算了，暂且忍耐吧！蝼蚁尚且偷生，何况人呢。好死不如赖活着，瘸子哑巴都找得到老婆，难道自己就找不到？况且那小寡妇还留着活话……再说娶不到老婆也没事，谁想看笑话就让谁他妈的看去！

八

十天前，他开始着手淘金计划，置备了溜槽、筛子、淘金盘、铁耙子等工具。每天随着初升的太阳出发，拉着架子车满怀希望走向河滩。他搭了窝棚，带了干粮，一般傍晚才回。路上他常想，要争取淘到金子，换成票子，修漂亮的房子，过像样的生活，让他妈的势利眼、骚娘儿们知道我不是窝囊废。早先听老辈人说这河床里可能含有金子，传说有人偶尔拾到过沙金，可村里许多人过惯了四平八稳的穷日子，竟不敢相信。他行动后，开始还有几个人尾随至河滩瞅稀奇，可过了几天看到牛力白费力气、徒劳无功时，他们便撇撇嘴叹气走了。其实他们想等牛力淘金一旦有进展，哪怕能收获一点点金子，他们也会立刻跟进的。说实话，耗了半天劲儿牛力也有点气馁，但他暂时还不想放弃，他不愿被人看笑话，他仍然执拗地想试试。今天，他想再最后努力一把，太阳一露头就到了河滩。站在河堤，清新而潮湿的河风拂过面颊，嗅着堤旁混有花草树木气息的新鲜空气，看着朝阳用瑰丽的色彩给醒来的芦苇精心梳妆，斑斓的霞光融进河水欢快流淌，牛力精神为之一振。他分析了前些天淘金的情况，另选了一个位置，鼓劲干起来。他要跟自己赌一把，跟命运搏一回。力气算什么，汗水算什么，磨烂的血泡茧子算什么。他持续猛干，到中午疲惫了才停下休息，然而，收获呢？

牛力侧过身，望着用一上午气力和汗水换来的两个深坑和沙堆，簸箕里没有一点点金子的影子。瞧着沙坑沙堆和那些不会说话的工具，他瘫软了，觉得劲儿使完了。他痛苦地移开目光望着那白茫茫的河水。“是没有选好位置呢，还是老天跟我过不去？”他心里凄恻地自语，想起几天来经过村口时的场面。几个同样过着穷酸生活但有老婆孩子的人叫住他，狎昵地问：“干啥去哟？”他没有停步，咕哝出两个字：“淘金。”“呵呵，这发财的念想好呀，攒劲！保不住你能淘出个金娃娃呢。”他没回头，一个语气尖酸的嗓音远远飘来：“有劲儿没处使嘛，是不是想钱想疯了？”另一个阴阴地说：“嘘——这老小子怕是被女人勾去了魂魄，听说河滩芦苇里有‘狐狸精'，倘若撞见，说不定他会趁机上的。”“没老婆憋久了，什么事都可能发生的。”“甭说，土匪的孙子可能什么事都做得出来。”牛力的心像是被一把钝刀子割着，后背如同被他们嘲讽挖苦的尖刃刺了几个血窟窿，他霍地转过身，眼里喷着怒火，挥舞手中的锄头冲过去。那几个见他要玩命，戏谑着飞快跑掉了。

牛力合上铅块似的眼皮，努力忘掉那不快的一幕，也许是劳累的缘故，也许是酒精的作用吧，他有点疲乏，竟突然入了梦……一会儿，他看见金子在阳光下闪闪发光，汇聚着流到他身边来了。他兴奋地伸手去捧，可金子泥鳅似的滑溜，很多从指缝漏掉了……好不容易装了一袋，换了钱修了房……那些看笑话的嫉妒死了，到哪里都有人热情相迎。其中一个姑娘粉脸桃腮，微笑着含情脉脉向他走来。他去拉她的手，揽她的腰……她忽然羞涩地转身跑了，他一下扑了个空！猛地睁开眼，手里仅有遍地皆是的泥沙，眼前只有空旷寂寞的河滩。他急促呼吸着，跳起来疯狂地喊：“金子……你们在哪儿？人呢？你们都躲到哪儿去了？都给我出来呀！”然而河滩上尽是沙石。他想找什么东西发泄一下，因为浑身的血似乎要挣破血管，肌肉霎时硬得如河卵石一样。他疯狂地想，如果此时一头牛过来就扳掉它的犄角，如果是头驴就掀得它四脚朝天……如果是人，嘿嘿，女人就强奸她，男人就揍他一顿埋进坑里，算他们殉葬，然后自己再死。他瞪着凶狠的眼睛四顾，早已泯灭的复仇火焰又熊熊燃起。可河滩上只有清凌凌的水和白茫茫的沙石。他像挨了一枪，扬臂乱舞，被人拦腰一刀斩倒在地似的。

一只白鹤扇着优雅的翅膀飞来，在空中自由自在旁若无人地翱翔，突然利箭似的从水滩叼起一条鱼儿，那银光闪闪的鱼儿在阳光下摆动。他妒火中烧：它这么容易就抓到了美味食物！他愤怒地盯着它，然后邪恶地捡起石头冷不丁追打它，白鹤毫无警惕地挨了一击，惊慌惨叫着，掉下几根羽毛，但仍努力扇着翅膀仄着身子飞到对岸临江一棵树上。那条鱼儿坠在了河滩上，他跑过去拾起来，只有一拃多长。他瞅着嘴巴翕张翻着白眼的可怜的鱼儿，蹲下把小鱼轻轻放进浅水湾里，看着它尾巴打一个漩涡游走了。白鹤“嘎——嘎——”地长鸣，发泄着对夺食者的愤懑。牛力嘲弄地瞧着白鹤：“你有啥傲气的？欺软怕硬，在人面前逞什么能？飞呀！你还飞得起来吗？”牛力怅然地想着，有点遗憾，虽然击伤了它，可还是让它拼命挣扎着飞走了，最终没有落在自己手里。

他愣了一阵，脱光衣服，钻进水里游一阵，定住身，只把头露在外面。河水温乎乎的，他惬意地泡着，清醒了许多。两手撩着水，他又想起流传在当地的一个很悠久的传说。相传很久以前，一男一女分别从南北而来，被滔滔汉水挡住去路，他们只能好奇地隔江相望，在树林暂时栖身。一日，男的趁水势稍减，绑一木筏划向对岸，女的见状请求男的将她渡过河去。男的应允，渡至中间，船突被波浪打翻，两人情急之中抓住木筏随水漂流，最终漂到浅滩才侥幸得以上岸。经历一场生死劫难的他们不再往前走了，就在此住了下来，后来定居的人多了起来，这里逐渐热闹繁华起来。牛力痴痴地在眼前描摹那情景。他感慨：“如果时间倒流，假如我是那小伙子，假如碰着个神仙似的女人该多好，假如我能有这种奇遇该多美啊！”

九

牛力想得潇洒浪漫，便游到附近那棵树身前倾几乎与河面平行的老柳树下，依然把身体浸在水里，朝河上观望。

河水舒缓地流着，波光闪闪，几片云优哉游哉徜徉在这平静硕大的明镜里，两岸青山也在里面倒映着矗立的雄姿。河上几只叨鱼狼（鱼鹰）飞来飞去，随时向水中毫无防备的鱼儿发起袭击。牛力目光掠过河面的涟漪，向上游巴山和秦岭对峙形成的峡谷中望去，遥遥看见一线亮亮的河水从峡谷中奔涌而出，从一道堤坝上跌下来摔成雪白的泡沫，泄了劲儿后像一把扇子铺散开来，懒懒散散地流到跟前。岸边不停荡漾的轻波冲刷着堤岸，摇晃着牛力的身体，也摇晃着他绵绵的思绪。

听说先前村里好几个人就是从那里跳下去的。他死死盯着那高坝，眼前恍惚掠过几个似曾相识的人影。对了，其中有早已做了水鬼的愁容满面的杨春娥。杨春娥是村里独户杨根禄的继女，是改嫁的母亲带来的，与他同岁，小时曾一块儿玩耍过。原先她面色红润，胖乎乎的，鼻子有点塌，一双温柔的眼睛露着羞怯。后来她的母亲病死了，她便无心上学，也有说她继父不让念的。她似乎一直关注着牛力，尤其在牛家衰败后，她也没有疏远落魄的牛力，每次出工与返回时，她都尽量与形单影只的他同路，陪他说说话。她甚至害羞地送给他亲手纳的鞋垫，塞给他香喷喷的葱油饼。牛力心里感动，一度想娶她。可她继父把她管得很严，像看守笼中鸟似的束缚着她，她便不能自由地恋爱嫁人。后来不知怎的，她的肚子像充气的气球一天天大了起来，开始她继父哄人说是得了肥胖病，但不久后人们在河滩里发现了她一丝不挂被河水泡得惨白的尸体。人们唏嘘不已，叹息她那么年轻怎么就寻了短见。警察来调查，对杨春娥痛哭流涕的继父产生了怀疑，查出了那个男人禽兽不如的证据，随后将其绳之以法。牛力亲手做了个荷花灯，天黑独自到河边点上蜡烛，默默凝视河灯随水缓缓流去，祭奠这个唯一一个在他失落时对他好的女人，心里祝她一路走好。

投河的事不止一桩。牛力记起中年丧妻的欧喜贵，含辛茹苦、一把屎一把尿地将四个儿子拉扯大，累弯腰背给他们娶了媳妇。可四个儿子在媳妇的撺掇下却不让父亲跟他们同住，并给父亲在新房之外盖了一间草庵。老人在滴水成冰的寒冬住了一个多月，流了几十天泪，最后悄无声息地投了河。老子死了，四兄弟大肆铺排丧事炫耀其孝道，四个儿媳也不甘落后，哭得凄凄惨惨震天动地。老头也许在阴间能由悲转喜享受一番吧。村里曾有一个寡妇史桂花，男人死后不到半年她就疯了。听说隔三岔五就有人去拍窗敲门，甚至有天夜里一个飞贼揭开了房顶瓦片从天而降。最后，她也是疯疯癫癫掉进了河里。反正，每年暑天下河洗澡无辜淹死的，还有绝望跳河的，从未断绝。牛力见过一具人们打捞上来泡胀的将要沤烂的尸体，他恶心得如吞了几十只苍蝇，并对这种死的方式不屑一顾，可不料自己现在居然也想走这条路了。

他望着滚滚的河水并不恐惧，对投河自杀的人竟有了一点同情和理解。听说生命最初就是从水中来的，人生不就是这样一浮一沉，一沉一浮，浮浮沉沉吗？况且，水是干净的东西，能容纳一切，能洗刷一切。

不过，想到死他还是有一丝悲怆：自己毕竟是个大男人呀，死后会招致多少猜测议论！死就死了，可他妈的多少有点亏，别的不说，自己还是个童子身。牛力举目看自己头顶的老柳树。这柳树不知存活多少年了，它的皮肤是那样粗糙苍老，树干佝偻得这样厉害。可它还没死，它顽强地生存着，不知在等待盼望什么。它居然还坚韧不拔地利用体内残余的力量催生出稀疏的青枝绿叶。一只知了飞来栖在枝上不厌其烦地叫，牛力朝树身大力拍一掌，知了惊叫着振翅飞了。他忽然古怪地笑几声，可声音比哭还难听。许久以来，他大多沉默寡言，憋闷时跟鸡、牛、猪、狗说话，逗它们玩，莫名其妙地打骂它们一顿都可以。有回瞧见邻居家的公狗黄毛跳到自家白狗雪儿身上撒野，他气恼地上去一脚将它们踹开，可两个杂种居然对着他不情愿地龇牙咧嘴。唉，披了人皮便不能像畜生那样肆意妄为。其实那知了挺让人羡慕，它可以随心所欲地鸣叫，受到惊扰还可以不屑一顾地飞走逍遥呀。他干吗不变只知了呢？虽然只能活几个月，但能为喜爱的夏天快乐自由地歌唱，即使痛苦地蜕掉一层壳那也是值得的。人啊人，能够去干自己喜欢的事多好，能扔掉伪装的假面、释放真实的本性多爽啊。哪怕是短暂的、惨烈的、悲壮的，总比窝囊地活着有意义有价值。既然你在世人眼里可有可无，就不需要顾虑太多；既然这个世界抛弃了你，就没必要在乎对错是非。唉，不回头了！身无如意事，何必强苦撑。淘什么金，想什么媳妇，残酷的现状无法改变。妥协吧，投降吧，认命吧。白来这世上走一遭，白活了短短几十年。现实是冰冷无情的，弱肉强食。而弱者，一个将被世界遗弃的人想大胆放纵一下都没有机会。牛力烦躁而悲哀地狂想，此生对得起谁呢？连自己都对不起。

十

日头稍斜，阳光依然灼人。牛力起身蹬上裤子，抬头的一瞬间望见河对岸有人走下河堤。他隐蔽到树后，目光追踪着那个人穿过河滩上的芦苇走到河边。牛力终于看清那是个女人，她在河边走来走去向河面张望，也许是个想过河的外乡女人吧。这一段河水并不算深，岸边浅及腿肚，中间没过膝盖，不过要选择好地点，因为河床中央有涨洪水时切下的深槽，且有光滑的河卵石，稍不注意就可能出事。那女人也许要急着过河，徘徊一会儿，终于脱掉鞋袜，把裤管挽到膝盖上，提着鞋战战兢兢地下了河。牛力瞧见女人那一截白皙的小腿，像已嗅到了这女人身上那可爱的气味。他偷偷地贪婪地望着她，又有点担心起来，因为那女的显然不谙水情，快要走到危险区了。呼喊一声，提醒她注意？他想：不，管她呢。他又立刻否定，把将要喊出的话咽回，嘿嘿地笑道："女人，没有一个好东西，让她掉进深水坑淹死吧！"

他恶毒地冷笑，悄然看那女的一步一步走向危险区……"妈呀！"忽听那女的惊叫一声。河水猛一下涨到她胸脯的位置，漫上她的脖子。她显然不会水，急得乱扑腾，可是情况越来越糟。牛力脸上残酷的笑欻地冻结了，他下意识地从树后蹿出跳进河里，快速游到那女的跟前。那女的已被水淹没头顶，呛了几大口水，双手乱抓。他敏捷地游到她的身侧，攥紧那女人的胳膊使劲把她拽到浅水区。但她因呛了水和极度惊恐竟站立不起，软绵绵的身体直往下坠，牛力只好背起她朝岸边走去。女人的身体紧挨着他的脊背，双手下意识地搂着他的脖子，头垂在他肩上，湿漉漉的长发披散在他胸前。他两手勾住女人的大腿，感到柔软和舒服，他甚至感到了贴在背上的那两团肉的柔韧。未成家的牛力还从没如此接触过女性的身体，他蹚着水，好似背着梦里的一个人，心里泛起一种异样的新鲜又奇妙的感觉。牛力一点也不觉得累，很轻松地把女人背到干燥的河滩草甸上放好，她还处在昏迷状态。好事做到头救人救到底吧，他想。随即按揉女人的胸腹，然后扳过她的身体让其头垂下趴在自己的膝盖上，再掂起她的腰轻抖。一会儿，她哇哇吐出许多水来，可仍然有气无力似醒非醒。

牛力让她仰卧着恢复体力，自己脱下外面的长裤铺到沙石上晾晒，坐在一边抽烟喝酒稍事休息。现在他可以仔细地瞧这女人了。她是汉水流域那种典型的农家女，绸缎似的皮肤呈健康的麦子色，细腻光滑的脸上还没皱纹，可能还是个姑娘。她有两道漆黑而英气的眉毛，眼睛虽闭着，但长而密的睫毛在睁开眼时一定好看，鼻头有点翘，元宝似的嘴巴，湿湿的几绺乌发贴在白皙的脖颈上。由于她穿得单薄且衣服湿透了，在阳光的照射下女人的身体犹如裹了层薄纱。她右臂弯在耳畔，左臂搭在胸侧，饱满的乳房，匀称的腰腹，丰腴的大腿隐约可见。牛力贪婪地瞧着她，呼吸渐渐急促起来，心急骤地跳着，怦怦撞击胸膛。女人，他喃喃着，先前有那么多女人我想得到却得不到，甚至被她们戏弄欺骗。被人挑拣过的、丑陋的却要像破鞋烂袜、残汤剩饭一般塞给自己。至今还是光棍一条的他，记起多少夜晚和无人的时候疯狂地想女人，可至今没有亲近、拥有过女人的身体。有时候瞧着牲畜明目张胆毫无忌惮地发情交配，竟会生出一种莫名的感觉，有时为了消解体内的狂躁欲念，不得不借助于手指。自己是个正常的人、健康的人，在农村也算是有文化的人，难道要因为历史的阴差阳错和年少时的不争气影响终身吗？他想到可怜的母亲，而今卑贱的父亲，村民们鄙夷的目光、寒碜的调笑，同辈人的插科打诨，心里一阵阵郁愤难平。

往常活得有什么意思？平日里小心翼翼，委屈和苦涩只能悄悄咽到肚里，想发泄都找不到去处，一个大男人只能背地里流泪，人不人鬼不鬼的，跟倒霉后的父亲有什么区别？清明那天，他上山给爷爷烧完纸，独自跪在爷爷坟前说："爷爷，你是条好汉，人们对你虽褒贬不一，但却是人过留名、雁过留声。爸爸也曾是条好汉，先前当村头，瞪人一眼谁不心虚？在会台上大喝一声，底下谁不觳觫？只有我他妈的现在活得最窝囊、最屄包，受人指戳、唾弃、笑骂，连老婆都讨不上。爷爷，我败了家，我不是你的好子孙！爷爷，你给我说说，我怎样才能活得像个真正的男人？"他把头死死地抵在坟上好半天，想象爷爷当年的英雄气概，地下隐隐传来一个刚烈火暴的声音："起来，软骨头！知道我当年是如何闯荡江湖的吗？我死时比你年轻得多，但轰轰烈烈多值得。这世界你不自强就得被人欺负！想要活出个模样来就得狠一点……”那声音渐远了。他抬起头，满脸汗水，激动不已，热血在浑身奔涌。可等他环顾四周，心又凉了，期期艾艾地说：“爷爷，此一时彼一时啊，我无法逞强，不能像你当年那样任性蛮干啊！”

十一

回想着过去的一幕幕场景，他顿时头昏脑涨。不！他不能㞞到底，决不能活得一钱不值、死得一声不响！隐忍求全换不来公允，良心善行得不到回报，老实人常遭愚弄，倒霉了就很难翻身。他妈的！狗急了跳墙，马怒了尥蹶子，蚂蚱死时还要伸伸腿，他才不无缘无故地跳河去死。看着躺在面前的姑娘，那性感诱人的身体，那在日光下慢慢恢复、变得生动的脸庞。伸手可及，不费吹灰之力……这真是老天送来的尤物啊。本来，牛力都不想活了，却偏偏碰到她。他心想：反正，她是我救的，没我出手她也会淹死；反正，现在四下无人，别人不会知道，她还昏睡着……可是，她是无辜的，我欺负她不等于趁火打劫吗？他拿起酒瓶又猛喝几口，狠狠咽下一大口唾沫，摇摇晃晃地走到女人身边，立定瞧她。她双眼皮下的睫毛颤动了一下，接着手脚也微动起来。见她醒了，牛力倒退两步继续盯着她。须臾，她缓缓睁开美丽的眼睛吃惊地坐起，梦醒似的看着身边的陌生男人问：“我怎么在这儿？”牛力不答，目光罩住她，口干舌燥，心脏如加速的马达在胸腔里轰鸣，身体不由自主痉挛似的颤抖。她望望河滩说：“哦！我知道了，是你救了我的命。”她忽地双膝跪地给他磕头道：“恩人，谢谢你！”

说着站起来捋捋潮湿的头发，想抻抻身上凌乱的衣服。可是她没立稳，打了个趔趄。

牛力上前一步扶住她，心里忽有点不忍，讷讷地说：“你还没恢复好，去窝棚那里休息会儿。”“谢谢。”她感激地说，没有拒绝。他搀着她进了窝棚。棚子空间小，两人进去挨得近，显得局促。牛力提起暖壶倒碗水给她，说：“喝点热水吧。”

“谢谢。”她接过，笑着说，“刚才在河里喝得够多了。”他又递给她一张煎饼。溺水后折腾一番，她这会儿还真有点饿了。

牛力憨笑一下：“你不会凫水，刚才真危险。”

“是呀，多亏了你，不然我可能没命了。”她眼里蕴含着感动，也许是天热，脸蛋已变得红扑扑的。因为坐得近，牛力闻到了一股异性身上诱人的温馨味道，不由得心跳加速，浑身又燥热起来。

“碰巧的事。”牛力眼光烫烫地看着她，“你急着过河去哪里？”

“去找人。”她意识到什么，起身说，“时辰不早，我该走了。”她朝他深深鞠一躬：“谢谢你呀，大恩人。”牛力盯着她绯红的脸颊和傲挺的胸脯说：“着啥急？日头还毒着呢，不怕晒黑了？再歇一会儿嘛！”他又伸臂挡住她问：“你彻底好了吗？”

“好了好了。”她察觉出牛力的异样，真诚地说，“哥哥，你是好人，谢谢你的相救，请告诉我你的姓名，妹子一定不忘你的大恩大德。”

他火辣辣地看她，自言自语似的说：“不要说谢谢……我想留下你……可以吗？”她有点不解，懵懂地点点头说：“哥呀，我的包袱掉河里了，现在身上没有值钱的东西。不过，妹子来日……就算来世也会报答你的。”她可怜巴巴的样子像是待宰的羔羊。可牛力此时头脑发热已几乎控制不了自己，他一直拼命压抑着内心的欲望，克制着身体的冲动。其实，不知道咋的，不明白怎么回事，从开始救她，从背着她走上河滩那刻起就悄悄喜欢上了她，他暗自压制着，可那种感觉越来越强烈。

他渴望她多停留一阵，与她多待一会儿，甚至，他奢望她不要走。他愿意陪她，永远看着她，陪她到什么时候都可以。可此刻，这女子要走了，要离他而去，也许以后再也见不着了。牛力觉得心在狂跳，血在燃烧，不，全身每个细胞都在熊熊燃烧。老天安排的、上苍派来的、天使一般可爱的她就要离开了。如果放过这难得的上天赐予的机会，那样他也许会后悔死的。他摇摇晃晃地拦住她，无法左右自己，完全出自本能地、不可救药地一下攥住她的手，急咻咻地说：“别说报答，我现在就……就想要你！”

她从他眼里突然读出了什么，随之而来的恐惧促使她猛地抽出手，惊疑地摇头、退缩。他像头发情的公牛扑过去，她侧身一闪，拔腿跑出窝棚，但没跑几步就被树根绊倒在河滩的草甸上。牛力冲过去按住她，试图脱她的衣服，可她竭力反抗……两人在草甸上滚动，忽分忽合……河水在一旁哗哗流淌着，日光下的河面与沙滩流光溢彩，如梦似幻。她虽然激烈地反抗，但终因体力不支被他紧压在一片芦苇丛中。他笨拙地扒她的衣服，她渐渐放弃了挣扎：我的命是他救的，没他相救也是一死……她涨哄哄的脑袋胡思乱想着，索性躺下不动，无奈地闭上眼，咬住嘴唇，任泪水在眼眶里打转。牛力狂热地亲吻她光滑而温暖的肌肤，惊喜地经过一处处迷人风光，觉得自己像伏在一片洁白柔软的云朵上，在天上愉悦地飘呀飘……又像是置身春意盎然的原野里，在芬芳间快活地游走……他仿佛在小心翼翼地紧张淘金，频频试探那深藏之地。女人的身体如久旱遇到水源的鱼儿，下意识地护卫推挡并梦呓似的喃喃着“不要这样”。他感到自己有点晕晕乎乎，而她竟在不由自主地微微颤抖。他忽而觉得自己像是在犯罪，想要放弃这邪念，停止危险的挺进，可如魔缠附的魂魄却欲罢不能，无力控制长期压抑而猛然苏醒的极度亢奋的神经……河滩战栗着，大地抖动着……牛力似乎满足了，可瞬间又羞惭、懊悔、愧疚之极。颓丧之余，他觉得自己就是个虚情假意的伪君子，同时感到自己的行为是多么的无耻恶劣，甚至卑鄙下流！他恨不得立刻钻进地穴或石头缝里消失。他像一具丢了魂的僵尸一样空虚，终于如偷窃美食却没吃够的癞皮狗一样爬起。她胸部剧烈起伏地躺着，牛力看着日光中仿佛圣女一般沉睡的她，不禁拿拳砸自己的脑袋，悔恨心疼不已。他喘息一阵，拿起衣衫想给她披上。她忽然睁圆杏眼，巴掌雨点般抽向他那张虚伪沮丧的脸，大哭道：“你救了我，却又害我！你还不如让我淹死的好！”牛力木桩似的跪在她面前，梦呓似的反复道：“怎么会这样！

我……我不是人，我……我喜欢你……”她撕扯着他哭骂：“你这假仁假义的畜生！我本来是去接姐姐的，却碰到了你这个人面兽心的东西!”她的泪水如断线的珠子流下来。

“你姐是谁?”牛力机械地问。

“她叫美英，与你有什么关系!”

“你姐是……是美英?!”牛力心一下提到嗓子眼儿，差点就叫出来。

“关你什么事?你……你怎么不让我去死呢！要使坏……为啥还要救我啊……”她站起来，泪流满面地向河中走去，衣服从身上无声滑落，炽热的阳光呵护着她走向近旁芦苇遮掩的水中。清澈的水没过她的脚踝、膝盖、腰腹，温柔地冲过她的身体，她伏下身子，河水无限爱怜地围了过来。

十二

啊！她是那个小寡妇——美英的妹子！牛力从她的哭骂里听到“美英”两字时如雷轰顶，脑袋嗡嗡直响，心跳加剧欲蹦出喉咙。他惊呆了，抓起剩下的烧酒一口喝干，霎时如漏气的袋子瘫坐在地，失魂落魄，仿佛忘了刚刚发生的一切，没注意那女子最后走向何处。他茫然抬头，只觉得太阳突然失血似的由晴转阴，天昏地暗。那女子在哪儿?她走了吗?怎么面对她呀，她原本把他当好人、恩人的。他狠掴自己几个耳光，破口大骂自己：“我浑蛋！我不是人！我伤天害理啊!”他忽地打个冷战：她不会去投河吧?如果她想不开寻了短见可就糟透了，那我非但跳进黄河也洗不清，还相当于谋杀了她。不，我得去阻止她，给她赔礼道歉。等他耽搁一会儿，恍然回过神来，匆匆跑到河滩寻她时，那女子已不知去哪儿了。

河面静寂，水雾缭绕，幽幽水声如泣如诉。河对岸大树上先前被自己打伤的白鹤发出“啊呜啊呜”的哀鸣。他闭眼使劲晃动着脑袋，神思恍惚，蓦地发出一阵疯狂的大笑，惨笑中乍然混进杨春娥、欧喜贵、史桂花他们阴阳怪气的笑声。一个个奇形怪状的鬼影从河面飞来嘻哈哭号，招呼自己与他们同去。他不动，水鬼们就把他绳捆索绑拖到河边；他挣脱，水鬼在后号叫着紧追不舍，而且刚才那个因愤怒而不知去向的女子也披头散发地跟来了……

他神志有点狂乱，像个疯癫病人赤足奔到临河一块陡峭耸立的巨石上，双膝跪地朝父母住的方向咚咚咚磕几个头后，木呆呆地走到边上准备一跃而下。下面是一个看不见底的深水潭，水面泛着绿光，映着变形的巉岩怪石，虽不汹涌咆哮，望之却令人心惊胆战。牛力眼睛发花头晕目眩，腿一软瘫在地上。他牛一样喘着气，杂乱无章地在心中喃喃道：“我做了一件好事，却又接着干了一件坏事，乘人之危，不可饶恕啊……谁能理解，我喜欢她，真的非常喜欢。一见就来了感觉，一碰就浑身激动，一念就此生难忘。她是天使，是我心中美丽温柔多情的女神，我就想跟她好，就想得到她。然而，我动机不纯亵渎了她，我的邪念恶行玷污了她，伤害了心中的天使、梦中的女神。真是罪过！别说没有我她也会淹死在河里，别说是救了人家的命就有资格强人所难，别说是喜欢人家就能替自己开脱。遇到她本来是天赐的缘分，可我却没有好好把握和珍惜。

虽然后来她半推半就地放弃了反抗，虽然她似乎委曲求全迁就了我。但多么希望她是自愿接受我的，多么希望她不是怀着感恩报答我的。鲁莽闯进她神秘的禁地，领略了美丽的山川秀色、妖娆风光。刚才她还活生生的、娇艳艳的，还像气息芳香的花儿、新鲜多汁的果子，可一转眼就不见了。她的一笑一哭、一嗔一怒，令人沉醉着迷、怜爱心疼。她那么年轻、那么纯洁、那么多情、那么善良，美妙的生命才蓬勃绽放，好日子还长着啊。

“她到底去哪儿了？也许她已经离开河滩了，也许……如果她安好，我又何必自寻烦恼。现实不总是无情，活着也不是无味。然而，她好像‘恨’我后来的举动，似乎是为报救命之恩在被动回应。更郁闷的是，她还不知我与她姐之间的事，说不定她姐今天就给确切答复了。这事会不会传扬出去，搞得满城风雨呢？”

牛力四处望望，河滩上下依旧没有人。午后的日头不太白亮，有点发暗，阳光不像先前那样强烈了，但天气却更加闷热。牛力原地兜圈，四处望望，汗流浃背地一屁股坐下，困意汹涌袭来，索性躺倒闭上了眼睛。其实，淘金多日来已经疲惫不堪，加之天气炎热和意外救人的连番折腾，他确实累了，迷迷糊糊得像要睡着了。但是，他一点也睡不着，脑子仍在胡思乱想：“今天发生的事真奇怪，有点匪夷所思。本来自己活腻歪了，先前那么多痛苦的经历，被欺骗、被冤枉、被忌恨、被利用、被鄙视、被伤害、被侮辱，吃了那么多亏，受了那么多苦，以致如今不能顶门立户，娶不上媳妇，可有谁来同情、帮助过我？难道同样生活在一个天底下，我就不是人吗？本来已悲观厌世，对未来已不抱什么希望，想跳进河里一了百了，可谁知碰上了她，遇到了这个一见钟情、一生难忘的女子。她像是我梦中的人，是我朝思暮想的人。一旦遇见，便情难自抑。虽然我一时糊涂、一时昏头、一时冲动，但绝不是心理阴暗，占她便宜。我一定要设法找到她，向她解释，向她赔罪，真诚勇敢地向她表白，或者任她提什么条件，怎么惩罚都行。哪怕她告我去蹲监狱，哪怕刀山火海也不退缩。所以，我暂时不能莽撞犯浑，必须得弄清事实真相。倘若她真的因我寻短见了，我就自行了断；倘若她平安无事，也许还有回旋的余地。可她姐美英咋办呢？不同意还好，如果恰巧愿意嫁给我，那怎么面对她妹？如果她本人不原谅我，那该如何面对她姐？如果她们姊妹俩不留情面，撕破脸皮大闹一场，甭说自己没脸见人，就是乡亲们一人一口唾沫就足以把我淹死。年迈的父母还怎么面对乡亲？那可怜的丫丫又怎么办呢？”算了，他想这么多干吗，情况不一定这么糟，也不一定如人所愿。现在最要命的是尽快知道那女子的下落，她和她姐的真实情况……他还是先回去看一眼母亲和孩子吧！顺便探听一下那女子是否来过村里，是否找过自己，是否可以峰回路转、柳暗花明……

十三

牛力像做了一场大梦，猛然惊醒，心里说：“去他妈的过去的烂屃日子，天无绝人之路。死都不怕还忧虑什么，死而复生就要努力追寻自己的梦，好好活出个样子来。”不过，得赶紧解决眼下棘手的问题。他悄悄溜下悬崖，太阳已落山，河滩上空无一人，暮色渐起。河流汤汤似在上涨，只闻水声却已看不清江面了。

走过茂盛的芦苇丛和树林，牛力没有发觉那女子的踪影。他觉得她可能已离开这里了。失落与希望同时抓挠着他的心，一切都是未知数，他没去窝棚而是直接上了河堤。回头张望，河水已渐渐涨起来了。西边涌起一大片一大片黑黄色云团，堆积着、翻滚着。山那边可能已下雨了，天际隐隐有雷声传来，这是大暴雨将要来临的迹象。

天黑将雨，路上很少遇到熟人。牛力像只耗子似的绕回村子，一路不停地东张西望。他虽然不停给自己打气，但还是有点胆子不正。可那个女子还生死未卜，她的形象霸占着他的头脑，像块巨大的磁石，魔力无边地吸引着他。最终，他还是鼓起勇气走进村子，小心翼翼踅摸到自家门前。他躲在一片竹林后，见院子里很安静，没有人，房中亮着灯，也无响动。他屏住呼吸侧耳听，隐约听到含糊不清的声音，像是安抚孩子的声音，可绝不是母亲的。怎么会有陌生人的声音？难道那事已被人知道了，人家找来了？他的心扑腾乱跳，差不多打算逃离时，门吱呀一声开了，牛力的心一下缩紧，可他看见出来的是母亲。母亲憔悴的脸呈现在他眼前，她忧虑地站在门槛前张望，口里喃喃念叨着什么。“肯定是在等我！”牛力忽觉眼眶一热，放下心，走出竹林，叫一声“妈”走向母亲。母亲宽心地舒一口气说：“你咋这么晚才回来，你知道谁来了吗？”母亲高兴地拉住他的手，眉眼溢着笑意。“是——谁？”牛力慌问，他警觉地抽出手，手上沁出冷汗。“哎哟，牛娃，进去瞧瞧就知道了，你的苦日子算是熬到头了。她可是个好人呀，你爸也回来了，他的病彻底治好了。”

屋里闷热。牛力看见一个女人抱着丫丫站在屋中，背对着他。是姐姐吗？可那身材不像，他快步走到近前。啊！是美英——那小寡妇！孩子受到惊吓，哇地哭了。她瞥见他，侧身轻轻抖动着，双手极其温柔地拍着孩子的后背，嘴里甜美地哼唱着，在屋内来回踱步哄着孩子。丫丫可也怪，在她怀里眨眼就不哭了。牛力僵立在原地，傻瞧着，脸如火烤，脑海一片空白，他差点晕倒在地。

“看你，像根木桩似的戳在地上，见了人家也不招呼。”母亲责怪，附在儿子耳旁低声说，“美英同意了。”

“姨妈，你把孩子接着。他兴许是累了！”美英瞅他一眼，把孩子递给母亲，转身默默地打来一盆水放在他面前说，“洗洗吧，饭热在锅里。”牛力傻了，他机械地洗着手脸，同时那件窘事在心里撕扯着他：也许别人还不知道吧，她妹到底去哪儿了？究竟怎么样了？他在心里责问自己：现在可咋办，她姐居然同意了！可自己喜欢她妹，还干了那冲动莽撞的丑事，罪过啊！造孽啊！谁能见谅，谁能饶恕呢！

“吃饭吧，别发愣了。”父亲给他端来饭说，“明儿我和你一块儿去淘金。”牛力见父亲经过一段时间的治疗确实恢复了常态，一下子有了点精神。牛力吃着饭，却如同嚼着沙石，虽然饿得要命却难以下咽。他十分悔恨：为什么要干那坏事呢？为什么她偏偏是美英的妹妹呢？为什么不忍耐一下呢？为什么要侵犯自己喜欢的人？为什么，为什么？他眼前浮现出她先是溺水，随之受到伤害后激愤、痛苦、屈辱、无辜的模样。

美英从母亲手里抱过孩子，逗着、亲着，丫丫似乎找到了亲娘一般，乖乖的，咧开小嘴甜甜地笑着。牛力痛苦地想："这一切都将被我毁掉，我成了罪人，不配留在这里了。"

"我妹妹俊英说要来接我，按说今儿该到了。都这时了，她怎么还没来？"美英望一眼外面说。

"再等等吧。"母亲接道，"你妹从你姨娘家得了消息准会赶过来的。"

"天都黑了。"美英瞅见一道闪电说，"恐怕要变天，太晚了不好走。"

"不急，万一迟了就住下，咱家有地方。"母亲慈祥地看着将要成为儿媳的美英，满眼都是笑意，"别计较，咱马上都快成一家人了嘛。"

牛力听到这些话，那一个个字如一根根钢针扎进他心里。他们还蒙在鼓里，向他们坦白吧。把一切都告诉他们，他们能原谅自己吗？可还没见到俊英，她究竟怎么样了？他内心激烈斗争着。

"牛娃，你今儿在河滩看见美英的妹妹了吗？"母亲问。

"嗯，看、看……没有。"他神情张皇，血忽地涌上脑门。他无法坦然开口，说出实情真相。多么丑恶啊，还坐在这里心安理得，装模作样？他觉得仿佛置身荆棘中，坐在火堆上。他站起又坐下，身子扭来扭去，像是做贼被人抓住把柄似的。必须得走，离开这里，哪怕前面是地狱、沼泽、深渊……他推开碗，默默地站起来，看一眼父母，又看一眼孩子，抹了一把脑门上的汗水，不敢去面对美英的目光，只哑哑地说："要下雨了，我再去外面转转，看能不能迎着你妹妹。"他拿起手电筒匆匆走进黑夜里。

远处天空传来滚滚雷声，犹如千军万马要杀过来。河的上游肯定已开始下大雨了。

十四

牛力醉酒一般踉踉跄跄地走着，脑子一团乱麻。该怎么收场呢？他用手扇着自己麻木的脸，毫无头绪地想着，稀里糊涂地乱转。蓦地，半空炸响一个惊雷，仿佛落在了他的头顶。牛力不由自主地一激灵，借着雪亮的闪电将黑夜撕开一道口子的瞬间，他瞧见一个人正向村子走来。是那个女子！没错——被自己施救又伤害了的——美英的妹妹！她没死，她可能是来找她姐姐的……牛力不再犹豫，急步迎上去扑通跪在她面前。俊英吓了一跳，倒退两步定睛看他。

"是来找你姐姐吗？"他低着头。

"你——想怎么样？"俊英把头扭向一边。

"你姐在我家。"牛力像在自言自语，"但请你别去找她。"

"怎么可能？她可是我姐！"她惊诧不已，"原来你就是牛力！"

"我就是牛力。"他跪行几步，一下抱住她的双腿，悔恨地说，"我糊涂、浑蛋！对不起你！"

她脸色由白转红，冷笑一声："你这个未来的姐夫……

哼！干的好事！”

“请你相信我。”牛力定睛看着她，“我对天发誓，我真的喜欢你。”

“做出那样的事，说这话鬼才信你！”

“对不起，请你原谅我。”他将头深深垂下。

“哼！净想好事。”她拂一下刘海，“我姐都在你家了，事情有这么简单吗？”

“那咋办？如果你不原谅……我活着也没劲。”

“随便，我还没去告你呢。”俊英拨开他的手臂，恼怒地说，“你以为救过我，就可以谈条件吗？”

“不……不是……”牛力垂头丧气地说。

“我要见我姐，请你让开！”

“不……不要去啊！你……你能跟我走吗？”他语无伦次，喉咙深处发出的声音像是哀鸣。

“不要逼我！我姐还什么都不知道呢。”俊英目光闪过一丝郁愤，迈出两步，停了一下幽怨地说，“不过我姐和我的事，还请你考虑清楚。”

她不再理会牛力，快步朝他家走去。

一道接一道刺眼的闪电撕裂夜空，轰隆隆！轰隆隆！越来越紧的雷声如千万巨兽发出的怒吼。瞬息间，急骤的雨点砸了下来，屋顶、树梢、地面哗啦啦的一片，雨里还夹杂着葡萄大的冰雹。

十五

俊英溺水被牛力救出，但又遭他非礼，之后痛苦万分，便走向河中打算自尽。等水漫到胸部、身体泡在清凉的河水里时，她昏涨的头脑方才清醒了一些，紧张的四肢放松了许多。这是一个回水湾，两侧有茂盛的芦苇掩护，水流和缓。清清的河水柔情地拥着她婀娜的躯体，头发如水藻在流水中漂浮。脚底河沙细柔，眼前河水轻漾，有鱼儿悄悄地游过来触碰她的肌肤。俊英掬起水洗洗脸，蓦地看见河湾的滩涂上，有两只朱鹮在觅食，走走停停，一会儿展开绚丽的翅膀在夕阳里飞翔，一会儿落在水面飞快地觅食，一会儿把美丽细长的脖颈亲密地交缠在一起。俊英的眼里突然涌出泪水，滴答滴答连串珍珠似的坠落河中。她想起今天要去干什么，可还没见到姐姐，不知介绍给姐姐的人到底咋样？她做出决定没有？姐姐比自己大六岁，刚满三十，一年前姐夫租车去外地进货，不料车毁人亡。姐姐忍着巨大的悲痛处理完后事并赔偿车主一家后，花光积蓄，所剩无几。婆家同意没有生育的儿媳改嫁。前几日，媒人介绍了河对岸的一户人家，姐姐去二姨家小住并顺带见见对方。两天了，姐姐没有回信，母亲催她过河去找姐姐了解情况。但是，做梦也想不到的奇遇，打死也想不到的难堪让自己碰上了。

刚刚经历的如梦似幻的一幕幕，那惊心动魄、水火相交的感受让俊英久久难以平静。那个仗义又伪善、救人又害人的家伙让她心里五味杂陈，纷乱如麻。本来，自己的终身大事还没定，好几个人包括父亲的两个徒弟都喜欢她，只是还没做出最终选择。可是，现在自己碰到这样突如其来的遭遇，摊上这般难以启齿的事情，要怎么面对？如何做人？俊英把脸埋进水里憋一阵，又抬起头来吸气，河水无声奔流向前。死，很容易。再往深水处，朝河中间走几步，也许就随流水去了，去了也许永远就不能回来了。自己才活了二十四岁啊，以后就再也见不到父母亲人，再也见不到那些熟悉的伙伴了，再也见不到每天的日出日落与白天黑夜了。

她心底升起一丝悲凉、一丝凄苦……这样孤单地走了，悄无生息，留给世人的或许永远是一个谜团、一个疑问……可她还没有见到姐姐的面，也不知道那个让她心痛伤怀的人的详情……如此匆匆地结束自己年轻的生命是不是有点草率、有点盲目？她在心里说：“不行，最起码得先见到姐姐了解情况，最起码得打听到那个人到底是谁。那个人能见死相救说明他良知未泯；冲动之下侵犯了我，没有置我于死地，说明他也不是歹人。否则，他当时怎么会放过我？本来，对他的感觉挺好的。侠义、热情、体贴，相貌也不赖，可是，怎么一时又犯起浑来，他到底是正人君子还是恶魔？是情不自禁还是另有缘由？我原本不认识他呀，与他前世无冤今世无仇，那种情形救人又害人说不通啊。就算真的喜欢我，起码也该尊重人呀。但他不是流氓，不是恶人。提到姐姐的名字他为何发呆？做了那事就不见人了，为何敢做不敢当？听姐姐的描述，这不像他的为人，这里面定有隐情有原因。我的清白已给他拿去了，当时难以抵挡他的狂热，也不排除对他的感恩与容忍。”俊英泡在温柔清凉的河水里，思绪渐渐冷静下来，河水动荡似乎在上涨，看看河滩没人，迅速起身走向芦苇丛中，她的衣服还在那儿晾晒着呢。西边的半个日头已浸在上游的河水里，晚霞像巨大的霓虹灯投射到水面，河滩上下流光溢彩，斑斓瑰丽如同仙境。俊英如经历了一场梦，回到岸上，整整头发，定定神。她要先到左边村子的二姨家，然后再去右边村子姐姐未来夫家看看。

从二姨那儿知道介绍给姐姐的人是邻村的，叫牛力，晓得了那个男人的简单家世。据说姐姐已考虑好了，这会儿正待在他家呢。不知怎的，她觉得胸口有点慌有点堵，既担心姐姐也忧心自己。想尽快见到姐姐了解情况，她便匆匆忙忙赶了过来。可刚才他的突然出现让她震惊之余，也证实了河滩遇到的那个人就是牛力。压根没想到他竟会是和姐姐见面的人，也是相救并伤害自己的人！真是晴天霹雳，阴差阳错，冤家路窄，苍天弄人啊！牛力刚才的悔恨不已、痛不欲生不像是装的，更不像表演。现在，她和姐姐与那个男人莫名其妙地纠缠在了一起，真是糟糕透顶。怎么处理呢？见到姐姐是说明真相呢，还是暂时隐忍不发？不管怎样，先和姐姐见面吧，然后再寻找机会告诉姐姐实情。

十六

在灯光昏暗的牛力家里，美英见到了神色异常、梨花带雨扑向她怀里的妹妹。

一切都似无法挽回。牛力悄悄跟随到此，无奈叹口气，披件雨衣冲进黑夜，在大雨迷茫中不知该走向何处。俊英的话吃不透，她的心意难以捉摸。想起离开河滩时淘金工具还没收拢固定，他决定去河滩看看水情和他的窝棚。

是夜，连续的暴雨犹如瓢泼盆倾，憋足了劲地下，无所顾忌地倾泻到汉江两岸，整宿未停。临近子夜，悄然猛涨的河水冲毁了几处堤坝，漫过田野道路，汹涌进入村子。许多村民在睡意蒙眬中似乎听到有人拼命呼喊报警，惊醒过来的人们纷纷喊爹叫娘、呼儿唤女、仓皇逃命。混乱不堪中人人自危，连村干部也跟着慌张撤离。洪水泛滥咆哮着，处于村子后部的牛力家似乎被遗忘了。洪水涌进他家的时候，明白儿子出走真相的两位老人已沮丧至极、绝望至极，对于洪水的到来视若无睹，不为所动。处于悲伤痛苦之中的美英姐妹猛然看到肆虐的洪水冲来，看清狂风暴雨中的房子摇摇欲坠，她俩起身向外逃命。后发觉牛力的父母和女儿已被洪水困在房屋之中，姐妹俩急喊快走，可两位老人仍然纹丝不动，一副抱定等死之状……女孩的哇哇哭叫撕咬着两个女人的心。难道要见死不救吗？姐妹俩对视一眼，抹去脸上的泪水雨水又返身冲进屋去。美英先把哇哇啼哭的丫丫从窗口递给妹妹让她先走，又蹚着齐腰深的洪水去救屋内的两位老人，而激流中的房子已摇摇欲坠。

“姐姐——”俊英抱着哇哇大哭的孩子，她想进屋去帮姐姐。

“危险！快走！”一个人忽然冲过来拉住她。是牛力！原来他快走到河边时，看见洪水已漫过河堤。他打了个激灵，头脑忽地清醒了，瞬间忘记了一切，一种与生俱来的求生本能和救人天性极速出现。村里人过去对他一家的冷漠、歧视与不公，以及自己对村里人的愤恨霎时消失了。救人！迫切的意识跳出来，敦促他毫不犹豫，立刻行动。不好！处于暴雨黑夜中的乡亲全然不知。得赶紧报信！他来不及多想，正迅速转身向村口跑去时，河堤决口了！洪水如脱缰的野兽凶猛而入，疯狂涌向沉睡中的村子。牛力狂奔着大喊：“决堤了——发洪水了——快跑啊！”许多听到喊声的人惊醒时，洪水已逼近村子。

从村头到村尾，牛力拼命奔跑着，叫醒浑然不觉的村民，拍打一扇又一扇门窗。他跌了好几跤，摔破了膝盖，磕掉了一颗门牙，跌倒了爬起来再跑。他喊破了喉咙，确实喊醒了不少人。最后，他才跑向自个儿家，看见自家房子在洪流中快坍塌了，发现俊英抱着丫丫想进去救人。他也想立刻进屋救人，但已来不及了！牛力拉住俊英，不顾她的挣扎叫喊，死命把她拽往安全地带。刚欲返身救人，房子便轰然倒塌了。瞬时，散了架的房子宛若小孩堆的积木被冲得无影无踪，汹涌翻腾的浊浪中很快不见了美英和两位老人的身影。

“姐姐——”

“妈——爸——”

俊英和牛力站在高处哭号。

惨痛的哭号被雨声遮掩，只有洪水肆虐、横冲直撞、咆哮泛滥。

十七

昨晚，思忖再三，俊英鼓起勇气告诉了姐姐自己在河滩的遭遇。美英先是震惊气愤，继而沉默良久。她为妹妹惋惜，也为自己伤感。她恨牛力——这个自己打算托付终身的人！怎么一下闯进她姊妹俩的生活，怎么会发生这样尴尬的事情！但又恨不起来，平心而论，这个男人真要使坏，她可能就见不到自己的亲人了。经慎重考虑本已同意嫁给他的，但现在妹妹跟他又有了难言的纠葛。斟酌再三，她打算离开，但需要牛力给个明确的说法。可屋外的狂风暴雨阻止了她们。最终，姐妹俩商量等大雨过后再做决定。孰料从天而降的洪灾不但摧毁了村庄，也把人们原有的想法冲击得无影无踪。她忘不了姐姐在被洪流卷走前的那声嘶喊：“俊英，跟那个男人过吧！”

跟牛力这个男人过，姐姐咋扔下这样的话？而且是临死前说的。俊英当时听到真如万箭穿心。姐姐不走也不会如此说，如果自己和牛力之间没有纠葛，更不会留此遗嘱。她牵心啥，挂念啥，是不放心她吗？亲爱的姐姐，不幸的姐姐，在天有灵的姐姐，为什么会这样？世界那么大，为什么偏偏遇到牛力这个男人？

数日后，洪水终于退了。幸存的人们回到村子。面对满目疮痍的家园、悲惨凄凉的灾后景象，许多村民捶胸顿足，泣不成声。但劫后余生的人们无一例外地把牛力当成了恩人与英雄，没有他那晚的拼命呼喊报信，肯定会死不少人的。捡了条命的村民们从心里非常感激牛力，尤其原来对他有成见的人觉得先前错看了他，误会了他。

人们忧虑着往后的日子咋过。本地一位阴阳先生说：“河里冤魂太多，鬼神猖獗，风水不再矣。”但人们听到后撇撇嘴：“去！什么鬼话？牛力才是我们的神！他救了全村，他在哪儿，我们就在哪儿。”村民们自发找到牛力，拥戴他当头儿，牛力推辞不干，他们跟着、守着不走，如众星捧月一般围绕着他。牛力推脱不掉，无奈说："大家先生产自救吧！"就带领大家行动起来，清淤、修路，接受各方援助，分发救灾物资，在安全地带搭建了临时板房，供遭灾的人们避难暂住。灾民多而食物房子紧缺，俊英回河对岸的娘家了。稍后，牛力带孩子也去了俊英家。

河水渐渐返清，但偏离了原来的河道许多。某日，一地质勘探队打村旁经过，竟意外地发现河床下蕴藏着丰富的沙金。河里确有金子！消息风传，人们跃跃欲试，纷纷酝酿该如何去探寻那个金灿灿的梦想。

是梦就会醒的，当然也不一定遂人愿——政府禁止私人滥采。躁动不安而缺少主心骨的村民想起牛力，赶紧过河去请他回来。

十八

一个残阳如血的黄昏，村口走来三个人：头发忽白的牛力，目光淡定的俊英，带着一个蹒跚学步的小女孩。

十九

"今晚先说到这儿，夜深了，以后有机会再继续聊。"

牛先生缓缓打住讲述，歉意地对我笑笑。我给他倒杯热水，他起身踱到窗前，撩开一角窗纱，望着幽深夜空的满天星斗，伫立良久。

后半夜睡得比较踏实。第二天我的活检报告出来了：多发脂肪瘤，良性，须注意健康生活，积极预防病变。我和爱人长出一口气，立马浑身轻松。

牛先生还要住着，等待进一步诊治，听说好像是早期肺癌征兆。记得那天有很多人来探视，有他一团和气、大方贤惠的夫人，聪明懂事的儿女，还有普通百姓及一些地方名流。有人建议他转往条件更好的医院，他态度强硬地拒绝了，说没必要折腾。

这是位不简单的人，我心里想。办完出院手续欲回去跟牛先生道别，就在花厅走廊碰见他。

“咋不在病房休息?”

“出来走动走动，呼吸新鲜空气。”他做着扩胸运动。

“老兄，我要出院了。”

“没事好呀。”他对我笑道，“来也匆匆，去也匆匆。”

“你会好起来的。”我握住他温暖的手，“还想听你的故事呢。”

“你是不是搞写作的?”

“嗯?”我用目光问他。

“你手指有经常握笔的印记。”

“你真厉害。”我钦佩地看着他，平静地说，“其实，我是教师。”

“嗯，看得出来，气质儒雅。令人尊敬的职业。”

“一介书生，教书匠而已。”我自嘲地笑笑，“马上又快开学了。”

“很遗憾，我当初该学习的时候没好好用功，想上学的时候又没有机会。”他轻叹一声，“不过，我爱读书，喜欢你这样的文化人。”

“牛先生才是成功人士，让人羡慕。”

“哪里，历经磨难啊！”

“俗话说，磨难是财富。”我握紧他的手，诚恳地说，“与君一席谈，胜读十年书。保重！”

“来日方长。”他豁达地笑笑，“也许，还有机缘相见的。”

住院相识，同病相怜，我俩在年龄和心理上早没有了距离。

留了联系电话，我把一本《热爱生命》的小说集送给牛先生，然后互道平安。说实话，平常教学工作忙，早出晚归，与外界联系少。下班回到家，妻子喜欢追剧，一部一部接着看，要么与同事或姐妹相约聚会。而我不大热衷社交活动，也不爱追赶时尚潮流，闲暇码字、安静读书之余，偶尔会想起牛先生的病情及他未讲完的故事。逢到节日，便会给他发条祝福短信，他亦回复问好。渐渐地，我们便以兄弟相称。

年末，忽收到一邮件，从美国旧金山寄来的。打开，是一支派克钢笔，署名：牛先生。

他不是在医院吗，怎么又去了国外？难道是去美国治病了？

念想在心底发酵，疑问若隐若现。但要等人利索方便时相约，凡事还得顺其自然。我需耐心等待。

周末闲暇，我爱去江边走走，漫长的江堤内外已建成优美的现代化滨江公园。花草树木参差有致，楼榭亭台点缀其中；几座气势磅礴的大桥飞跨南北，车流穿梭；入夜，五光十色的音乐喷泉更是视觉盛宴。我有时远离繁华喧嚣，在一边静静地待着，试图找回过去的记忆、曾经的印象。十几年前，同样的地方，江堤上下，杂树茂密，芦苇丛生，堤旁分布着菜园、庄稼地以及简朴的农舍。那时的江水丰盈澄澈，四季都在欢快地流淌。现在江水大多时间枯竭、河床细瘦，除了气候环境变化，据说因南水北调工程，架管凿山把许多水抽到干旱的地方去了。

逐渐膨胀的建筑和人口，紧张而快节奏的工作与生活，虽不乏先进的科技、精美的物质、舒适的享受，但不争的事实却是近些年富贵病、奇怪病层出不穷。人们为活得健康，迫切需要呼吸新鲜空气，纷纷走出拥挤的被污染的城市，走到户外，到旷野、山林、海滨去自由呼吸，在大自然的怀抱里寻求返璞归真。

偶尔想到自己身上的无名肿块，说不清原因，会不会是吃了转基因或被污染的食品造成的？或是职业影响每日坐得久，缺乏运动所致的呢？于是我抽时间加入江边锻炼者的行列。去江边运动的人很多，跑步、跳舞、打球……健身者比比皆是。我曾请教一位坚持天天散步的知名老中医，他说："人之疾病，最好防患于未然。若有害则宜早治；若自然发于身体，查明无妨碍，即如虎牙、痣疣、雀斑等，则不必杞人忧天。疑则生病。与其杯弓蛇影，倒不如淡忘，或与它们和平共处，或当作朋友一般善意对待。"

这话颇有玄机，值得琢磨。

想起我那位朋友，许久没联系了，不知老兄的病情如何、近况怎样呢？

我还没听完他的故事呢。

心里惦念着，便打电话询问牛先生的近况。他说已出院了，谢谢我还牵挂着他。再见时，已是又一年的假期。

（中）

红喜

人来世间走一趟是要背负责任的，无论来自何方或抵达何处，无论与谁相遇、分别或同行。对此，时间和天地可以做证。

二十

“兄弟，让你久等了，刚从外地回来。”跟牛先生再次会面时，他说，“谢谢你的牵挂问候。”

距上次分别已过去很长时间了，得知他最近有空，我便约他喝茶，他爽快答应了。

茶馆是一位老同学的朋友开的，在清幽安静的湿地公园旁，紧临水波荡漾的汉江。院里植凤尾竹、玉兰、香樟，馆内装饰朴素典雅，陈列奇石盆景、琴棋书画、红木桌椅与紫砂茶具。大厅中还设置了一个精巧的水池，假山石桥，花木点缀，鱼儿自由穿梭其间。在《高山流水》的古曲中，我和牛先生又见面了。茶馆老板过来殷勤地鞠一躬，牛先生好像认识他似的点点头。他气色很好，精神健旺。同时，他还带了面目和善、气质娴雅的夫人——黄女士。

“这是你嫂子。”他介绍。

“嫂子好。欢迎欢迎。”

“你好，在医院时见过你这个兄弟的。”她微笑着道，“我还拜读过你的作品呢。”

“谢谢，请多指教。”落座后，我问，“大哥，你啥时候出院的？”

“在你之后不久。”

“是不是当初给你误诊了？”

“不是。”牛先生品着茶说，“医生提议我早做手术，还对我家人预言了期限。”

“做了吗？恢复得真快。”

“没有。”黄女士插话，“他不信医生的话，也不信自己不可救药。他能吃能喝，睡眠也好，坚持要出院。”她看着丈夫，接着道：“所以啊，我们果断放下身边琐事，推掉无关应酬，携手出去旅行，跑了国内外好多地方。回来去医院复查，你猜怎么样？”黄女士顿住，我迷惘地摇摇头。她悦色轻声道：“病灶消失了！”

“老天有眼，真叫人高兴！”我真诚祝贺。

“咱们——都——没被吓死。”牛先生幽默地说。

“是呀，那是因为你想得开。你一强大反而把病魔吓跑了。”

“哈哈——”我们快乐地大笑。

牛先生的手机响了，他到一旁接完电话抱歉地说：“有个医学项目科研小组路过本地，我的孩子也参与其中，想以我为病例做个调研。”

“大哥，不好意思，耽搁你了。”我连忙站起。

“你坐，不碍事，我去去就回来。”他转向夫人，“你陪陪兄弟，你自学书画好几年了，文艺有相通之处，你们正好聊聊。”他又拉住我的手说：“你嫂子的故事多着呢，听听吧！也许与我先前讲的能接上哩。”

“你去吧。”黄女士说，“如时间宽裕，晚上请虎子他们吃饭。”嫂子是个随性豁达的人。

“你教书又写作，不觉得累吗?”黄女士问我。

“教书确实很累，一周十二节课，写作只能见缝插针了。”

“一直这样吗?”

“大学毕业工作后，停了十几年，三年前才又拿起笔。”

“哦，多亏没放弃。”她目光温和，“否则，就读不到你现在那些厚积薄发的文字了。”

“嫂子谬赞，请多提意见。”我给她添茶。

黄女士将欣赏的目光投向墙上的一幅精致的山水画，那是黄宾虹《蜀游渠河山景》的摹本。她和我谈起一代大家黄宾虹的画作，谈到了大师由黑、白笔墨转为水墨丹青技法的过程，其笔意的浓淡、疏密、繁简、虚实的韵味，其出神入化的淋漓表现，其深厚功底和修为建树等。

我不由得走近那幅画细看，只见画面上远山近水，层峦叠嶂，茅舍亭台，错落有致；崇峦灵秀，草木茂盛，山泉淙淙，湖水涟涟；气势恢宏，意境深远。我端详着，似有所悟。

“嫂子，想不到你还有这闲情逸致。肯定有不少心得体会。”

“懂点皮毛。早先跟家父和一位老师学过。”

“难得的爱好，一直在坚持吗？何时能一睹嫂子的画作？”

“涂鸦而已。成家后顾不上，孩子大了，才有空闲重新学习。”

“你有几个孩子，嫂子？”我问。

她伸出一只手，说：“算起来五个。”

我听出来蹊跷，又问：“嫂子，怎么是算起来呢？”

她喝口茶，从容地笑笑：“看来，真要续上老牛讲的故事了。”

我给嫂子换茶、添水。银梭一样的茶叶浮腾、翻转、下沉，然后舒展地躺在壶底，清香袅袅，恬淡宁静。

楼下大厅隐隐传来贝多芬的《第六交响曲》。黄女士拢一下依然浓密的头发，目光沉静，舒缓的话音徐徐串起岁月的思绪。

二十一

俊英的娘家在河对岸，那是她自小生长的地方。

那年夏天，百年不遇的洪灾摧毁了低洼处的江北村，而地势较高的江南村落得以保全。那场刻骨铭心的灾难埋葬了不少秘密，也埋葬了人们之间的许多恩怨。俊英起初对跟牛力生活抱有顾虑，与他保持着一定距离，但俩人之间的奇遇，在灾难面前的舍身相救与痛失亲人，又把他们连在了一起。看着形单影只的牛力和他的养女丫丫，想着姐姐的临死嘱托，自己与这个男人之间的复杂交集，俊英心知，如果她此时离开，这个破碎的家可能就不存在了。再说牛力的本质不坏，是个能担当、无恶习、肯吃苦、有智慧的男人。村民现在都信任他。分不清哪种情感占了上风，也许是命中注定吧，俊英留在了他身边。牛力既意外又欣喜，他默默振作起来，觉得应该靠努力奋斗来回敬老天的眷顾，养育年幼的丫丫，报答俊英姐妹，以安慰父母的在天之灵，也不负村民的期待。他组织村民到黄金公司新成立的金矿打工，又联系建筑工地运输沙石，起早贪黑为村民也为自己过上好日子忙碌。善良的俊英最终宽恕接纳了他，主动配合做些力所能及的事。俩人同甘共苦，家里家外的光景渐渐好起来。丫丫四岁多了，而她和牛力的女儿小妮也刚学会走路。

那年夏天，河上桥通了。俊英和牛力商量，计划承包她老家的一座荒山并种植果树，同时筹建一个石材、木雕加工厂。为翻建她父母留下的旧房，俊英打算去找当年的师兄呢。她听说师兄要结婚了，如果是真的，她得去参加这个婚礼。跟牛力建立家庭后，她有很长时间没回去过，也没见过两个师兄了。

二十二

十七岁那年的夏天，俊英从县立中学毕业。那年停考大学，城里的学生要么进工厂锻炼，要么上山下乡插队落户，农村的学生自然打起铺盖卷返乡。自上学起，俊英学习就很自觉用功，各科成绩都比较优秀。她还爱好书画，中学时的黑板报、手抄报基本都是由她负责的。那美好而短暂的时光过去了，明天会怎样，青涩之气尚未褪尽的她对未来充满迷惘、焦虑与期待。回家后，听说做木匠也粗通绘画的父亲新收了两个关门弟子，她还没见过他们呢。

“英子，去叫你爸回来吃饭。”

“哎——”俊英答应一声，通常她会到厨房瞄一眼，看母亲做的啥饭菜。而母亲则笑吟吟地顺手给她一把花生或几颗枣儿，有时喂女儿一块肉。

俊英先去生产队的作坊。老远，她就望见一伙人在场院里围观一个大家伙。俊英跑步挤进去，哦，原来是台崭新的风车！父亲正给人介绍它的功能哩。

这不是一般的风车，它身下没有一个车轮子，倒有四条结实的腿，像一头强壮的牛，骄傲地四平八稳地立在地上。实际上它是一样精巧的农用器具，主要利用轮轴转动生风，吹去粮食中的糠皮及灰尘。父亲兴致勃勃地指点着风箱、车仓、漏粮斗、出风口、摇手等处，说明它的使用方法。这种风车的构造复杂而巧妙，全用榫卯衔接而成，对设计、工艺的要求很讲究。显然，它是父亲制作出来的。

俊英喊一声“爸”，过去自豪地挽起父亲的胳膊。

两个精壮的后生听到叫声同时望她一眼，各抬着风车的一头转了一圈给大家展示。俊英觉着眼生，他俩不像是本村的。

“英子，他俩是我新收的徒弟。”父亲指着风车旁的俩小伙子，“张生娃和张祥娃。”

“一猜就是。”俊英扮个鬼脸，“哦，两个大娃儿。”

俩小伙闻言憨笑，脸红成了鸡冠子。

俊英侧身嘘一声问："你俩哪儿来的？"

"西寨的。久闻令尊大名，特来拜师学艺。"叫生娃的应道。

"酸。"俊英吐了一下舌尖。

"师父，咱们早先是一个村的，后来才分成东、西两寨的，是吗？"祥娃转向黄木匠。

"据说是，两寨共饮一泉水，间隔不到两里地呀。"

"所以嘛，"生娃对俊英眨眨眼睛，"咱们以后可就是一家人，也就是师兄妹了。"

"是、是。"祥娃附和。

"嘀嘀，美得你们。"俊英爽朗笑道。

保管杨瘸子挑着担谷子一瘸一拐地走近。祥娃端起一只箩筐，将稻谷倒进车仓，生娃缓缓摇动手柄，饱满干净的稻谷从漏斗落下，秕谷和谷屑由出风口飘出。人们靠拢看，啧啧称赞。生娃说："天热，还能站在出风口乘凉哩。"马上有人将头凑过去，不知谁猛地转动手柄，一股风挟着刚刚分出来的谷屑吹出，立时迷了几人的眼睛。小媳妇和青皮后生嬉笑嗔骂，你打我追，院坝里欢腾一片。

"手艺不错，老黄。"矮胖的村支书握住黄木匠的手，眼睛眯成一条缝，"黄安你是人才啊，以后咱就不用买外面的了。咱有五个生产队，都需要，你就接着做，给你换成工分。"

黄安捻着颌下胡须微微点头。

"爸，回家吃饭。"俊英牵父亲的手。

“哟，这丫头是越长越俊了。”支书笑道，“中学刚毕业吧，有啥打算？”

“这念完书又回来了。咳，能打算啥。”黄安轻叹。支书瞧着俊英说：“咱村上可能还需要一个广播员——要不你们考虑考虑？”

“谢谢汤支书。”父女俩喜出望外，齐声言谢。

路上，父亲高兴地对女儿说：“英子，给你猜个谜语。”

“好呀。”英子期待着。

诸葛轻摇鹅毛扇，
借得东风呼呼吹。
高山流泻黄金雨，
箩里谷米就装满。

父亲口里念完，看着女儿：“打一物。”

俊英想着，眼睛一亮：“就是你刚做的——风车！”

“聪明。”父亲夸赞，又问，“你还在练习画画吗？”

“嗯。”英子说，“主要学素描和构图，上学时美术课少，也就停留在模仿阶段。”

“不急，慢慢来。”父亲似记起什么，说，“英子，你先回，我去学校取个图纸。”

“爸，你还没吃饭呢。”

“不忙，叫你妈锅里热着。”

看着俊英跨过小石桥，黄安心里琢磨：我只是个会做木活、懂点绘画的民间匠人，最终教不了女儿的。

二十三

中心小学在一院灰瓦小平房里。东、西两寨的小孩在这里上学，总共有七人管理。只有校长和一名老三届的知青是正式教师，其余都是临时性的民办教员。黄木匠的大女儿美英曾在这里代过课，去年嫁给了老校长当司机的儿子。不过，他不是来看亲家的，而是与那个知青交流。这个知青不简单，听说是从北京来的，已来这儿三四年了。先参加生产劳动，后转到学校教书。平常很低调，但琴棋书画样样拿得出手，还会编排文艺节目。他的一些创意设计，有时也委托老黄制作安装。

黄安到校时，正值学生放学。小学生不多，吵吵嚷嚷着一哄而散。附近的代课教师也走了，校长老高跟他打个招呼，骑着破旧的红旗自行车准备回河对岸去。校园很快安静下来。

“黄师傅。”知青徐斌在宿舍门口对东张西望的黄安招手。他赶忙走过去。宿舍小，一木板床、一课桌、一藤椅、一简易书柜，就没多余空地了。聊了几句，徐斌捧出一张大纸展开，上面是用毛笔工整书写的“木牛流马”的制作原理。

“老黄，这是我查阅《三国志》与《三国演义》等书籍中所记的‘木牛流马’的造法，我已经整理抄录下来了，仅供你参考。”

“哦，徐老师，麻烦你了。”黄安欣喜视之。

“年代久远，史书与文学作品中的记载并非全部确凿真实。”徐斌沉吟，“想要复制，恐怕还得好好钻研。”

“难度可想而知，不然怎么失传了呢。”黄安目光在纸上移动，心潮起伏，口中喃喃。

“其实，‘木牛流马’之说最早见于王充的《论衡》，战国时鲁班曾设计造之，三国诸葛亮之后，南北朝祖冲之又造之。关键都没实物流传下来，反而留下了许多谜团。”徐斌坦诚地看着黄安，“黄师傅心灵手巧，经验丰富，有此志趣，倒不妨试试。”

“只能试试。谢谢你的鼓励。”

徐斌取出一本书，说：“这本《三国演义》送给你，它是记录较多的，给人想象也最多，也许能给你启发。”

“谢谢你的帮助，徐老师。”黄安说，“我小时候只读过几年私塾，十五岁就开始学艺。你是科班出身，以后少不了向你讨教。”

“甭客气。”徐斌说，“我在文字旁附了两张猜想的‘木牛流马’的草图，不一定准确，仅供参考哟。”黄安一瞥，已觉其功底非同一般。

“徐老师谦虚，你知识渊博。”黄安掏出一个纸包，“给你刻了一方印章，还望笑纳。”徐斌接过，是黄杨木篆刻的“徐斌之印”，材质润泽，笔力遒劲。“谢谢！”面对这位朴实而身怀绝技的民间匠人，徐斌心生敬意。

临走，黄木匠说：“小女喜爱绘画，可惜未遇良师，希望你方便时能给予指点。”

“爱好难得，有慧根肯用功便好，自当尽力。”俩人的手默契地握在一起。

二十四

打这时起，每周一次，俊英带着父亲做的精巧木制画板去学校找徐斌老师学画。在他的悉心指导下，俊英学习了素描、水彩、水粉和水墨，练习了人物、花鸟、山水等。她渐渐掌握了一些基本的绘画技法，领悟到一些登堂入室的门道。俊英每天早晚要放广播，这个时间负责宣传的汤支书的儿子老有事没事来陪她，当她出板报时也傻傻站在边上，甚至后来提出要跟她去学校看她画画。俊英有意回避他，可他像牛皮糖似的黏着不松。两个月后俊英辞掉了广播员的工作，她情愿在劳动之余自由地亲近笔墨。但很快传起风言风语，说她身在农村心在城市，说她好逸恶劳、不务正业，还有说她心比天高、命比纸薄的。她画过牛马鸡狗，画过花鸟虫鱼，画过山泉溪流，也画过《红灯记》里的李铁梅、《沙家浜》里的沙奶奶、《闪闪的红星》里的潘冬子。看了她的画，村民感叹她是山里的凤凰，终有一天要飞出去的。

机会也不是没有。她与徐老师曾被临时抽借到县文工团画大幕，虽然团长爱才，想通过正规渠道把她调去，但都没能成功，汤支书说村里宣传离不开她。徐斌心知，假以时日，弟子的画艺会有大进步的。无奈之下，他带着俊英的画作去省城美院找同学联系推荐，美院研究后最终给了她一个深造名额。俊英一家喜出望外，在徐老师的殷切嘱咐声里、在某些人的羡慕嫉妒中，俊英走进了梦寐以求的大学。可仅仅不到一百天，她就被校方劝退，说是某些政治原因。俊英激愤，力图申辩，可负责人轻蔑地冷眼相待，说她政审不合格。俊英欲告无门，含着泪一步一回头地离开了美院，回到家后昏睡了三天。徐斌通过同学了解到真相，是美院收到了一封检举信，揭发俊英与他有“不正当”的关系。在那个敏感激进的年代，这事无疑是致命的。徐斌震怒异常，据说他冲到村里会场，像头发威的狮子，在众目睽睽中把汤支书揪起摔到了会议台下，撂下句“小人”，拂袖而去。

不久，徐斌被调走了。听说他回了北京，参军到了部队，后来壮烈牺牲在对越自卫反击战前线。俊英至今还保存着徐斌送的几本书，还记着他走时的平和面容，那沉默但可以温暖人一生的目光。自徐斌走后，俊英停止了绘画，把父亲做的画板悄悄收藏起来，把先前所画的作品静静地烧掉，心底曾经的渴望随着燃烧的纸灰飞烟灭。她要把自己变成一个不需要雅好的普通村姑，一个能吃苦耐劳的朴素农民，一个地地道道的可以随意嬉笑怒骂的农民的女儿。

二十五

黄木匠仍沉醉于“木牛流马”的研制。在两个热心而年轻的徒弟的协助下，进展神速。他们先按徐斌提供的图文分别造出了“木牛”和“流马”，但其载重量不行，达不到“一岁粮”（大约四百斤）的标准，最主要的是不能自行前进，做不到“机关具备，一驱不还”。

徐斌调走时建议他们转变思路，将“木牛流马”做成整体。黄安认为有理，于是另起炉灶，将木牛与流马的形制结合起来造出一个“四不像”的怪物，有牛头、马身、四腿（或马头、牛身、四腿），长两米有余、高一米五左右，载重接近所记数量，但没有人力辅助依然不能自动前行。即使徒弟们别出心裁给四脚装上轮子，也只是省力罢了。平地如此，那上山下坡怎么能行？黄安把《三国演义》里有关“木牛流马”的章节看了无数遍，那些生动的文字在他的心里安营扎寨，呼之欲出。他从小崇拜的那位智者到底是怎么造出来“木牛流马”的，是如何达到“人不大劳，牛不饮食”的地步的？他冥思苦想不得而知。

于是，他一有空就进入巍巍秦岭、莽莽巴山，寻踪访遗，不放过一点线索，饿了啃点干粮，渴了喝山泉水。草木荣枯，鸟兽为伴，残存的栈道庶几无存，要么埋于荒径，要么沉于水库，只侥幸捡得几个锈迹斑斑的扎马钉。站在高山峻岭，行在危崖险谷，黄安竟然有了怀疑。他想，一千七百多年前，即便栈道完备，诸葛亮六出祁山指挥大军作战，还能从容调派“木牛流马”自巴蜀转运粮草至秦陇，真是奇迹！何等传奇！恐怕神兵天将莫不如此。且看，那书中描写的“木牛流马”，每具载粮四百斤以上，特行者数十里，群行三十里，如履平地。再看，司马懿截获“木牛流马”后命人仿造，后被诸葛亮调兵遣将，反将牛车带粮一块儿掳走。何等奇观！真是神话！黄木匠在秦巴山里几进几出，有时也带着徒弟，但弄不明白在那个生产力落后的时代，“木牛流马”是怎么创造出来的，怎会拥有书中描绘的那些惟妙惟肖的特征，以及神乎其神的功能。《三国志·蜀志·诸葛亮传》中有记：“亮性长于巧思，损益连弩，木牛流马，皆出其意。”小说演义也许不乏虚构夸张的成分，可史书总不会是凭空杜撰，何况南北朝时祖冲之还成功造过。黄安从山里回来生了一场大病，但痊愈之后，他又继续琢磨鼓捣。

他说生病时梦见了诸葛亮，那神器在历史上出现过，只不过让后人以讹传讹弄丢了。他想明白木牛相当于发动机设备，流马相当于车厢，重点要解决动力和平衡。他不停地试制、改进、验证，优化设计和细节，外形与结构都比较满意了，但限于史书记载所用的材料，造出的“木牛流马”虽能巧用机关短暂运动，可依旧无法自行连续行走，必须借助外力驱动来实现其功能。村民们笑他痴，说他着魔了。徒弟张生娃说那器具可能就是现今的手推独轮车，张祥娃也说或许是手拉平板车呢。黄安表面不以为然，其实他通过实地查证、反复试制，心里早已明白，史载所谓的“木牛流马”也许言过其实。但他心里藏了一个愿望，那就是能尽力研究复制出来，让人们看到一个真实的活生生的“木牛流马”。

为此，他不惜耗尽心血和精力。他没学过物理，不知道能量守恒定律，他的执念一直陪他走到了最后。也许在天国里，黄木匠能看见他的“木牛流马”随他前后转移、自由行动吧。

其实，俊英也参与了父亲“木牛流马”的研制工作，帮父亲绘制修改图纸。她的加入，调动了两位师兄的积极性，他们年龄相近，有更多的共同语言。她当然也明白父亲执着地想让她保持爱好，可她没有拿起画笔。经过“美院事件”，她觉得走那条路没有希望了，当个快活的农民，以后找个善良的人成家，生儿育女过小生活也未尝不可。无欲则无忧。平凡的劳作锻炼了她的身体和意志，使她有了随遇而安、正视现实并战胜困难的勇气。

两个师兄待她很好，虽多多少少也有过一些暧昧的想法——那终究是一种兄妹之间的感情。天有不测风云。几年后，因与大姐有关的一场意外，命运安排她走进了另一个人的世界。他们建立的家庭后来又扩大组合，新家庭成员与她的两位师兄有密不可分的关系。

二十六

俊英和丈夫准备去参加她师兄的婚礼。

其实，在此之前她已听说了师兄婚变的传闻。开始她还有点不太相信那些所谓内幕，尤其怀疑大师兄张生娃跟二师兄张祥娃的媳妇搞上了的消息。然而，师兄的婚讯终于坐实了传闻。不管善意还是恶意，不管人们在这传播的过程中加进去多少变味的“佐料”——知情不知情的，想得通想不通的，赞成或反对的——这两个孽种全不顾这些，昏了头发了疯。在某些村民眼中就是一对狗男女的他们竟然要公然结婚了。

昨晚，奇热。无聊而好事的人们把那两个姓名在牙齿缝里嚼磨了很久，他们分析讨论着，迫不及待地想要看个究竟。

说来他俩都已结婚成家，且都有了碎娃（小孩），前不久，却因各自媳妇的事吵闹不止，最终闹翻了。他们之间的关系像一件彻底砸烂的家什，无论如何再也拼凑不拢了。张生娃和秋霞的男人张祥娃是本家堂兄弟，自小一块儿玩耍，一起背着母亲做的布袋上学。祥娃小学毕业后回村劳动，生娃念完高中回村里时，祥娃与父辈们已修理了几年地球。年轻人向往好日子，不愿在地里死受罪，挣那可怜巴巴的一点工分，于是两人相商又一同拜了邻村闻名遐迩的黄木匠为师。黄木匠原不是本地人，战乱年代流落到这里成家定居，他做得一手好木活，但岁数大了，膝下只有两个闺女，自家没有传人，因此也乐意把自己的衣钵传给两个弟子。黄木匠把两个徒弟琢磨了一番，见张生娃心眼儿活，便侧重教了他灵巧精致的细木活儿，如做家具玩具等。憨厚的祥娃则偏重学了粗木活儿，如打棺材修房子等。春夏秋冬，风里来雨里往，徒弟俩都对老木匠出落得水灵灵的小女儿俊英暗生情愫。老木匠瞧出了徒弟的心思，但两个徒弟一样招他喜欢。大女儿美英在他俩拜师前已嫁人了。现在家里的这个又乖又倔的小女儿，因没上成大学才委屈待在身边。他和老伴就寻思招赘一个上门女婿。但两个徒弟中谁更合适呢？俊英又对哪个比较中意呢？

黄木匠把自己当作局外人，旁观情势，佯装不知。而俊英鬼灵精，对两个师兄同等相待，把握分寸，绝不厚此薄彼、热这凉那。两个师兄虽喜欢俊英，但入赘的事又遭到各自父母的反对。他俩却不在乎也不甘心，极力想争得俊英的芳心。最后，她不知怎的莫名其妙嫁到河对岸的沙沿村，而且嫁给了一个名头很响年龄偏大的男人——牛力。俊英的父母一开始是反对的，牛力对她父母说，自己父母不在了，你们就是我的爸妈，答应以后生的孩子跟谁姓都行。黄木匠悄悄请人给牛力看相算八字，那术士道："此人虽暂时不济，但日后必定发达。"

再说牛力虽比女儿年长，但气宇轩昂并不窝囊，两个女儿因他一死一生，也许是命里注定。俊英的父母探知其中的实情也只好答应。黄木匠继续痴迷于制造“木牛流马”，后来生了一场大病，不久便撒手人寰了，死时怀里还抱着发黄的“木牛流马”的图纸。徒弟俩与师妹含悲料理了师父的后事。俊英劝慰孤单的母亲，为相互照顾方便，带母亲一起回到了牛力那边。

生活似乎恢复了平静。眼睁睁看着师妹跟了别人，生娃与祥娃心里酸酸的。他们不明就里，事情虽然过去了，但表面和气的兄弟心里却已有了芥蒂。好在两人谁也没得到她，心里还算平衡些。兄弟俩学有所成，凭着各自的手艺接活吃饭，先后立业成家。起初，请祥娃干活的多，后来，逐渐富裕起来的人们大多要盖一砖到顶的房子，也兴起火葬，他的生意便渐渐冷淡下来，只能去别的地方揽生意。与此相反，生娃的手艺日益吃香，顺应了人们居家装饰的需要，他又不失时机地在自家院子里办了一个木材加工作坊定做家具，因此日子过得越发红火。本来，他俩的手艺和生活挺让村里人羡慕的，可谁也没料到他们两家如今出了大麻烦，乱了套，并且竟有了这般难分难解的奇异离合。

二十七

张生娃家的院子围着一圈砖墙，打扫得干干净净。院里停着几辆小车和面包车，那是准备接亲用的。东边一排石棉瓦棚子是木材加工作坊，堆着木料和设备。他一人干不过来，便请了几个外地木匠帮忙，按件计酬，被雇的人只要不偷懒，一月下来的工资都挺可观。早先他曾暗示过祥娃与他合作，可祥娃牛气哄哄不愿入伙。以后他们之间就如脚下的地裂了口子似的，愈裂愈大，以致无法跨越了。院里靠墙西侧有几间平房，东北角另有一间厕所，比起农村常见的那种人在里面半截身子露在外的简陋茅坑或与猪圈相连的茅房文明多了。厕所白墙的两个出口上分别用涂料写着醒目的“男”“女”二字，这很能引起人的注意，谁都可以大大方方地进去解手，不必担惊害羞。不过，这都算不了什么，最能吸引住人们目光的，是正中向南那栋三层小楼。五开间刷成乳白色的小楼，有内置楼梯，台阶与屋内地面铺了瓷砖，楼上有阳台，并装了漂亮的铝合金窗子。小楼像只傲立的公鸡雄视着周围的大部分平房，这自然也引起乡邻的羡慕，他们认为这些致富者是有本事有能力的人呢。

红鸡冠似的一轮日头愈升愈高。没有风，持续晴了许久的天气很是闷热，金色的阳光透过明亮的玻璃洒在二楼凭窗站立的张生娃身上。他有一张在农村男人中少见的白净清秀的脸庞，头发蓬松略卷，有几绺又黑又软地覆盖着额头，眉毛浓黑，眼睛却细长，人中深直，嘴角时常含笑。他不但木工手艺好，业余还喜欢吹拉弹唱，是附近挺有名的一个人呢。不过这会儿他的脸色有些苍白，露出困倦与疲惫，他眯着眼看着院子里忙活的人们思忖。“今天是我大喜的日子，”他心里说，“这一天终于到了。她这会儿在做什么呢？”他想着他的新娘，也许她正在梳妆打扮，正等着他呢。这一天来得太迟，来得这样艰难，日他妈的老天爷为啥这么捉弄人，冥冥中注定的事，可偏要把你捉弄一番，等折腾得你筋疲力尽、死去活来时才给你露出笑容，才让你品尝幸福的滋味。

这幸福眼看就要成真了，新娘秋霞就要进家门了。可家里今天偏偏少了三个人：父母，还有他和前妻的女儿——小花。女儿已被爷爷奶奶带去姑姑家了，他们都不参加今天的婚礼。亲人不在身边，他有点落寞，而这与另一个难缠的女人有关，就是半年前与之离婚的前妻——海秀。她本是一个远房亲戚的女儿，体态比较丰腴，肉嘟嘟的圆脸，厚唇，小而尖的鼻翼两侧分布着雀斑，细弯的眉毛下有一双白多黑少、看人总要瞄来瞄去的大眼珠子。老天真是恶作剧，自己当初也真他妈糊涂，小师妹俊英离奇出嫁，自己钟情的民办教师秋霞又被师兄祥娃娶走，心灰意冷之下，听从父母安排，接纳了这个小时候见过、长大后很少接触的女人。

海秀满心欢喜过门后，对打理家务不太上心，对自己的男人倒是体贴得过了头。她成天把生娃当白俊的大姑娘似的守得紧紧的，明里跟随，暗处盯梢，见他跟哪个花哨的女人说笑，便回家给他摆脸、使气，甚至当面叉着腰、跳着脚，放开嗓子吵闹、寻衅。她跟好几个女人骂过架、干过仗，且总是得胜。一次，为村里排戏，生娃与一个年轻姑娘临时扮演一对夫妻，别人打趣，海秀便记恨在心。当一场演出结束之后，她突然母老虎般猛扑过去抱住那姑娘双腿，摔了人家一个仰面朝天，然后麻利地揪住人家裤脚刺啦撕到大腿根，接着又哧地扯开姑娘的上衣，露出了姑娘的酥胸。若不是姑娘紧紧捂住脸，若不是旁人拉得紧，姑娘还不知会被她糟践成什么惨样。为那事，姑娘寻死觅活自杀了好几次；为那事，生娃发怒把海秀这泼妇抓住腿拖了半条街。

自此，许多女人对生娃敬而远之，见之唯恐躲避不及，生娃只能做贼似的与别的女人接触。夫妇俩在一块儿时，经常也是挑眉瞪眼，飞碟摔碗，吵得不可开交，要么就是无视对方，整天不说半句话。时间一长，海秀熬不住又觍脸卖乖，甚至有一次趁生娃醉酒讨好不成，把老公绑在了床上纠缠。生娃忍无可忍就对她使用暴力，那婆娘便像遭受虐待一般，动不动杀猪似的可劲叫唤。一个寒冷的夜里，生娃在外回家晚了，使劲拍门喊她，海秀硬邦邦、冷冰冰地撂出来一句："野狗！跑骚的！在外风流快活惯了，甭想进老娘的门!"愣是没给开门，让生娃拱肩缩背上下牙激战着冻了一宿。日子没法将就了。他暗暗发誓，迟早要跟那婆娘离婚。又一天夜里，海秀又给丈夫吃了闭门羹，生娃赌气走出院子，不知不觉到了祥娃家门前。秋霞起夜瞧见了他的情形，悄悄开了门，扔给他一件棉大衣。望着祥娃家的门和窗，生娃羡慕死了。其实那个表面看来风平浪静、幸福和美的家也掩藏着痛苦，潜伏着危机。当生娃叹着气望着那窗户时，窗户里也有一双黑沉沉的眼睛正同情地注视着他。生娃自此很少回家过夜，大多待在镇上的家具展销店，老婆赌气也不来找他。有一日，他偶然回家，当面逮住了海秀与雇用的一个木匠行苟且之事。他狠抽了那木匠几耳光，但没有打她，只是冷冷地对她立誓："狗日的贼婆娘！老子跟你离婚！离婚！离婚!"海秀吓傻了，满地打滚号啕起来。生娃故意杀气腾腾抄起斧头，憎恶地从牙缝里迸出几个字：“日你祖奶奶，号你妈个×！不从我身边滚开老子迟早砍了你！”最后在村干部的调解下暂时将就了一阵，但海秀再不敢管他，生娃也不再搭理她了。

二十八

“祥娃兄弟。”生娃喃喃着，点着一根烟，烟雾缭绕中浮出了祥娃的形象，那是烧成灰也抹不掉的形象。过去多少时光在一起厮混，上下学蹦蹦跳跳的总是同路，谁欺负其中的一个，两个人总是毫不犹豫地互助齐上。上树捉鸟，在洒满阳光的河里游泳嬉戏，摸鱼捉虾。在青翠葱茏的山上割草砍柴，饿了同享一个饼子，心里委屈时在劳作的庄稼地里发发牢骚。之后同时跟黄木匠学艺，同时爱上俊英。唉！他现在真悔恨，当初应该把师妹俊英让给祥娃，让他俩结合，那自己与秋霞也许就能少走些弯路。兄弟俩成家后很少主动搭话，反而生分了。他和海秀无法相处，秋霞与祥娃也过不到一块儿。可命运偏偏把他和秋霞连在了一起。生娃心中感慨道：“兄弟啊，我绝不是有意要拆散你们，像一颗钉子揳入木头之中，而是你们之间存在着巨大的裂缝，无法弥合。我们自然地走到一处，秋霞爱我，我爱秋霞，谁也无法将我们分开。我可以丧失一切，但不能失去秋霞，秋霞也不能没有我。这感情不能转让替换。也许我糊涂，也许我不道德，但我绝没有使坏，天地良心，日月做证。我宁愿忍受世人的指责诟骂，但绝不丢弃这来之不易的幸福，绝不改变自己的意愿决心。祥娃，我知道你怨我、恨我，你就怨吧，恨吧！你虽然明里没有跟我撕破脸皮大打出手，可我知道，你对我的误解积怨已经很深，宛如磨坏了榫卯的家具，很难衔接弥合了。”

烟烫着了生娃的手，他猛地惊醒，看着院中忙碌的人们，紧锁的双眉一抖，睁大眼睛，抻手挠一挠头，仿佛要赶走那些不愉快的往事。让那些痛楚、烦恼滚他娘的去吧！今天是大喜的日子，他应该高兴才是。本来，他跟秋霞费了天大的周折，冲破重重阻挠领了结婚证，打算生活在一起就行了。可按照村里的习俗，他们还得举行正式的结婚仪式，才算合法夫妻。生娃与秋霞商定，要办就办吧，而且要办得风风光光、红红火火、热热闹闹。为此，他筹备了好几天了。他要把婚事办体面。钱是身上的垢痂，算个屎!

噔噔噔，生娃快步下楼，未下完楼梯就朝着院子里忙活的一群人喊：“建荣！建荣呢？狗日的，死哪儿去了？”建荣是他托付办理婚事的知客，也是村里的民兵连连长。

“哎——生娃哥！你牛似的吼啥？我在这儿。”一个黑脸膛、耳朵上夹根烟的高大魁梧的汉子从一间房里走出来，身后跟着两个后生。生娃平常慷慨好施，乐于助人，人缘不错。

生娃大步过去，拍建荣一掌，说：“兄弟，准备得咋样？”又给三人发烟。

“哥，信不过咱？你就放心吧，捅了娄子，你扇我耳光!”

“胡扯！我几时没信过你？事完了，咱哥们儿喝个痛快。”

“那是，娶了嫂子，可别忘了咱。”旁边的建国、建设插嘴。

“放屁！往后你们遇着红白事情，瞧得上哥，就吭一声。”

“生娃哥，”建荣说，“那礼单还写不写呢？”

“说过了，不写。”

“可农村这习俗，不接钱，人家不会来坐席。”建荣脸上显出为难的神色。

生娃来回走几步，手一挥说：“罢了，收就收吧，但凡来做客的都得给我好好招待，不得亏了哪一个乡亲，不要让人家说闲话！”

“你放心。”

“不过，”生娃又思忖片刻说，“写了礼的，走时，每家给一个红包。”

“这具体咋整呢？”

“听我的，不必计较收多少钱……这么办……”生娃附在建荣耳旁低声交代。

“好！”建荣点头。

“嗯，该请的都说到了吧？”

“都已打过招呼。”

生娃眯起眼，悄声说：“那几个村干部……”他晓得，为了领到那张结婚证，为了堂堂正正办这个婚礼，他和秋霞不知跑了多少趟，说了多少好话。另外，今儿会不会有人来添乱呢？

“喜糖喜烟早送过去了，他们会到场的。”建荣说，“人逢喜事精神爽，没人跟喜字过不去的。”

生娃“嗯”一声，会意地笑笑。

“喂，翠兰！你们去把桌凳摆开。”建荣大声地对一个年轻女子喊，又叫自己的媳妇，“翠芳！去把睡房再整理一遍。”而后他对自己身边的建设说：“你去，叫厨子把东西预备好！”

“好嘞。”建设答应着去了。

生娃满面春风地与人招呼着，走到一溜车前与几位司机寒暄。

生娃闲谝时看看表，建荣转身腾腾走到外面，扯起洪亮的嗓子喊：“各位听清啦！接亲的队伍，马上出发！”他叫来建国、建设叮咛：“我候在这里，迎亲的队伍由你俩带领，紧要时刻看生娃哥的眼色行事。一定要把嫂子安全地接回来，误了事，我可要罚你俩喝酒！”

生娃抬头看天，天上云很少，日头亮灿灿的，如光芒四射的巨灯。他心说，今儿是个晴天，可他妈的太热。

噼里啪啦，噼里啪啦，鞭炮鸣响欢跳，车上飘出欢快的乐曲，迎亲的队伍上路出发了。

二十九

后村，张祥娃蹲在青瓦土墙的自家门槛上打盹。已有不少白发的头垂在两条长腿上，脖子黑红，肩背宽厚，两只粗糙的大手抱住膝盖。其实，他根本没有睡意，血液正在浑身急速地冲涌回荡，胸腔也因之起伏难平。他想不通，自己的媳妇怎么转眼就成了别人的老婆?！他流血流汗，省吃俭用，拼尽力气最终换来的却是竹篮打水一场空。祥娃喃喃道：“秋霞啊，你这该死的臭婆娘！你改嫁谁不行，偏要跟张生娃那小白脸。他比我富有，比我生得俊，偶尔还会装模作样文绉绉酸溜溜地说说唱唱。秋霞，你这骚母狗看中的是他这些吗?”他想起跟黄木匠学艺的那段日子，俊英活泼灵秀的影子就在他眼前闪现。俊英对自己好，可他妈的也跟生娃好。干活时给他递一块毛巾，同时也给生娃端一杯水，对他笑一下，也不忘顾盼一下生娃。她做了好吃的，他们俩都有份。不过，祥娃觉得俊英对他更关注一些。那次，自己的褂子让钉子扯破了，俊英让他脱下来给他补。看着俊英穿针引线，细细密密地缝补，他激动得满脸通红，心突突乱跳，想要去摸俊英那双白嫩的巧手，可生娃碰巧摇晃着走进来。“你有补的吗?”俊英问生娃，与两人说着话，浑然不觉祥娃的冲动。他心里却在恨生娃：干吗你要插进来呢？他后悔当初拉生娃一块儿跟黄木匠学艺。他也怨俊英：五根指头伸出来都不一般长，你为啥拿我和生娃同等对待呢?

一天晌午，他去河岸边的树林寻木材，突然发觉俊英在浅水湾里洗澡，正暗自惊喜，却看见生娃在岸上给她看人！他们是不是私下好上了？祥娃只觉得血忽地涌上脑门，差点要晕倒。他屏住呼吸观察，俊英要上岸穿衣服了，生娃自觉地走开背过身。俊英走上岸来，祥娃在暗处贪婪地盯着她窈窕的身段和姣好的脸庞。他的心怦怦狂跳，身体也跟着哆嗦，瞅着木桩般站着头也不回的生娃，他心里浮起一丝偷窥的得意。可当俊英穿好衣服和转回身的生娃亲切交谈时，他心里又泛起莫名的酸水，禁不住怒目圆睁，七窍生烟，攥紧了拳头。他的窃喜一下子没有了，马上痛苦得像要死去。他野兔似的悄悄蹿进树林里，对着一棵树凶狠、恶毒、疯狂、仇恨地咚咚咚砍起来。俊英和生娃循声走进树林。

“祥娃，是你!”

“嗯!”他闷声闷气地答。

“看见我们了，也不喊一声?”

“哦……没看见，我到了林里就急着砍树。”

“你们来这儿干啥?”他停住斧头问。

“我们……”俊英瞟着右侧的一片绿油油的瓜地说，“我们来看看地里的西瓜长势咋样。”

咔嚓！生娃拍开一个西瓜，递给祥娃一块，说：“祥娃，尝尝!”

三人谁也不说话，埋头吃瓜。

祥娃啃着西瓜，瞥着俊英心里嘀咕：“妖精！明明背着人来洗澡，头发还是湿的，骗我?”

俊英对他俩表面仍是一如既往，一碗水端得很平。

在师父去世的前一年，俊英忽然嫁到河对岸去了，而且没有前兆，很是仓促。出嫁前，祥娃和生娃使出看家本领给她做了几样家具。他俩心里虽对俊英的选择不满，有点瞧不起她的丈夫牛力，但她却死不悔改，鬼使神差般地跟了他。出嫁那天，俊英大哭一场，把眼睛都哭红哭肿了，哭得生娃和祥娃心酸不已，听得周围人也跟着掉眼泪。他们一样失落、惋惜。事已至此，生娃和祥娃徒唤奈何，都有点“既生瑜何生亮”的感慨，遗憾他俩争来争去，却让牛力捡了便宜。生娃倒不怎么抱怨，而祥娃却把怨气记在了生娃的账上。

通过这桩事，祥娃恍然“聪明”了许多。他心里想，以后再碰到可心的人儿可不能傻等，要像摘树上的新鲜好果子一样先下手为强，吃了再说！

的确，在别人给他介绍外村的小学民办教师杨秋霞时，他很快打起了主意。开始接触了几次以后，杨秋霞就对他明显表露出不喜欢和冷漠，她跟祥娃不光是说不来，最主要的是和他待在一起觉得别扭。生娃来串门，秋霞倒是跟他投缘，有共同语言，并且脸上洋溢着笑容，眼睛放出光彩。祥娃感到了潜在的威胁。不过他吸取了教训，虽然自惭形秽，明知配不上秋霞，虽然发觉她已有了另作选择的倾向，但是他不理这些，像条流着口涎的恶狼紧紧盯住那诱人的猎物。在一个月光如水、万籁俱寂的晚上，他借故去偏僻的小学值班室陪她，趁无外人蛮横地占有了她。虽然她的剧烈抗拒给他脸上留下了血印，手上留下了咬痕，但事后看着她以泪洗面的楚楚可怜样，他为自己的阴谋得逞开心，因为秋霞是属于他的了，她终于无奈嫁给了他。

婚后秋霞辞职了，她待在家里，可是祥娃并没有因此得到幸福和欢乐，他占有的只是她的肉体而非她的心、她的灵魂。她是冷傲的，无论婚后祥娃怎样想与她亲近热络，她都视若无睹。即使祥娃像条狗似的摇着尾巴向她讨好乞怜，或是变态地在她身上施暴发泄，她也毫不领情毫不配合，咬紧牙关木头似的任他折磨。她有时也拼命反抗一下，可招来的是他更加丧心病狂的虐待。于是，她干脆把自己变成一具僵尸，对于他的一切都不理不睬，时时像要准备赴难牺牲似的。祥娃进了家门，就像入了坟墓，死气沉沉，他感觉不到生气，听不见笑语，他对她一如既往地呵斥、打骂，心里实际是极度空虚的。除了在她身上泄欲报复，他得不到其余珍贵的东西。他悲哀地感到自己并没有彻底征服她、完整地得到她，虽然生气时可以打骂媳妇，虽然可以把她剥得一丝不挂、强盗般地无情侵犯、蹂躏她，虽然可以把她当家私一般看管得紧紧的，甚至当自己外出时让老爹盯梢，但无法使媳妇有一丁点的心悦诚服。当然，祥娃从她身上还是得到一点收获，那就是终于搞大了她的肚子，弄出个儿子。他为此自豪，但他不知那正是秋霞忍辱勉强活下去的原因所在。

秋霞痛不欲生，祥娃也活得累极了，两人都在受罪。秋霞明显憔悴，他也过早衰老了。

三十

一阵炸响的鞭炮声如爆碎的玻璃刺进祥娃的耳中。虽然距离较远，只是隐约听见，可他觉得刺耳钻心，甚至脑袋昏沉嗡鸣。那对狗男女就要举行婚礼了！他抬起头将脊背靠在树身上，凝视着远处山顶上一片片流浪的白云，在天上变戏法似的舒卷变幻，捉摸不定。他记得那天从外地干活回来，途经镇上高兴地割了一刀肉、买了一瓶酒，打算回家轻轻松松地休息几日。刚进自家院子，父亲急急拐着罗圈腿哭丧着脸过来告诉他秋霞出走了！他如被兜头浇了盆冰水似的木呆呆地愣住了。酒肉和肩上装着木匠工具的麻袋一齐哗啦啦掉在地上，他酱紫色的脸变得忽青忽白，眼睛里喷出疯狂、恼恨的怒火，随之又绝望地熄灭。他散架似的一屁股坐在地上，父亲看着他跺脚嗷叫：“你赶紧出去找找啊！”一会儿，他猛然醒悟了，跑到张生娃家查看，张生娃冷淡地说自己的媳妇也不见了。不过，张生娃的女儿小花在，而他的宝贝儿子小军却被秋霞裹走了！是不是被人贩子拐走了？村里人催促他俩赶快去找，他求生娃与他共同去找媳妇，但生娃不愿意，懒懒地说：“她愿走就让她走吧。”他暗骂：“你的老婆无貌无德，又没带走小孩，你当然不急。”他心似油煎，疯狗似的嗅来嗅去，终于打听到她们可能坐火车去河南了。他火急火燎地去找，几经周折，最终在内蒙古寻到了她们。生娃的老婆海秀已与一个老光棍同居了，自愿为人家延续香火。秋霞被威逼着要嫁给一个有点残疾的矿老板，可她坚决不从，那老板说耐心等她。祥娃找见她时，那帮凶狠霸道的地头蛇蛮不讲理，好说歹说，他们只答应祥娃带回儿子小军。当他见到秋霞时，恼怒转为无奈，不知怎的，他往日的威风散尽了，可怜巴巴、死乞白赖地说：“跟我回去吧，秋霞。我对不住你啊！”

秋霞缄口。

“看在我们夫妻一场的分上……看在老人……看在可怜的儿子的分上……跟我回去吧。”他吸溜着鼻涕重复叨叨，大颗的眼泪砸在地上。

秋霞无语。

“我不是人！秋霞，我以前亏待了你，以后我一定好好补偿！”他使劲扇自己的脸。

“我知道，你是被人哄骗来的，你是不忍心丢下那个家的。”

“家？哼！我是自愿的，是海秀约我出来找工作的……可没想到她与人贩子勾结……”

“那个臭婆娘，烂婊子！你上她的当了！跟我回去吧。”

“我就是回去，也不会再跟你过。”秋霞决绝地说。

“咋？你这么狠心！不念夫妻情，也该替儿子着想啊！”

“你替我着想过吗？”秋霞拉着小军，怒视他，“儿子，如果你不想要，我要。”

“美得你！想要我断子绝孙啊！”他噌地拽起小军绝望地说：“毒蛇啊你？想当婊子，要挪窝跳槽由你吧，儿子必须跟我走！”

那伙人威逼过来，他只得领着儿子悻悻地返回。

三十一

半年后，祥娃打听到秋霞从外地一个人回来了。但她不进家门不跟祥娃住。祥娃开始不理，最后忍不住去找她。

“我们离婚吧。”她淡定地说。

“跑出去和野男人鬼混，你还有理了？”

“我上当了，也是受害者。”

“回来为啥不进家门？”祥娃埋怨道，“你还是娃他妈吗？”

“你眼里只有娃。”秋霞幽幽地说，“我算啥？你找见我时并没有拼命争取、耐心等待。”

“你……我当时……”祥娃语塞。

“我是被骗的，现在又是一个人回来，我对我自己的行为负责。”

“那……如果……我原谅你呢?”祥娃搓着手，自己也弄不清是不忍心呢还是舍不得。

“不需要你原谅。”她坚决地说，“我们实在过不下去了。”

“如果我不同意呢?”祥娃挑衅地瞪着她。秋霞拢一下脑后的头发，一字一句坚定地说:“那我继续出走或者去死!”

祥娃耷拉下脑袋，他明白这女人心意已决，与自己没有回旋余地了。也罢，离就离吧，守着一具行尸走肉也没意思。在乡亲眼里一向憨厚老实的祥娃死了心，但他不该听从旁人的教唆，在解除婚约的那天铁了心狠狠地揍她，打得她满地乱滚哀号不止。一些看热闹的还说:“清官难断家务案，甭管闲事!”

“畜生!”生娃冲过来对他吼道，“你们既然已离婚，咋还把她打成这样?!”

“关你屁事！我老婆我想咋样就咋样!”

“她和你离了婚，就不再是你老婆了。”

“是。”祥娃嘿嘿冷笑道，“你想要？来捡这个便宜货呀。”

生娃狠狠地瞪他一眼，无声地把秋霞搀回了自己家。

祥娃靠着树，恍若老僧入定，耳旁隐隐传来嬉笑声:“蠢货！把媳妇白白送给人家。”

“孱头，废物！宁愿自己戴绿帽子，也不怕人笑话!”

“一个大男人守不住媳妇，真他妈窝囊!”

也有人叹息:“唉，他本来就配不上人家秋霞，秋霞嫁给他真是倒八辈子霉了。”

……

祥娃后来确实有点不甘心，他私下找到生娃说：“我不能把媳妇白白送给你。”

“她已经不是你的人了。”生娃冷静地看着他，“你想怎么样？”

“我不放手，你就得不到。”祥娃嘟囔，“再说，她应该对孩子尽抚养义务。”

“想要多少？说个数。”生娃鄙夷地斜睨着他。

祥娃伸出一个巴掌。

生娃随后撇给他五万块钱。祥娃其实并不想要他这个钱，这样做只是让人们觉得他和老婆感情破裂是生娃从中捣的鬼。

“可耻！是的，我他妈的真可耻！”祥娃回想着在心里咒骂自己。秋霞离开他了，他好像才发觉有没有媳妇的不同，也想起自己昔日的丑恶。“废物！我是废物！我算个什么男子汉大丈夫！”他忽然大叫，睁大布满血丝的眼睛，双脚火烙似的跳起来。生娃和秋霞就要结婚了，就在旁边，就在眼前，别人的喜悦幸福使得他难以忍受了，他惶惶然不知自己该怎么办才好。他需要宣泄，不管干啥，甚至是杀人！他发疯般地在小院里走了一圈又一圈，从门后抄起一把沉重的斧头在磨刀石上吭哧吭哧地使劲磨起来，口里一边嘟哝：“奶奶的，老子宰了这对狗男女！他妈的别做美梦！”

三十二

迎亲的车辆迤逦而行。披挂着红绫鲜花的车队穿镇过村，鲜红的喜字在强烈的阳光下火球似的耀眼，吸引了远远近近老老少少的许多目光。这盛况在这四邻八村是前所未有的。人们有的欣羡，有的嫉妒。

“瞧，人家这阵势，多体面呀！”

“为一个被人抛弃的女人如此讲究，值得吗？”

“羊屎蛋蛋面子光，听说那男的和女的早勾搭上了，都不是什么好东西！”

“摆阔哩，骚情什么！”

“拽得很，还有好戏在后头呢！”

……

知道底细和不知道底细的都站在路边指点议论，其中混杂着祥娃的几个亲戚。

张生娃坐在头车里，对路旁看热闹的泰然处之，他盼望着快点见到秋霞。但是有一些不干净的话飞进他的耳朵，还是勾起他内心的隐痛。

“听说，那家伙为了捡一块别人啃过的剩骨头，连老父母都不认了！”

这话有些言过其实。不过，生娃和父母最近处得很是尴尬。自他和海秀彻底脱离关系后，主动上门来给他提亲的人很多，其中不乏亭亭玉立的大姑娘，可生娃不为所动。老两口想要儿子重新选择一个，他们也觉得海秀的确不是个好东西，但儿子提出与秋霞结婚，他们却极力反对阻止。饶是生娃费了很多口舌，也难以说服老人。

“爸，妈，你们就成全我一次吧，儿的选择没错。”

“不，我们不同意，以你的条件不会另找一个吗？”

“秋霞的品貌你们是知道的，除了她，我谁也不娶！”

“秋霞是不错。可她已结过婚，生了孩子，又被祥娃那样糟践！你现在娶了她，肯定招别人闲话，你和我们都掉价！都脸上无光！”

“别人嫌弃她，可我喜欢。这是我自己的事，与别人毫不相干！”

“你！你难道也不把父母放在眼里？忤逆的东西！”

“爸，妈，上一次婚事就是因为你们做主给我造成了极大的痛苦，我不想再犯错了。”

“什么？怪我们？天下女人多的是，你可以重新娶一个媳妇嘛，你把我们的一片好心当成了驴肝肺！”父亲气得胡须直抖，“好，好！如果你死不悔改，认定一条道走，那就走吧……不过你们的婚礼我和你妈是不会参加的，你们结了婚就分出去过……我们……我们就当没你这个儿子！”

父母说到做到，前天就带着孙女去亲戚家了，十辆大车也拉不回头。

三十三

生娃望着窗外，沿途掠过绵延不断的金色麦田，窗外飞来一群叽叽喳喳的鸟，落在路旁房屋和结满果子的树上，在红红火火的阳光下闪着将要成熟的诱人的光泽，过了前面的卧牛冈就快到秋霞家了。秋霞，她此时在想什么，做什么呢？

“姐！你真漂亮，好像一下年轻了十岁！”

“别逗！妹妹。”秋霞捉住妹妹的手。

“嗨，等急了吧？姐夫一会儿就到了。”

“死丫头！你也有这一天。”秋霞点一下妹妹的鼻子，取出一团毛线说，“春霞，来，跟我绕线。”

秋霞的身体比先前恢复了许多，气色也好多了。她今天薄施了一点脂粉，瓜子脸红润润的，嘴角含着笑。她知道身体能恢复成今天这样，以及愉悦的心境是怎么来的。祥娃把她残暴地打昏后，她迷迷糊糊记得生娃把她搀回了自己家，请大夫给她医治，精心调理，伺候了她好几日后，用车子把她送回娘家，三天两头带着药和营养品来看她，她才渐渐伤愈。一天，她流着泪对他说：“我已是残花败柳，名声不好，现在又伤成这样，你最好另找一个。”

“我不在乎这些，等你完全康复后，我们就去登记。”

“好女子有的是，我们来世再相会吧。”

“我就要你。”生娃坚决地说，“今生今世不悔，谁也甭想再把我们分开。”

生娃尽力陪她，逗她开心，帮她从阴影里走出来。渐渐地，她冰冷卑微的心温暖舒展了。

她沉浸在与生娃一起相处的幸福时刻里，陶醉在真挚的爱情中。同时，她对另一个人的仇恨也越来越深，虽然她极力想忘掉他。当年她高中毕业回村当了民办教师，对生活充满美好的憧憬。然而，不幸也随之而来。她恨那个介绍人，当她初步与祥娃接触觉得不合适，而对生娃产生好感时，祥娃却突然粗野地强暴了她。她真后悔当时怎么就顺从了他。祥娃没有多少知识，除了木工活没有其余爱好，不像生娃那样会吹拉弹唱有生活乐趣。她闲时看本书，他会一把夺去扔在墙角或者撕掉；她有时哼支歌，他立刻会骂：“妖精！猫叫春似的，你哼哼什么!”他还极为悭吝，舍不得吃穿，拼命攒钱。更让她难以忍受的是他的生活习惯：他经常不洗脚洗澡就上床睡觉，从来不刷牙，却要抱着她亲嘴。他不懂体贴、温存，一切从自己的兴致出发，干起那事粗鲁野蛮，精力无穷似的。不管对方愿不愿意，晚上入睡了要折腾，有时大白天也趁机偷袭，甚至在她来月事时也不消停。他鼓着得了甲亢似的牛眼睛扑哧扑哧笑着侵占她、摧残她，她有时忍无可忍急了就掐他、咬他，他反而高兴。她不理他、冷淡他，他就变态地怀疑、折磨她。她似乎成了他可以随意指使欺负的哑巴奴仆，好像是他下手斧砍刀削又细心打磨做成的一件可爱的玩具。她生了儿子，他乐呵之外并没多少改变。她实在无法忍受这样的生活，就幻想逃避并跳出这折磨人的火坑。此情景被冷眼旁观的海秀洞悉，便设计花言巧语将她骗了出去。祥娃后来慌忙跑去找她，除了所谓的名声，主要还是为了寻回儿子。

这一切就如一场噩梦。聊以自慰的是，跟祥娃这几年地狱般的生活已经结束，苦日子熬出头了。迟来的幸福生活将把她带入梦中天堂。生娃真心实意对她好，初心不变，她就是当牛做马也要跟定他了。

“姐，你忘记绕线了。”春霞说。

秋霞抬手拭眼。春霞看着她说：“姐，你怎么哭了?”

“没，没有。”秋霞掩饰说。姊妹俩飞快地缠着线团。

一阵欢快的汽车喇叭声响起。秋霞身子一颤，嫂子一头扎进来说："秋霞，接亲的来啦。"

"生娃哥他们来了！"春霞起身亲一下秋霞，"姐，我真舍不得你！""快去接客人。"秋霞嗔怪地打她一下，春霞放下毛线跑出去了。鞭炮声声响，接亲的人们呼啦拥进房子。

"秋霞！秋霞在哪儿？"翠芳一行走进房屋就嚷，她奔过去一把抓住秋霞的手端详道，"快让嫂子看看，啧啧，瞧这脸蛋身段。"她又一手拉过生娃，"她跟咱们生娃才真正是天生的一对哩！"

"就是，可是秋霞姐她当初怎么就愿意跟了祥娃？真是一朵鲜花插在了牛粪上！"翠兰抢着说。

"哪壶不开提哪壶。"翠芳白了一眼翠兰。

"唉，怪她当年一时糊涂，蒙了眼，心肠软。"秋霞的嫂子叹气说。

"祥娃那是个什么东西，也不撒泡尿照照自己！秋霞跟她哪是一路人。"翠芳接口说，"不提那些往事了，免得大家听了不高兴，我们秋霞现在总算跟对人了。"

……

生娃向秋霞的父母问好。秋霞她妈慈祥地看着女婿。

"孩子，真难为你这般，我们把秋霞就托付给你了。你待她好，我们也就省心了。"

"您二老宽心。"

"时辰不早了，你们准备走吧。"

"好，明儿我和秋霞来接你们二老。"

"走喽，送亲的上车了！"建国与建设大声喊。

秋霞走出房门，外面阳光明媚，院子里喜气洋洋。音箱飘出“树上的鸟儿成双对，绿水青山带笑颜”的乐曲。亲人们真诚祝福着，新的生活就要开始了！秋霞的心甜蜜地怦怦跳动，血在全身舒畅地流动，她回头望着伫立送行的父母，眼里默默闪着泪花。

三十四

张祥娃磨好斧头，用手指轻拭锋利雪亮的斧刃，眯着眼看那锋刃一闪一闪的光芒。他举起斧头抡了一个亮晃晃的弧形，斩断一根眼前低垂的手腕粗的核桃树枝，狰狞地龇牙笑着，集中目光呆呆看着斧头，似乎已看到殷红的血从那锋刃上滴落。他眨眨眼猛地将利斧砍入一个厚实的木墩，斧把颤悠悠地摇晃着。

他的父亲拐着罗圈腿走到他旁边，语重心长地劝说：“祥娃，可别莽撞，媳妇可以重娶，杀人可是要犯法的啊！”

祥娃不理会父亲的劝告，闷头抽烟，然后拔出斧头狠劲劈起一堆木头疙瘩，劈着劈着，他气喘吁吁，觉得似乎没劲了，又忽地把斧子扔到了一边。离婚后，他想了很久。有时他觉得不该怪罪别人，幸福是自己断送的，如果自己是个女的，恐怕那样的处境也难以忍受。回想起以往的那些可耻行径，他懊悔不已。虽愤懑难平，但似乎恶毒不起来。并且，他从未有过地发现自己仍然深爱着秋霞，是自己对不起她。当然，还有那个很讨厌的，却是从小一块儿长大，一路磕磕碰碰走过来的兄弟……想着，他忽然换上一身干净的衣裳，打算去参加生娃的婚礼。

一早本来湛蓝的天空，接近午时却飘来大团的云朵，太阳在云隙间探头探脑地释放着光热，天气反而显得闷热。在返回的路上，迎亲的车前轮突然陷进一个伪装得很好的土坑。幸亏坑不深，司机与建国、建设骂着娘只得动员人们下来一齐把车推过去。生娃皱着眉，那显然是不怀好意的人干的。

婚礼现场，宾客如云。大家簇拥着一对新人。

已到正午，建荣调度停当后，高声宣布："结婚仪式现在开始！"

鞭炮齐鸣，生娃和秋霞被人拥着向前。

人群中，生娃意外发现了俊英。她虽瘦了一点，但风韵依旧，容貌还是那么熟悉，身边跟着一个雄壮沉稳的男人，想必就是那牛力了。生娃和秋霞亲切地迎上去。

"什么风把你们给吹来了！"

"喜风呗。"俊英高兴地说，"咱们本来就是亲戚嘛。"

"是呀，"秋霞接道，"咱们姐妹该经常走动的。"

"咱姨娘、姨父在吗？待会儿我去看他们。"

"不急。"生娃打岔道，"这是牛力大哥吧？"生娃看着她身旁的男人。

"是，是。"牛力点头，"给你俩贺喜。"

"你们能来，真是太好了。"生娃和秋霞欢喜地说，"咱们好久没见了。"

"吃好喝好，一会儿咱们再好好聊。"

"自己人，甭客气。"牛力和俊英落座。

生娃和秋霞给大家挨个儿敬酒。走到几个村干部桌前，说："承蒙各位光临，我和秋霞敬你们一杯！"

"好！"

"干！"

生娃手里的酒杯刚空，一只手忽地把酒杯夺走了。原来是祥娃！他来干什么？他嘴角挂着一抹挑衅的笑。

"祥娃，不要乱来！"建荣等村干部盯着他。

祥娃平静地斟满两只酒杯，把一只递到错愕不已的生娃手里，沉静地说："能跟我喝一杯吗？"生娃盯着他，两双眼睛对视，四束目光碰撞！空气仿佛凝固了，周围的人也迷惑诧异。在众人的注视中，他们缓缓举起酒杯，叮当一碰，两杯酒顷刻见底。没等大伙叫好，祥娃猛地拉过生娃的手，把他拽到边上，塞给他一个纸包，而后转身离去。生娃避过人展开手，纸里包的原来是五万块钱！扎钱的细绳很眼熟，钱显然未动过，好像是半年前给祥娃孩子小军的那笔抚养费。他怎么又还回来了呢？生娃暗想：兄弟，你这唱的哪一出？何必呢！

三十五

黄昏时分，海秀忽然像从地里冒出的幽灵般出现在村口。远望着熟悉的曾属于自己的洋溢着喜气的漂亮小楼，想到今天它迎来了新的女主人——秋霞，还与自己的前夫组成了新的家庭，她就觉得头昏脑涨，肚子里一股酸辣辣的怒气翻腾难消。想起五年前经双方父母牵线，最终与生娃结婚成家，婚后她渐渐发觉生娃对自己不太亲近，在感情上有点儿敷衍了事。生娃相貌堂堂，有手艺，会经营，人缘又好，她心里就有点不踏实。可那会儿家业正起步发展，生娃在外头忙，她起初也没太计较。但她看不惯生娃喜欢和年轻媳妇打情骂俏开玩笑，甚至逢年过节排节目与大姑娘配对演戏黏在一起。生娃倒是乐此不疲，但难免有风言风语传进耳朵。她开始留意防范，于是便有了与别人、与生娃的冲突。冲突过后，生娃对她就愈发疏远，而她对此就愈是担忧。她想办法与他亲热，后来有了女儿小花，但生娃的心思并没完全回到自己身上。经过细心观察，她敏感地发现了一个秘密，那就是生娃和秋霞的关系似乎有点暧昧。可自己没有抓住把柄也不好发作，有时刚一提起疑虑，生娃立刻严肃地警告她不要乱讲。为此，生娃对海秀更加厌恶、更加冷淡。生娃骂她、打她都可以忍受，但长时间不理她，不回家住，她忍受不了。也许生娃在外面有相好的了，既然这样就别怪她薄情。于是她也开始冷战，并怀着报复的念头违心和一个雇工偷情。事情败露，生娃气极要和她离婚，她也深感没法再凑合下去。其实，海秀早就知道生娃与秋霞之间的那层微妙关系了，但先前碍于各自家庭和生娃与祥娃的师兄弟情分，她只能隐忍不发。在同生娃离婚出走前，她策划并实施了一个阴谋，就是鼓动与祥娃有感情危机的秋霞一块儿出走，以找工作为由将她骗出去，再转给人贩子。海秀心想：哼！不让我好过，你们也别想幸福！

当辗转到了内蒙古后，她与人贩子密谋把秋霞卖给了一个有残疾的矿老板，而作茧自缚的她最后也被人贩子设计倒手，卖给了一个所谓有钱的急欲延续香火的老光棍。那老男人起初对她还好，可等她生下一个男孩后就对她不冷不热了，眼里只有儿子。借外面的钱还需共同还债，拮据的条件让她过上了贫困的苦日子。她听说秋霞坚决不依从那个矿老板，矿老板在了解实情后居然让秋霞在矿上做工。半年后秋霞攒了一笔钱回老家去了。闻听此事，她更加惶惶不可终日，如服刑役。她感慨：老天不公啊，为何我海秀就活该倒霉、活该受罪、活该横遭厄运！她处心积虑逃跑，一年后以给孩子看病为由，狠心抛下跟那个人生的孩子逃了出来。现在历尽磨难回来了，可又能怎么样呢？无颜回家乡，没脸见亲人。连娘家人也不待见，过来想看看女儿，听说被老人带走了。而那贱人秋霞和负心汉张生娃竟然要成亲了，要欢欢喜喜入洞房了！她能去哪儿呢？她该怎么办呢？两个孩子都不归她，她没有一个亲人啊！无家可回，天地之大，竟没有她容身之所！而这一切，都是张生娃和杨秋霞这两个贱人造成的！他们成了好事，可她却成了孤家寡人。

暗中望着那曾经熟悉的小楼里温馨的灯光，听着那时高时低的盈盈笑语，她忽然想起女儿，想起小花可爱的模样。但可怜的孩子不在家里，这对可恶的奸夫淫妇竟然连她女儿也容不下！海秀觉得头上手心冒汗，六腑五脏扭曲轰鸣。她心如油煎，绝望疯狂，天黑时蹿进了祥娃家，祥娃一家对海秀并不欢迎。

“你来干什么？”祥娃冷眼问她。

海秀气恨恨地说：“祥娃，那两个狗男女结婚了！你就眼睁睁地看着那对骚货成亲吗？”

祥娃无言瞪着她。

“看着人家快活，你心里高兴吗？”

“你想干啥？”祥娃吐了口痰。

“哼！我要报仇！老娘不会给他们好果子吃的！”她咬牙切齿。

“你别来挑唆我家祥娃。”祥娃他父亲说。

“软蛋，可怜虫！祥娃，你怎么也变成泥捏的了？”

“你不是已经另找男人了吗？”

“那个老鬼！骗子！让我给他留了个种，就把我甩了。”

“为这你又跑回来了？”祥娃压抑着怨恨，“别忘了，当初是你把我媳妇撺掇走的，小军现在才没娘的！”

“我……我的小花好可怜！他们享乐，连我的女儿也不顾……我要出这口气！”她鼻翼旁的雀斑涨得紫红，黑洞洞的眼睛剜了一眼祥娃恨恨道，“你不干，老娘我干！”

三十六

夜渐深，客人散尽。因牛力被众人劝酒喝醉了，不能回家，俊英就陪着他，打算明天跟师兄提帮忙修房的事。生娃夫妇安排他俩住到小楼旁的厢房，歇一晚，明天再走。

生娃喝得有点多，脚步踉跄地走进洞房。忙碌应酬了一天，他很是疲倦，四仰八叉地倒在床上。秋霞用毛巾给他擦去脸上的汗，倒了一杯茶给他喝下。而后她坐在椅子上望着窗上的大红双喜字出神：这鲜红的双喜字，红红火火，喜气盈盈，换来这双喜字多么不易，有人为它生，有人为它死；有人为它哭，有人为它笑；有人为它悲，有人为它乐；有人为它流血流汗，无怨无悔。它融进了人们多少辛酸、渴望、追求、期盼。吉祥的双喜字，这里面渗入了两个人的心血梦想、美好憧憬、无限期待。它把两个相爱的人连在一起，拴在一处，绑成一团，焊作一体，同呼吸，共命运，共同去努力奋斗，经历生活、创造生活、享受生活。秋霞痴痴瞧着携手并立的双喜字，渐渐地感到那两个字似乎粘连在一起，融合在一起了……看着生娃，她脸上漾起甜蜜的微笑，开始在脑海勾画他们以后的幸福生活……

生娃恍惚中梦见自己和祥娃来到了很早就熟悉的盘龙崖上。他俩发现了峭壁上一朵硕大美丽的蘑菇，争相去采，可是脚下的岩石忽然松动。祥娃迅速伸手一把抓住了他的脚踝，在空中荡着，却不把他拉上来。

“快救我！祥娃。”

祥娃拽着他继续摇晃，狞笑道：“你说，你为啥抢走我的老婆?”

“不，不！你不要误解!”他声嘶力竭地大叫。

“把秋霞还给我!”

“不可能！除非我死!”

“去你妈的！你这匹阴险的狼!”祥娃手一松，哈哈狂笑。自己惨呼着像块石头坠下深不可测的悬崖。

“啊——秋霞!”

“生娃，你怎么了?”生娃觉得有人温柔地呼唤他。他大汗淋漓，一睁眼见秋霞坐在身旁。“哦，魇住了。”他说。秋霞拿来毛巾给他擦汗，给他一杯茶水，又端来一盆热水给他洗脚。生娃休息一会儿清醒了些，他倚着窗户望着夜空的点点繁星，听着夏虫的鸣叫，嗅着院内玉兰、枇杷的清香，一扫困乏，感到惬意至极。秋霞款款走过来依偎着他，生娃拥着心爱的人，指着窗外说："秋霞，你看，流星!"秋霞望去，一颗流星仿佛凋谢的花瓣绚丽地划过天幕。神秘的夜空宛如深不可测的大海，无数闪闪烁烁的星星在悄悄地私语交谈。

"生娃你说，人的命运是不是就像星星？总会出现，又不可捉摸。"

"但我们可以经常看见它们呀。"生娃感叹，"你当过老师，真该继续教书。"

"把小花接回来吧，我喜欢孩子。"

"嗯，你真好。"生娃揽住秋霞，"咱们还可以把小军接过来玩。"

"孩子们是无辜的，应该得到关爱。"秋霞将脸贴到生娃胸口。

窗帘晃动，起风了。生娃关上窗户，轻轻把她抱了起来。

三十七

后半夜，下了一阵急骤短促的雷阵雨。

凌晨寂静中，人们忽然听到一阵急切惨痛的呼救，声音是从张生娃家发出的。惊疑不安中，建荣等几人撬开贴着鲜红双喜字的大门进去，在二楼新房发现了两具被砍得血肉模糊的尸体，血喷溅得满屋都是。除了生娃和秋霞，祥娃也在现场，脖子上有道深深的伤口，但还喘着气，身旁扔着一把鲜血淋漓的斧头。然而，令人不解的是，离得最近、睡在一楼的牛力夫妇却不见了踪影，难道……

张祥娃行凶作案，自杀未遂，这似乎是再明显不过的推理了。有人慌忙去报案。公安迅速出警勘查现场，送祥娃去医院抢救。后晌，在村人的猜测中，牛力夫妇及警察押着海秀回来了。经过审讯，案情终于真相大白。

案发那天晚上，刘海秀由于自己先前婚姻破裂和在外遭遇变故，激起对前夫张生娃婚事的妒恨，潜回村子伺机行凶。她先挑唆张祥娃不成，而后偷偷拿走张祥娃的斧头，深夜悄悄溜进张生娃家的院子，潜伏到凌晨，利用先前私藏的钥匙打开门后蹿进洞房，残忍地将熟睡中的张生娃和杨秋霞砍死。她正欲离开，不料张祥娃鬼使神差地赶到。原来，张祥娃起夜发觉斧头不在，惊出一身冷汗，想到刘海秀形迹可疑，便赶紧过来一探究竟。可是晚了，刘海秀趁张祥娃惊魂未定，于暗中冷不防砍了他一斧，便匆匆锁上门逃离了现场。然而，祥娃一声短促的惨叫，惊醒了睡在小楼西厢房的牛力和俊英夫妇，他俩跑上楼梯，祥娃在血泊中勉强指指门外，恰好看到一个人影仓皇逃走。于是，牛力抄起一根棍子追了上去，俊英呼救几声也紧紧跟了出去……追了十几里路，终于在后山的一个树藤缠绕的山洞里堵住了惊慌失措的刘海秀。她疯子般叫骂着，丧心病狂不停地往洞外砸石头，最后精疲力竭，被守在洞口的牛力和俊英擒住，返回时遇上了赶来搜寻的警察。

数月后，祥娃伤愈，后颈上留下了一道十分难看的伤疤，从此说话含糊，半身瘫痪，生活不能自理，得靠人照顾。而生娃的父亲因悲伤过度去世，母亲由此变得痴呆。半年后，祥娃因不堪拖累老父幼子悄悄自尽。

真是雪上加霜，两家年幼的孩子失去了依靠。为不影响孩子们的成长，经协商，牛力和俊英收养了生娃的女儿小花及祥娃的儿子小军，加上自己的小妞与丫丫，组合成一大家共同生活。

这真是一个特殊的大家庭。三个老人（俊英的母亲、生娃的母亲、祥娃的父亲），四个孩子（不算牛力以后认养的虎子）加上牛力夫妇，柴米油盐酱醋茶，吃喝拉撒穿住行一下摆在了面前，都得考虑安排妥当。现实无情又有情。平常老人们互相照应，身体好的还能帮着看管小的。孩子们青梅竹马彼此为伴，打打闹闹、哭哭笑笑，常常玩在一起。一家人虽不免磕磕碰碰，倒也开开心心、热热闹闹。时间长了，似乎谁也离不开谁。

俊英是内部的大总管，牛力还得兼顾外面的事，他俩努力合撑这条汪洋中的船。人多需求多，日子难免窘迫。除了全家齐心务实过生活，还得穷则思变，奋发图强寻求出路。牛力和俊英用房子抵押及扶贫贷款承包下大片荒山，开始种树。除了他们一家，感念牛力当年洪灾救命之恩的乡亲们也抽空来帮忙。经过艰苦努力，种上了成片的柑橘、板栗等经济林，接着又建成石材、木雕加工厂，投产并顺利推向市场。在日月星辰、风霜雨雪里，山披上了绿色，枝头孕育着希望。时光飞驰，不知不觉中，孩子们在平凡的岁月里像树苗一般迎风生长。一家人互相帮衬，酸甜苦辣咽在肚里，怀着对未来的期盼，慢煎细熬生活，踏实过着每一天。

三十八

一小时后，牛先生回到茶馆。

“孩子参与的是一个寻找突破癌症新疗法的课题，正在准备攻关。因想到我的不治而愈，所以与导师特来了解我这个大活人的转变情况。哈哈——”他开怀笑道。

“你真是好例子。”黄女士说，“虎子他们待多久呢？”

“已去机场了，票提前订好的。”

“哦，这么匆忙。”我插话说，“其实，我也觉得应支持孩子们，等哪天像癌症之类的疾病被攻克了，才是功德无量的天大好事。”

“嗯，我那不算个啥事。”牛先生转移话题问我，“咋样，兄弟，你嫂子讲得如何？”

“哦，太精彩了。”我说。

牛大哥与嫂子会心地交换一下眼神，爽朗地说，“哈！你我萍水相逢，同病相怜，兄弟相称，下次咱们再约，我把故事给你续上。”

（下）

圆梦

心中有梦，人生就不贫乏。

三十九

秋天到了，秦岭与巴山拱卫着的汉江盆地进入美丽的收获时节。银紫色的芦花在朝霞与夕阳里飘飘洒洒，追随轻快的渔舟，飞过江面，飘向安宁的城乡。成熟的原野悄悄喧腾起来了，沉甸甸的稻穗低头思索，与大地亲密交谈着。麦子把梦想种在疏松的泥土里。缓过劲来的油菜正抓紧吸收营养，为战胜寒冬，为明春铺天盖地的惊艳怒放积蓄能量。

江南岸，枫叶如画，柿子正红，蓝天如洗，秋风怡人。牛力在一处起伏的丘陵间转悠。山上的柑橘、板栗挂着将要成熟的果实，在枝叶间急不可待地探头探脑。几年的辛苦没有白费。本地外埠的商家已来考察过，对在此环境里生长的果子的色泽、口味大加赞赏。过些天，它们就将被采摘、打包，漂漂亮亮地进入商场超市以及千家万户。

牛力转到山下的果园，改良后的苹果和猕猴桃园里散发着清香。他与这些熟悉的树打着招呼，用亲切的目光与繁盛可爱的果子交流。

“爸爸——”欢悦的喊声从树林里传来。牛力回首，以丫丫为首的几个孩子，甩着胳膊，笑着、叫着如欢快的兔子跑过来。他的孩子们——小妮、小军、小花、丫丫围着他欢呼蹦跳。

“你们咋来这儿了？”牛力俯下身，摸摸他们的小脑瓜。

“明天就要上学了。”丫丫把乌油油的小辫子甩到肩后，“我带弟妹们来玩玩。”她比小军、小花大两岁，平时就成了娃娃头儿。

“我也要上学!”小妮抢着说。她比丫丫小四岁。“嗯，想法好。”牛力拉着女儿的小手说，“就怕学校嫌你小哟。”

“先让我上学前班嘛。”小妮忽闪着黑亮的眼睛。农村暂时没有幼儿园，不过，生产扩大的建材厂很快要去城里设立经销处。想到此，牛力对女儿点头说：“好。”

“噢——我们都要上学啦!”四个孩子高兴地欢呼起来。

“我们来做个游戏。既然你们过来玩，就自己摘个果子吧。”牛力指着一棵较高的果树，“不过，得靠你们自己哟，不能用重复的办法。”

孩子们欣悦地仰起头往树上瞅，但身量矮，都够不着。

“动动脑筋喽。”牛力眨眨眼。

小军四肢抱紧树干噌噌爬上去，摘下一个苹果。丫丫走到树前，双手扶树蹲下，示意小花趴上她肩头，然后站起来，小花勉强摘到一个。

“那我咋办呢?”小妮跳着脚，“可以打下来吗?”牛力眼一亮：“不是不行，但除了借助工具，还有方法吗?”

“我们合作。”丫丫说。她把小军叫到跟前，俩人伸出手臂，各自抓住对方的手腕搭一个口字架，让小妮坐上去。小花扶住她的腰，他们稳稳地站住，小妮终于摘到了又大又红的苹果。

牛力和孩子们一块儿欢呼起来。他又摘了一些让他们顺便带回去给家人品尝。他叮咛：“早点回家去吧，注意安全，免得时间长了妈妈担心你们。”

孩子们像快乐的小鸟一般飞出果园。牛力瞧着喃喃自语：“时间过得真快，儿女们都要上学了。”在这个特殊的大家庭里，最初领养的丫丫很懂事，虽然只有小妮是亲生的，但他和俊英对其他三个孩子亦视同己出，不分彼此，尤其对遭受家庭变故的小花和小军特别倾心照顾，使他们年幼的心灵不致蒙上阴影。数年来照顾老的小的，为生存和发展夙兴夜寐，无暇放松，然而全家人在一起风雨同舟，心里是暖和踏实的。

牛力转到村前路边的大理石厂，查看工人们在流水线上作业。这些来自山里的石头被加工成漂亮的石制品，去装饰城市的建筑和人们的家。市场的需求很旺，牛力盘算着下一步成立董事会，与地产商、市政建设方加深合作，争取走出去开拓新的天地。在厂里他遇见了急匆匆来寻找小妮他们的俊英，牛力顺便跟她提了孩子上学的事，俊英拊掌称好，说再忙再累也不能耽误了孩子，得赶紧回去给娃们准备，就匆匆走了。

望着妻子因过度操劳而略显单薄的背影，牛力心底存着一份深深的感激，感激这个女人在他最惶恐、最艰难的时刻拯救了他，挽救了这个家。他晓得，这个与自己同甘共苦多年的女人，温良、朴实、勤劳、善解人意，早已将自己的命运与他紧紧绑在了一起。

四十

二十世纪末的一个盛夏午后。西京，位于高新开发区宏图大厦的二十层办公室里，牛力正浏览当天的报纸，他注意到今天是高考录取信息发布的日子，心里隐隐惦记着自己的孩子。

他们寒窗苦读十几年，很快就要等来盼望的结果了。

电话响了，牛力拿起听筒，是丫丫兴奋的声音。“爸爸，通知来啦!”

“快告诉老爸。”牛力也有点激动。丫丫这孩子从小就很懂事，体贴父母。为帮助家里照管弟妹，她上学推迟了近两年，因此和小军、小花同级。

“我的是师范大学，中文系。”

“好好，祝贺你。”牛力又问，“小军、小花呢?”今年，他的孩子中有三个参加高考。

“爸，你猜嘛。”那头，小军、小花接过听筒。

“调皮，说呀。”

“我的是A大学建筑系。”

“我的是B大学艺术系。”

小军和小花的声音依次传来。

“好好，统统祝贺你们!”牛力喜悦地对着听筒大声说。

“那老爸晚上请客!”几个青春的嗓音嚷道。

“没问题，地方你们选。”

放下电话，牛力欣喜之余，忽又想起另一个人，今年也参加了高考。六年前，也就是从初一起，他长期资助的一个学生。那个孩子叫王虎，牛力一直管他叫小虎。

他是偏远落后山区的一个孤儿。那年，为扩大生产并保证原材料供应，牛力去了一个远离城镇的山村——金泉寺。蜿蜒的小河围绕着山坡与山坳里的百十户人家。土地贫瘠，所产麦子不够全年吃，需搭配苞谷、红薯才能填饱肚子。这里南山的石灰石是生产水泥的很好的原材料，北山的许多岩层是加工大理石的不二之选。但当地只有两个小的土窑瓦厂和石灰厂，因进山道路崎岖，交通条件太差，外面的资金项目不好进来，山里的特产也难以出去。

当时牛力只想拿下北山的大理石石材开采权，可村里人试图说服他把南山的石灰厂也一并承包，想给村里多增加点收入。开始牛力不想答应，因为石灰附加值低，山外及城里建筑基本不用。村干部把他带到了简陋的村里小学，在这里就读的几十个孩子大多因经济条件极为困难，读完小学就得回家务农。孩子和大人们眼巴巴望着他，代课老师指着一个衣衫褴褛的学生说，这孩子学习很好也很用功，可惜父亲被垮塌的土窑砸死了，母亲又改嫁了，现在成了孤儿，最多上完小学就得辍学了。看着村人和孩子们渴望的目光，牛力心里不忍。为证实这一情况，他随即与小学老师来到小虎家，在那老旧的悬着几大串摇摇欲坠的苞谷的土坯房里，见到了孩子栖惶的奶奶。他当即郑重承诺将负担孩子以后上学期间的所有费用。小虎的奶奶感动至极，让孩子认牛力为义父。牛力与小虎促膝谈心，他对这个瘦弱但学习刻苦、眼里透着倔强与聪慧的孩子充满好感与信心。

此事，他没告知别人，包括家里人。六年来，牛力说到做到，默默而准时地给小虎提供着学习生活费。孩子很勤奋，品学兼优，每年都会及时向他汇报学习成绩，初中毕业后考上了县城的一所重点高中。这些年来，他和小虎虽见面很少，平时不常联系，但互相惦记，有一种似父子又似朋友的情感细水长流着。没记错的话，小虎今年也高考。有三年没见面了，他该长高了吧，他最近的情况咋样？高考结束，小虎给他打了一个让他很意外的电话，说要利用暑假打工，不让他以后再寄钱了。

关于孩子们的故事，特别是小虎的故事，也是在一次意想不到的聚会上，牛先生讲给我的。

有时候，缘分就是这么奇妙！

四十一

夜幕四合，华灯初上，牛力和俊英被丫丫、小军、小花、小妮簇拥着步入酒店。今天，是他们全家值得庆贺的日子。孩子们同在一所学校，邀请了两位老师参与，教数学的班主任李老师，还有教语文的我。

步入餐厅，未及相互介绍，牛力夫妇看我的眼光就直了。

"兄弟！"牛力跨步过来握住我的手，大声说，"原来你是我孩子的老师！"

"是呀，才知道你是他们的父亲。"我也惊喜不已。

"你们认识？"班主任李老师问道。

"先前是萍水相逢，今天是不期而遇。"我笑道。

"真是难得的缘分啊！"牛力夫妇和孩子们恭请大家入座。

大家落座，高兴地交谈着。

开始上菜，服务生端着盘子走过来。报过菜名，放盘低头的一瞬间，牛力发觉这个戴口罩的身材颀长的小伙子的眼神好熟悉，那服务生看他的目光也掠过一丝微妙的讶异，但很快离开了。

牛力举杯："祝贺孩子们取得今天的成绩，感谢老师们的辛苦栽培。"

"谢谢爸妈，谢谢老师。"几个孩子起立轮番致敬。

李老师站起："优秀的成绩来自你们的好学上进、勤奋用功，也来自家长的理解支持。"牛力动情地说："孩子们高三这一年拼搏冲刺，每天凌晨四五点起床，从没有睡过懒觉。"

"真的，走出考场，感觉精疲力竭，最想的就是大睡特睡一觉。"小军说。

"我呢，考前紧张得睡不着，还挂了一周水呢。"丫丫感叹。

"丫丫姐瘦了十斤。"小妮抢着说，问小花，"你呢？"

"十五斤。"小花说，"谢谢老师们天天操心敦促，否则，现在我还不一定能收到通知呢。"

我起身说："祝贺你们的付出得到了回报。知道吗，你们可是李老师带的最后一届毕业班哦。"

"希望你们以后更加努力，前程似锦。"李老师接着道，他脸上的皱纹绽放着欣慰从容，满头银发诉说着沧桑庄严。

"谢谢老师，保重身体。"孩子们敬酒。

牛力敬过李老师，随即转向我："咱俩喝一个？"

"好。"我举杯应道。

服务生过来继续上菜，与牛力下意识地对视了一眼，似乎抑制着一种不易察觉的情感。他刚欲转身离去时，牛力放下酒杯，一把拉住服务生的手，盯着他说："你——是小虎吧？"

服务生怔住，随即热泪盈眶，单膝跪地：“我是小虎。”

“孩子，真的是你！”牛力起身凝视着面前的服务生。

“是，义父！”小伙子哽咽道。

在座的众人震惊又茫然。

“孩子，起来，快起来！”牛力双手扶起小虎，“你怎么在酒店？哦，原来你在这儿打工。”

“高考完没事，我想锻炼锻炼。”小虎轻松笑着点头。

“来，坐我身边。”牛力让他坐下，“我们有三年没见面了。对了，你奶奶好吗？”

“我奶奶——她前年得食道癌走了。”小虎握着牛力的手，声音微微颤抖，“以后，您就是我唯一的亲人……”

“不要难过，还有我们。”牛力眼眶潮湿。

“嗯？我怎么又有了一个哥哥？”小妮吃惊地盯着小虎。牛力看到了大家询问的目光，简单说了事情的来龙去脉。

“谢谢你们！我敬义父、敬大家一杯！”小虎端起酒杯，“喝完这杯，我继续给大家上菜。”

“这就见外了。”俊英拦住，“你都叫义父了，哪能不一起吃饭？今天团聚，巧遇你这孩子，真是缘分啊！”

大家哗哗鼓掌，共同举杯。

“我现在有两个姐姐、两个哥哥了。”小妮激动地东瞅西望，“不过，你们上大学走了，就剩我一个了。”

“后年喝你的状元酒。”丫丫打趣，“将来想学什么呢？”

“暂时保密。”小妮扮个鬼脸。

几个孩子马上与小虎热烈讨论按年龄大小排序称兄道弟

的事。

“恭喜你又多了个儿子。”我与牛大哥碰杯。

看着含辛茹苦抚育长大的几个孩子，牛力频频举杯，目光炯炯劝大家尽兴。他忽然记起什么似的偏头转向小虎：“虎子，说说你的高考情况嘛。”

闻言，众人齐刷刷看着小虎。

他有点羞涩地说：“刚接到通知，第×军医大学。”

四十二

小虎的高考成绩很好，加上政策对贫困地区的照顾，他本来可以上北大或清华，但经过慎重考虑，他选择了一所历史悠久的军医大学。顺利录取后按现役军人对待，省掉了学习生活费，连吃饭穿衣都不用发愁。另外，他对学医感兴趣，立志以后从事医疗方面的工作。

他忘不了奶奶不幸罹患癌症，遭受疾病的折磨，痛苦万分的情景。经济条件除外，主要是医术医药所限，不能有效减轻患者疼痛，延长患者生命，或从根本上解决重大疾病难题。眼睁睁看着亲人饱经病痛离去，他萌生了学医，将来凭精湛医术治病救人的信念。他的专业是临床医学，苦、长、累的过程，他为此已做好了心理准备。

开学前，小虎抽空回了一趟老家。因实行移民搬迁，老家近几年已经不通班车了。走进熟悉的沟沟梁梁，只能瞧见稀稀拉拉的几户人家。村子里的青壮年早就外出打工了，剩下的老弱病残就响应政府的号召搬到了平川地带。先前义父开办的水泥厂、大理石厂已关停了。山坡上的梯田也退耕还林了。小虎寻到父亲和奶奶的坟头，祭奠一番，洒泪而别。

报到那天，牛力夫妇计划送送小虎的，可他自个儿预订了车票，给义父义母去了告别电话，就打算独自出发。俊英把特意给孩子买的西服连同手机装进新皮箱，然后同牛力赶到车站，送给了正欲检票进站的小虎。

“麻烦你们了，这些东西不可以要的。”虎子推辞。

“一家人咋说麻烦？我们的一点心意，再说你上大学用得着的。”俊英交给孩子。

“谢谢爸妈。”虎子感激道。

“自家人，说这话见外。”牛力拍拍小虎肩膀。

小虎给他们鞠一躬，登上了列车。

“假期回家来哦。”他们招手。小虎眼里闪着泪花。他知道义父义母挺不容易，要同时供几个孩子上学呢。

光阴如梭。第一学期结束了，上大一的丫丫、小花、小军约他一同回家。他们一大家团聚，共同度过了愉快的春节。

他们上大二时，小妮也考上了大学。丫丫和弟弟妹妹们主动挤出课余时间通过辅导学生功课、送外卖等赚钱贴补生活。假期他们相约在外打工，小虎还用挣来的钱给义父义母买了保健品，给弟弟妹妹送了礼物。回家相聚时他们更多的是交流学习，讨论问题，自觉帮父母分担家里家外的事务。

按年龄排序，丫丫是大姐，小虎是大哥，小军是二哥，小花是二姐，小妮是老幺。虽然他们心知肚明不是同一父母所生，但在长期相处交往中，他们感情日笃。姐妹之间、兄弟之间几乎无话不谈，关系非常亲密。

小妮大二时，发觉小花姐、小军哥、丫丫姐已各有男女朋友，还不知小虎哥什么情况。大家分别在不同的城市求学读书，而比自己高两级的他们都快毕业了。她先与大姐丫丫联系，说想利用“五一”小长假策划个别出心裁的聚会。丫丫举双手赞成，说全力配合她的行动。

小妮去军医大学找小虎哥，不过并没事先与他联系。当她到时，小虎实习去了，舍友通知了他，小虎抽空匆匆赶了过来。

“突然袭击，没想到吧?”小妮笑眯眯地提着一袋水果。

“嗯，有点。”小虎擦着汗说，“咋不提前打个电话?”

“哥呀，就是要给你一个意外惊喜。”小妮做个鬼脸。

“哥很高兴，就是临近毕业有点忙。”

“那不影响你，我今天就走。”小妮噘起嘴，“去找其他哥哥姐姐。”

“哪能呢，我待会儿请假换个班。”小虎急道，“中午想吃什么？哥请客。晚上市剧院好像有个大型文艺演出活动，听说邀请了不少大腕明星，到时去看看。”

“我也听说了。这还差不多。”小妮狡黠一笑，“不必吃大餐，就想体验一下你们军校的生活有什么不同。”

“那就委屈你在学校食堂吃了。”小虎搔下脑袋。

在食堂，好几个同学跟班长小虎打招呼，有的还误以为他约女朋友来玩。

“这是我妹妹。”小虎急忙解释。

小妮扑哧笑道："看把你紧张的。他们纯属多管闲事，不用解释嘛。"

用过午餐，小虎请假去了。小妮迅速把小虎的脏衣服洗了，还帮他整理了书桌。

当晚，小虎带小妮去观看文艺节目演出。进入剧院，走到他们座位的那一排，发现有三人坐在旁边，细瞧：他们是小花、小军和丫丫！

小虎恍然大悟。兄弟姐妹重逢，高兴极了。

四十三

两年后。

碧空，烈日。

长路，大河。

五辆前后相随如行云流水的自行车，五个挥汗如雨的年轻人，向汉江汇入长江的地方——汉阳南岸嘴驰去。

半月前，他们从三千里汉江的发源地——巍巍秦岭南麓的嶓冢山里那刻着"嶓冢导漾，东流为汉"字样的石牛洞前出发，从曲折绵延的秦巴谷地，跨过辽阔丰饶的江汉平原一路奔来。终于，汉江在这里扑向了长江的怀抱；终于，五个风尘仆仆的青年到达了目的地。面对此情此景，他们欢呼跳跃，仰天长啸，豪气干云。

七月，小妮就要从财经大学毕业，她考上了国外一所名校的研究生，不久将离开故土。于是，她与哥哥姐姐相约利用暑假骑车考察汉江，从源头直达长江口。她的提议得到哥哥姐姐的一致赞成，都说生于斯地，喝汉水长大，期待已久，早有游历母亲河的意愿。遂一拍即合，调整时间做好筹备，一路同行。行前，他们共同去了趟江畔老家，看望亲人，祭拜先人。最后，与他们的父亲牛力见面。

牛力听了很是赞赏，问："需要什么支持吗？需要派车同路吗？"

几个儿女齐声回答："不用！"他们说要锻炼身体，考验毅力。

牛力大赞，嘱其做好准备，注意安全，择日出发。

十几天来，他们昼行夜宿，互相鼓励，兼顾调查沿途各地风土人情，从母亲河涓涓细流的源头宁强启程，经汉中、安康，过十堰、丹江口，出荆门、襄樊，骑行三千里，抵达汉江的归宿地——武汉。但对于他们，这不是归宿，他们年轻的心随汉水汇入气势壮阔的长江后，还将揣着梦想继续向前奔跑，奔向海阔天空的地方。

五个人站在岸上观望，两条江水激荡融合，浪花如雪崩怒溅；涛声雄浑，壮美若绝妙的交响曲。水天之间，日光灼灼，水鸟飞翔，羽翅镀金；两岸秀色，如画般倒映在斑斓的波光里；汽笛悠扬，船舶在江面或顺流或逆流而行。

他们打开啤酒庆贺旅行成功。热情洋溢的青春血液在身体里沸腾。

小妮把一杯酒洒入江中，说："感谢母亲河滋养我们，感谢母亲河引领我们一路走来。"再过几天，她就要去遥远的大洋彼岸，去那个颇负盛名的商学院深造。

“小妮生日快乐!”一片祝福声响起。小妮回头，几个哥哥姐姐围上来。丫丫端着蛋糕，小花捧着鲜花，小军、小虎手上拿着礼物。

“今天是你的生日哟。”丫丫亲切地说，“临行前，爸妈特意交代我们的。”

“生日快乐!”小军和小虎一下把小妮举了起来。

“今天，我们从源头走到这里，多有意义啊!”小花把鲜花递给小妮。

“小妮，加油！等你学成归来。”小军握一下拳头。

“到时，去机场送你。”小虎说，“我已获得免试保研资格，过几天就去北京。”

“好呀好呀，虎子哥。”小妮动情地说，“谢谢爸妈，谢谢哥哥姐姐，谢谢你们!”小妮眼里迸出幸福的泪花：“今生有缘，咱们不见不散!”

“是的，我们不能选择出生，但我们可以选择未来!”丫丫说。

“对，我们可以选择自己要走的路。”小虎接道。

“咱们共同努力，万岁!”他们激情地呼喊，在江水奔腾、天光云影中，共同分享这个特殊组合的大家庭给彼此带来的快乐。

四十四

小虎这次回 H 市，是随高校生物制药研究所联合小组来的。老家金泉寺是他提供的一个考察点。在上大学前，那儿一直是他生长的地方。

虽地处偏僻，但也算山清水秀。村南虎头崖下，有一口山泉，细细的泉水咕嘟咕嘟从泉眼中涌出。泉底水草、石子历历可数。扔一枚硬币下去，可见其晃晃悠悠慢慢沉落。泉水充盈，四季汩汩不绝，可供庄稼灌溉；泉水清冽，随地势起伏流淌，山村人畜世世代代乐以饮用。距泉百十步，据说最初有一座寺庙，曾香火旺盛，但毁于“文革”。泉边也曾环绕森森松柏，可遭砍伐与雷击后，现在仅剩孤零零的五六棵了。

早已破落的砖窑隐没在荒草中。后来义父开办的水泥厂、石材厂，因污染环境也被勒令关停。但山沟山梁上还有放炮开挖留下的累累痕迹，宛如巨大的伤疤被风雨吹打、舔舐着。近年，义父转产后继续承包了这里的几座山，试图栽树种草恢复植被，可这需要漫长的时间。

前一阵，义父打算投资开发这里的金泉寺旅游项目，并生产天然优质的矿泉水。为此，让学国际经济与贸易的小妮牵头制定可行性方案。小妮让学建筑的小军负责设计和施工。小虎觉得这是件好事，但又高兴不起来，心里有种说不出的隐忧。如此一来，凿山修路是不可免的。村里人目前已所剩无几，外出打工的打工，搬迁的搬迁，路上行人稀少，村里连鸡狗的叫声都很难听到了。

想起故去的亲人、陆续搬走的村民，他心底泛起一丝莫名的悲凉。

尤其是这眼饱经沧桑的金泉，滋润了一方山水，养育过一地生灵，如果大规模开发，会不会给这片伤痕累累的土地带来更大的伤害？读研后，他有意将主攻方向转到疑难杂症方面。家乡的泉水不错，可为何此前长期饮用的村民几乎都是四环素牙？还有许多患大脖子、大骨节病的，得食道癌、肠胃癌的也不少。他悄悄带泉水到实验室做了化验，发现氟含量超标，这次与联合科研小组又来提取土壤、岩石、植物标本，开展进一步的研究分析。结果很快出来了。

小虎联系了负责开发项目的小妮，告知她金泉水质的真实情况。小妮说项目正在运作之中，小军的土建工程已开工了。她问能不能通过技术手段解决水质问题，小虎犹豫一下说比较勉强，就算经过设备过滤提纯可以饮用，但也无益健康。小妮说现在下马项目将造成损失，不过，她会转告父亲让他慎重考虑。

小虎心情比较复杂。义父供自己上学好些年，义无反顾地接济他家，无微不至地关怀他，没有血缘但情同父子，还不知以后如何报答他呢。从弟妹们那儿，他也知道义父的身体状况，几年前住过医院，怀疑有肺癌，差点要做大手术。后来病症减轻，可能与工作不再繁忙、心态乐观有一定关系。这次途经 H 市，要请组里的专家再给义父做一次会诊。

那天，给义父打电话约见面，详细了解了他的身体状况。事后，专家告诉小虎，义父表面看来暂时虽没异常，但也得定时检查，注意生活习惯和情绪，防止突发诱因转变。小虎心知肚明，为义父的身体默默祈祷，婉言劝他放松精神、保重身体。义父对此倒很豁达，说生死有命，富贵在天。听了小虎和小妮的建议，他决定中止开发金泉寺的计划，并悄悄嘱咐小虎，让他多多帮衬小妮。

其实，他心里经常挂念着小妮，平时两人彼此关注和鼓励较多。几个兄弟姐妹之中，小妮与自己是联系最多的。这个小妹聪明、漂亮、知性、上进，还不乏温柔和善解人意。小虎记起三年前在首都机场送她，临登机小妮含情脉脉地看着自己，转身时羞涩地对他说：“我会等你的！”

时光匆匆，三年后，小妮放弃了可以在美国继续深造的机会，辞谢了导师的挽留，拒绝了追求者——金发碧眼的同学迈克，坚定地回到了中国。那天，小虎又按约到机场去接她。小妮长发飘飘，衣袂飞扬地奔过来，小虎情不自禁地迎上去，他们深情相拥，第一次互吻了对方。

四十五

刚归国不久的牛先生夫妇又一次邀请我去老地方喝茶。

作为孩子们的老师，我除了关心牛先生的近况，更关心孩子们的发展。牛先生兴致勃勃地讲了五个孩子这几年各自的经历。

“哦，可惜孩子们不在身边。”牛先生呷口茶，结束了畅快淋漓的叙述。我之前从学生的微博里略微知道了他们的一些情况，仍然沉浸在那些令人回味的传奇里……

他转着手中的茶杯道：“人生如茶，浓淡自知。这么多年摸爬滚打过来了，可命运驱使你还得走下去。”

我闻言沉思。是啊，人一生在现实里生存，在梦想中追求，命运跟随着我们的悲欢离合、喜怒哀乐、生老病死。我们需要适应、学习、改变、觉悟，天地有心，生命有知，无论如何，不能忘了初心与本真。反之，灵魂就成了无根的浮萍，活着就成了无期的服役。

接着，话题转到了牛大哥两年来的旅行。他说：“从瑞金到延安，先沿着那条一直令人崇敬神往的长征路线走，接着去了国外。”牛先生将名胜古迹、自然风光、摩登都市都轻轻带过，重点提到那些令他刻骨铭心的见闻。在偏僻贫苦的山区，亲历过仅有一个老师负责全校学生教学管理的情况。巴掌大的教室四面透风，教学用具极其简陋，敬业的老师还领着孩子们坚持每周唱国歌升国旗。亲历在闭塞荒凉的穷困之地，好客的一家人轮换穿一条裤子出来见客，其他人捂着被子待在床上的情景。在阿富汗、伊拉克、利比亚、叙利亚、苏丹等地，不少人缺衣少食，生了病无药可治只能等死，还要忍受动荡战火的洗劫……他面露悲悯之色，起身踱到窗前，凝视着窗外在微风中摇曳的竹子。

我突然问：“请恕冒昧，假如一个人非常富有，将来会怎么处理他的资产？比如您呢？”

牛先生闻言，眼眸如火光一亮说：“每人都会有不同的打算。”喝了一口茶，他继而宽厚地笑道：“那些嘛，生不带来，死不带去。”

“是呀。”黄女士叹口气，“世上重要的东西很多，人不是只为钱财、为自己而活着呀。近几年为了保护环境、减少污染，你大哥关掉了好几个建材与化工厂。”

“大哥大嫂，不要介意。”我感到自己的问题有点唐突。

牛大哥拍一下扶手对我说：“无妨，兄弟。都是死里逃生的人了，有啥想不开。答你所疑，当多做善事。”

“唉——”我忧伤起来，“我身上的无名肿块也不知是什么原因造成的呢，还在乱长，连医生也不知如何消掉。”

他闻言说：“兄弟，就当养着它吧。虎子所在的医学科研小组过段时间还要来的。”

“养着——”我喃喃道，“但愿虎子他们能早日研制出抗病疫苗来。”

“相信迟早会的。别疑神疑鬼老惦记着它，也许这样反倒相安无事。”他接道，“精神无病则身体少病。你说呢?”

我竖起大拇指，会意地笑笑，心里格外敞亮。

大厅里演奏的一曲《平沙落雁》悄然收住，而余音仍在厅廊间回旋。

临别，牛先生诚挚邀请我如假期有空，可随他出去转转。

“注意身体，工作别太玩命。”大嫂叮嘱我勿伏案久坐，有空要适当出去锻炼活动。

牛大哥拍拍我的肩膀：“兄弟，常联系，下次可要听你的故事。”

四十六

送走牛先生和黄女士，热情的茶馆老板见我眼熟，特意告诉我说：“你的朋友是大名鼎鼎的圆梦集团的掌门人，不过现在好像退居幕后了。”他递给我一本 DM 杂志，说里面有关于他们公司的一些简况。我阅后大概获知：三年前，从海外学成归来经过历练的牛小妮现任集团执行总裁。集团旗下有圆梦儿童福利园、敬老院、艺术学校、旅行社，还有圆梦文化传播投资公司、产业开发公司等，集团年初已成功挂牌上市，所属各子公司分别由丫丫、小花、小军等负责。集团规定：孤儿可免费上福利园，生活不能自理的空巢老人可优先入住敬老院，艺术学校为有潜质而缺乏经济条件的少儿提供帮扶。

年轻一辈中，小虎没有参与经营，继续在医学领域执着地科研攻关。

最近，圆梦集团正计划参与汉江上游湿地生态保护工程。不过，政府尚在考虑实施方案，坊间对这个民营企业的传闻非议也不少。

说实话，对其中的实情我并不完全洞悉。但牛大哥这个由不同血缘关系的孩子和老人组成的复杂大家庭的故事，他充满曲折与传奇色彩的非凡经历，令人激动不已。于漫长而短暂的人生旅途而言，阅览五湖四海的风光，品尝各种各样的珍馐，最终归于平静和淡泊，这既是上天的恩赐，也是行走世间的必然过程吧。

我要买单，老板婉言谢绝，说茶馆也是圆梦子公司旗下的产业，怎么能收董事长朋友的钱呢？我笑笑，牛大哥真是低调，打认识及邀请他来这儿喝茶，自始至终从不谈及生意上的事，丝毫没透露半点信息。

走出茶馆，沿近处的观光亲水平台信步。清风徐拂，大江滔滔东去，顿觉天地无限开阔明净。

四十七

大约半年后的一天，我正在江畔晨练，突然听到一则令人震惊的消息，一架飞越印度洋的国际航班客机无端失联，而牛先生和夫人不幸在失踪乘客名单之列。这个噩梦一般的迷案让人悲痛、猜测、沉郁了很长时间。不久，得知他们的继承人共同决定：以圆梦集团的名义成立了一支慈善基金，用于援助受灾贫困地区和身患重症无力治疗的病人，推动社会公益事业。

这年中秋，滨江湿地生态保护工程竣工。小妮和丫丫在新建的码头等人。小花与小军从渐渐驶近的游船登岸。小虎健步如风地从大堤走来。时光荏苒，他们再次如约相聚了。

一江山水交相映衬，两岸长堤漫漫延伸。芦花如雪盛开，水鸟自由翻飞；草树摇曳，桨声欸乃。这条慷慨接纳无数支流、绕山穿峡而来、饱经沧桑的大江不知疲倦地流淌着，涵泳着生命的光彩，坦荡无惧地伴随日月风雨同行，一路传颂着浩荡之歌，怀抱对大海星辰的梦想，奔向远方。

2015 年夏一稿

2016 年冬二稿

2018 年夏定稿

后　记

时光不会亏待人，总会给过往留下点儿印记。

汪洋纳百川，群山藏万林。 滄滄之水，郁郁之木，都是有根源的。

如果生命是一条奔腾的河，那每个人无疑就是参与其中的一朵浪花。 在给这本书命名之时，我首先想到了家乡的（也是书里常提到的）母亲河——汉江，它是雄伟秦岭以南的一条清秀绵长的大河，我出生于其上游一个依山傍水的美丽小镇。 沐浴秦巴山水之灵秀，儿时与玩伴下河摸鱼捉蟹，上树摘果掏鸟，无不踊跃。 岁月流转，我跟随父母迁徙多地，悦享四季之天籁，好奇万物之造化，读书求知，学习做人做事的道理，走出校门接受社会洪流的淘洗，又返回桑梓从事教育工作。

一路走来，趔趄难免。 幸得仁人贤士之诚待，也得世态炎凉之“馈赠”，为入眼入心诸多况味所触动，即信手写之。 自中学起有文字见于报刊，但在工作后懈怠搁笔许久。 不过，二十余载平凡生活中渐有沉淀，俯身于教圃勤恳栽培也算充实。 其间可闻读书声和喧嚣争鸣，可知理想与现实冲突，当然，亦可闹中取静，静观世相纷纭以磨砺心志。 久之，胸中便有那积聚酝酿意欲喷涌的思绪，如历经日月风雨的种子落地萌芽，仔细过滤掉荒芜的杂质，带着梦想和地气陆陆续续钻出来，变成了笔下这些烙印着时光深浅、释怀人生冷暖的文字。

不论躬耕于杏坛，还是执着于自己的爱好，我始终崇尚平实而优雅、朴素而随意的文艺与生活。尽管世界缤纷而壮阔，人格独立者尚须保留一些本色和纯粹。在漫长的人生旅途及繁杂事务中，可以有点精神寄托。比如读书或写作什么的，无疑是与你同行的美好伴侣，是平淡生活里的亲密知音，更是滋养灵魂的养料和甘泉。为此，当怀一颗干净而谦卑的朝圣之心去真诚寻梦，去自觉探察感悟那博大又细微的生动现实与未知的世界。

本书所选的作品时间跨度较长，有中学时的青葱纯真，有大学时的热望激情，有中年后的感怀思索。这些文字基本是在课余、闲暇及寒暑假写成，题材多样。其中多数在报刊和网络媒体上发表过，也有构思初写于二十世纪末、数易其稿的书稿，如《大河奔流》。付梓之际，感慨良多，所谓蚌病生珠，当于经历风雨后看惯世情，淡对得失。而我也许只是苍茫大地上一个稍微留意的拾穗者，只是浩瀚星空下一个有点痴迷的仰望者，然后满含热忱记下所历所思的点滴痕迹。

山高水长，光阴结绳。在此，将精心汇编成的这本小说集真诚献给热爱生活、心存美好、亲近文字的人们。同时，还要感谢那些一路上曾经帮助、支持、鼓励我的善良睿智的师友，慧心严谨的编者以及那些一直默默关注我的可爱可敬的读者。

生活是本大书，期待我们去虔诚地品读，也唯有挚爱方可续写。选择并结缘的路，还要走下去……

王利群

2019 年秋